竺洪亮 ◎ 著

拾柴集

SHICHAIJI

武汉出版社

鄂新登字（08）号

图书在版编目（CIP）数据

拾柴集 / 竺洪亮著. --武汉：武汉出版社，2023.12
ISBN 978-7-5582-6266-1

Ⅰ.①拾… Ⅱ.①竺… Ⅲ.①杂文集－中国－当代 Ⅳ.①I267.1

中国国家版本馆CIP数据核字（2023）第187794号

拾柴集
SHICHAI JI

作　　者：	竺洪亮		
责任编辑：	吴文涛		
封面设计：	孟　元		
出　　版：	武汉出版社		
社　　址：	武汉市江岸区兴业路136号	邮　编：	430015
电　　话：	（027）85606403　85600625		
http://www.whcbs.com　　E-mail:whcbszbs@163.com			
印　　刷：	河北华商印刷有限公司	经　销：	新华书店
开　　本：	710mm×1000mm　1/16		
印　　张：	15.25　　彩　插：24页	字　数：	305千字
版　　次：	2024年1月第1版　2024年1月第1次印刷		
定　　价：	98.00元		

版权所有·翻印必究
如有质量问题，由承印厂负责调换。

序一

孟勤国[①]

去年夏秋之交，胞弟给我寄来了他的一位多年同事兼朋友所写的《拾柴集》，希望我抽空一阅并提出修改建议。胞弟是一个忠孝两全之人，他的朋友大多品行俱佳，所以我饶有兴趣翻开了书稿，一读就是一整天，发现这是一部浓缩了作者平凡而有尊严的人生历程和意义的作品。

书的第一部分为"所遇随录"。作者城关中学读书时难以忘怀的点点滴滴，对父亲修车、母亲临帖、大姑关爱的深沉感恩，妻子与孩子学习书法、绘画、音乐的天伦之乐，跟着同行学语文、跟着记者学写作、欣赏条文句式的心得体会，闪耀着作者日常生活的厚实和星光，令人感慨和敬仰。

书的第二部分是"学海书札"。9封给上大学小孩的信，从如何复习和错题纠正、如何审题和答题、如何消除大学新生常有厌学情绪、如何阅读学术论文等的学习细节，到本科专业学习有助于提高一个人的辨别能力、开阔眼界、提升气质的人生指引，展现了作者的水平以及对大学教育的熟悉，更展现了中国好父亲对孩子的殷殷之情。

书的第三部分是"学术管见"。作者曾任教于绍兴文理学院，发表了多篇历史学的论文。对历史学特点的宏观思考，对鸦片战争的独特视角，分析辛亥革命绍兴革命党人涌现的原因和代表人物的理念行为，表明了作者在独立思考上的习惯和特长，这不仅在当时难能可贵，即便是论文多如牛毛的当下也属浊世清流。

书的第四部分是"越地古景"。拥有2500多年历史的古城绍兴是中国几乎绝无仅有的洞天福地，无极端的天灾，也无普遍的人祸，留下了无数的名胜古迹，流传了众多的名士逸闻。作者细细介绍了绍兴的27处山石、16条河湖、10座古桥、22个园林、20位名人，即便是我这个21岁才离开绍兴的正宗绍兴人，读来也觉得耳目一新。对故乡古往今来了如指掌的文字推送，体现了作者故乡之子的

[①] 孟勤国，武汉大学法学院教授、博士生导师。

赤诚之心。

  书中的一切不是庙堂之上的高论，也不是江湖之中的奇事，而是一个有爱心有智慧有自尊的普通人对自己走过的人生的思考和记录，正如书名"拾柴集"那样，每个人都是一点生命之火，虽然微小汇集而成就是天地日月之光。惟其如此，个人的生命才有永恒的价值。

  是为序。

（2023年7月20日于武汉）

序二

赵雁君[①]

近日，我在师专工作时的一位昔日同事竺洪亮先生，给我发来了他所写的《拾柴集》初稿，请我抽空帮助看看并提出修改建议。我花了好几个半天时间，把书稿认真仔细地看了一遍。

如此用心，一则是因为洪亮是我过去的同事，我们两家的孩子，同在外省的一所985高校读书，曾结伴同行，有时我从省城返回故乡时，与其也有过几次短暂接触，相谈之下，也颇为相得。二则是因为文章朴实而又形象生动，读来仿佛正与洪亮对面茶叙，听他讲工作、聊生活，甚是轻松快活。

20世纪80年代中期，作者大学毕业分配到师专任教。后来机缘巧合之下进入了地方行政机关工作，承蒙组织培养，担任过基层街道主要负责人，又长期在市、区两级的部门从事党务工作。案牍劳形之余，他不忘勤勉本色，但有闲暇便提笔记之。三十余年弹指而过，稿纸却垒起厚厚一摞，梳而理之，便成了手头这本《拾柴集》。

洪亮自言，取"拾柴集"为名，既是以柴木喻文章的自谦，也是"拾柴煮米，汲泉烹茶"的返璞归真。在我看来，一篇篇随笔、书信、论文、心得等，经过整理挑选、增删修改而成集，看似不同文体杂糅，但长短交错、疏密有致，确如山中柴木，不受修剪而天然成趣。且细品之下，会发现文章的背后，是洪亮坚持观察与思考后的所思、所想、所析而凝成的思想结晶，且各类文章都有一条主线贯穿其中，就是情感——有孝情，如《母亲临帖练字》《父亲修车》，写出了慈严相济的双亲感人故事；有亲情，如给孩子的书信，寓人生指导于亲切探讨之中；有友情，如《长夜忆君泪染襟——文耕先生二三事》，痛失多年知交之状溢于纸面；有师生情，如《劳动启蒙，始于母校——忆城关中学（上）》，四十多年前的校园甘苦如在眼前；有桑梓情，如对家乡名胜古迹的探访记叙，山、水、

[①] 赵雁君，浙江省书法家协会主席。

桥、园一一在列。

  此外，让我惊喜与意外的是，书中不仅有洪亮的文章，还附上了其家人的作品，显示出书香家庭的浓厚氛围。特别是其爱人的二十六幅书画习作，均为其退休后所作，难能可贵。其孩子所写的二十四首古诗，格律者平仄合韵，古体者雅致清奇，果然青出于蓝也。

  洪亮勤奋、务实，敏行讷言，半生心血而成文集，我今序之，幸哉，快哉！

（2023 年 7 月 11 日于杭州）

序三

马立远[1]

手捧洪亮先生的《拾柴集》手稿，感觉沉甸甸的。一篇篇读下去，似触碰到一颗火热的心，更被字里行间充盈着的深沉情怀、睿智思考和严谨文风感染着、激励着。

洪亮是我的老乡、同事，也是好友。前些日子，洪亮把他的《拾柴集》初稿交给我，希望我能为这本书写个序言，我欣然答应。

《拾柴集》不是文艺作品或学术专著，而是日常生活和职业生涯各个时期见闻、体验、研读和思考的集成，应属个人的作品文集。四个专辑内容丰富而厚实，形式多样而别致，一篇篇饱蘸浓墨、满怀真情的文章见人格、性情、智慧、风范，可体味作者丰富而深广的精神世界。

凡与洪亮交往，总会留下沉稳恬淡、诚恳友善、彬彬有礼的印象。而阅读《拾柴集》中的散文、随笔，更觉得洪亮内心细腻、丰富，情感炽热、深沉，对家人饱含深情，对世事洞若观火，对外物体察入微。作者回忆母校之上下两篇《劳动启蒙，始于母校——忆城关中学（上）》《自古劳动出智慧——忆城关中学（下）》为全书的开篇之作，深情回顾母校师生戮力同心，不怕脏、不怕累，平整黄泥巴操场，母校之"劳动启蒙"对个人成长的深刻影响。可以说，劳动的启蒙为作者走好人生之路正了音、定了调。洪亮是那样眷恋着生身父母，父母的离去一直是他挥之不去的隐痛。平时偶读一篇文章、看一幅书画或临近某一节日都会勾起他的深切缅怀。《小院碎忆》《父亲修车》《鞋子畈的家》《母亲临帖练字》等均为怀念父母之作。作者没有平铺直叙父母的生平或父母离去后儿女的痛楚，而是选取父母的工作场所、工作瞬间、业余爱好，子女与父母相处的某一个侧面或片段作细致描摹。如此，对父母的无尽思念弥漫在字里行间，一对"比较肯吃苦，有毅力、心地也善良"的父母形象也生动而鲜活地浮现在读者脑海里，深印

---

[1] 马立远，中国陆游研究会会员。

在心目中。

　　《拾柴集》之"学海书札辑录",是他的小孩在高考之前和读大学之后,与他之间的珍贵家书。读着封封家书,时时体悟到"家书抵万金"之言传和父亲如山之关爱,开明的家长确实是孩子的良师益友。在每一封家书里,洪亮似开启远程教学,与小孩隔空谈心释疑。功课重负下的学子,考前复习和错题纠正,审题、答题和卷面总结,如何调整心态,如何解决厌学、走神,如何研读学术论文,如何在参加职业资格考试中提升自我、展示自我等等,都是每一位学子参加高考和升入高校后、求职前必须面对的课题,也是让家长困惑又难以消解的难题,而洪亮依据科学方法和个人心得,做一一引导和解答,其循循善诱,传道、授业、解惑的功夫,可为许多家长和学子提供有价值的指导和帮助。

　　洪亮是学历史专业的,读着《拾柴集》不同体裁的文章,既有人文情怀,也有哲学思维,更有史学意蕴,令人沉思、使人明智。《试论历史学的特点》是洪亮在高校任教时的一篇学术论文,旨在通过文学与史学的比较中探寻史学的特点。看得出,作者对"文史一家"颇有研究,其剖析史学与文学的区别可做到深入浅出,侃侃而谈。一篇研究深入、逻辑严密,又极易枯燥乏味的论文,读来如明白晓畅、生动隽永的散文,令读者兴味盎然。洪亮在高校任教时间不算长,但学术成果丰硕,重读他研究历史,尤其是研究辛亥革命绍兴革命党人王金发的文章,可领略到他严谨的学风和扎实的功底。同时,他倾情研究绍兴地方文史,常于教学之暇,背着行囊,如司马迁"上会稽,探禹穴"般,踏遍稽山剡水,实地踏访名胜古迹和名士遗踪,撰写出几万言的越地山、水、桥、园林、墓碑简介。读着这一段段原创文字,看似作为一位史学者对此的纯客观解读,实则体现着作者锲而不舍、学行并重的严谨学风,更寄寓着作者对"鉴湖越台名士乡"的由衷眷恋和赞美。

　　从《拾柴集》中可发现,洪亮勤学善思,兴趣广泛,他总是以审视的目光、研究的姿态去面对一切。他将阅读中的心得、生活中的触动、工作中的感悟,转化为笔下的散文、随笔,以及致孩子的书信和调研文章等,既充盈着人文情怀,又洋溢着"史识""史德"。如对母校的格局、母亲从业的招待所、父亲修理自行车、大姑的信和自家阳台前的三角梅等,追求真实、还原本相,写得清晰而真切，历历在目；《海口行》《2020我的眼》《在绍兴名人故居前》等记述的是亲身经历，但没有多写见闻，而专注于感悟，重在分享心得，给人启迪；《跟着同行学语文》（上、中、下）、《跟着记者学写作》《条文句式赏读》《条款动词识读》等更显现其博采众长、善于钻研、勤于积累的品性，特别是从句式、词语的角度研究纪法条文的丰富内涵和魅力，其善于化繁为简、深入精进的功夫，令人耳目一新，不禁拍案称奇。

文如其人。《拾柴集》从书名到内容貌似简朴，实乃丰蕴；每个篇章看若孤立，实为浑成；每一片段和侧面，平中见奇，淡而有味，谱写了一曲时而宁静、温馨，时而激越、昂扬的人生乐章。读者可紧随作者的职业生涯和心路历程，细加品鉴、领悟，定能开卷有益，温故知新，从而一起向未来。

（2023年6月10日于绍兴）

目 录

所遇随录撷拾

劳动启蒙，始于母校——忆城关中学（上） …………………… 003
自古劳动出智慧——忆城关中学（下） …………………… 007
小院碎忆 …………………………………………………… 011
父亲修车 …………………………………………………… 015
鞋子畈的家 ………………………………………………… 018
母亲临帖练字 ……………………………………………… 020
我的大姑 …………………………………………………… 024
书画佚事 …………………………………………………… 027
你喜欢音乐吗？ …………………………………………… 030
海口行 ……………………………………………………… 033
石浪上盛开的油菜花 ……………………………………… 037
旧雨未歇新雨来 …………………………………………… 039
2020 我的眼 ………………………………………………… 043
跟着同行学语文（上） …………………………………… 048
跟着同行学语文（中） …………………………………… 051
跟着同行学语文（下） …………………………………… 057
几件小事，几位老师 ……………………………………… 061
初识三角梅 ………………………………………………… 064
在绍兴名人故居前 ………………………………………… 067
致敬梁柏台 ………………………………………………… 069
跟着记者学写作 …………………………………………… 073
条文句式赏读 ……………………………………………… 077
条款动词识读 ……………………………………………… 082

窗前桂 …………………………………………………………… 087
长夜忆君泪染襟——文耕先生二三事 …………………………… 089

学海书札辑录

考前复习和错题纠正要义 …………………………………… 097
审题、答题和卷面总结浅谈 …………………………………… 100
为何厌学、走神 ……………………………………………… 103
专题资料的收集 ……………………………………………… 107
怎样研读学术论文（上）……………………………………… 112
怎样研读学术论文（中）……………………………………… 116
怎样研读学术论文（下）……………………………………… 122
在参加职业资格考试中提升自我 …………………………… 125
"演""讲"并重与展示自我 …………………………………… 128

昔日学术管见

试论历史学的特点 …………………………………………… 137
睁眼看世界的新起点——鸦片战争前中英两国的相互认识 …… 143
略论王金发督绍 ……………………………………………… 154

越地古景梳掠

山·石 ………………………………………………………… 167
 "聚会诸侯，计功行赏"之会稽山 ………………………… 167
 峰顶形似香炉的巨石——香炉峰 ………………………… 168
 远古虞舜曾游憩于此的舜王庙 …………………………… 168
 一组宫殿式建筑的绍兴禹庙 ……………………………… 168
 出自李斯手笔的秦望山会稽刻石 ………………………… 169
 市内现存最古的摩崖石刻：建初买地刻石 ………………… 170
 摩崖题刻中的珍品——《龙瑞宫记》刻石 ………………… 170

构思奇妙的诸暨枫桥紫薇山小天竺 …… 170
因山势如两狮相斗而得名的斗子岩 …… 171
横镌"乐善好施"楷书大字的诸暨斯宅摩崖石刻 …… 171
对研究宋塔有较高参考价值的诸暨东化成寺塔 …… 172
著名浙东抗日根据地——四明山 …… 172
东汉青瓷窑遗址之一：上虞小仙坛青瓷窑遗址 …… 173
"东山再起"典故及由此而来的上虞东山 …… 173
其实只是山崖上一道巨大裂缝的凤鸣洞 …… 174
双笋石耸立的上虞钓台山 …… 174
布满"浙东唐诗之路"景点的绍兴境内天台山 …… 175
因李白《梦游天姥吟留别》而闻名的新昌天姥山 …… 175
近 50 首唐诗咏及的新昌沃洲山 …… 176
享有"小桂林""赛阳朔"美誉的新昌穿岩十九峰 …… 176
奇在洞口的新昌沃洲山水帘洞 …… 177
有些神秘的新昌元岙屏风幽谷 …… 178
创建于东晋永和初年的新昌大佛寺 …… 178
颇增嵊城山色之美的艇湖山 …… 179
朱熹题词命楼的嵊州溪山第一楼 …… 179
是鹿胎山和剡山总称的嵊州城隍山 …… 179
朱熹曾讲学的嵊州贵门更楼 …… 180

河·湖 …… 181
绍兴境内最大的河流——曹娥江 …… 181
湖畔建有春晖中学的上虞白马湖 …… 181
系后人祭祠表彰东汉孝女曹娥而建的上虞曹娥孝女庙 …… 182
钱塘江、钱清江、曹娥江汇集入海处的绍兴三江闸 …… 182
库面深入沃洲山谷十余里而建成的新昌长诏水库 …… 183
森林旅游资源丰富的嵊州南山水库 …… 183
东汉会稽太守马臻创筑的古鉴湖 …… 184

拥有酿造绍兴黄酒得天独厚水质的绍兴鉴湖 ············· 184
乡民祭扫东汉会稽郡太守马臻的太守庙 ··············· 185
今仅存葫芦形水池的陆游故居遗址 ·················· 185
绍兴著名石景——柯岩云骨 ······················ 186
凿山采石而成的绍兴东湖 ························ 186
悬挂孙中山题写"气壮山河"四字横匾的绍兴东湖陶社 ······· 187
两岸风光秀丽的绍兴若耶溪 ······················ 188
因山地中河流发生袭夺现象造成的著名景观——诸暨五泄 ····· 188
浦阳江畔的诸暨城关艮塔 ······················· 190

古桥 ······································ 191
因两桥相对而斜、状如"八"字而得名的绍兴八字桥 ······· 191
建于稽山河与运河交汇处的绍兴广宁桥 ··············· 191
一幅绝妙的江南水乡风景画——绍兴古纤道 ············ 192
横跨老城河的绍兴光相桥 ······················· 192
《晋书·王羲之传》里有故事的绍兴题扇桥 ············ 192
观赏"小桥流水人家"极佳处的绍兴宝珠桥 ············ 193
分主、副桥两部分的太平桥 ······················ 193
建在鉴湖水面开阔之处的越城泗龙桥 ················ 193
系三孔石拱的越城新桥 ························· 194
拱圈两壁上镌一副酒联的柯桥荫毓桥 ················ 194

园林 ······································ 195
绍兴历史文化名城的一个缩影——府山 ··············· 195
《越绝书》有记载的"越王宫台"——府山越王台 ········ 195
系越国纪念性建筑物的府山越王殿 ·················· 196
在飞翼楼遗址上改建的府山望海亭 ·················· 196
柱上镌着孙中山致祭秋瑾那副名联的府山风雨亭 ········· 197
相传为范蠡养鱼的绍兴南池 ······················ 197
又称劳师泽的投醪河 ·························· 197

传说西施习步的宫台遗址——西施山	198
绍兴著名石景之一——吼山	198
西施浣纱处——诸暨浣纱石	199
以西施为主题的建筑群——西施殿	199
因山上有晋代应天塔而得名的塔山	200
依塔山而筑的全国重点文保单位——秋瑾故居	200
可登顶观赏越城胜景的应天塔	201
古迹甚多的绍兴蕺山	201
一组纪念书圣王羲之的古建筑群——兰亭	202
舍宅为寺的绍兴王羲之故宅	203
久负盛名的绍兴沈园	203
陆游晚年常饮酒作诗之处——鉴湖快阁	204
秋瑾被捕之地——绍兴大通学堂	205
《从百草园到三味书屋》中的百草园	206
原称"三余书屋"的三味书屋	206

墓·碑 207

相传为远古帝王大禹的葬地——绍兴大禹陵	207
春秋末期著名的谋略家文种之墓	207
创筑鉴湖的马臻之墓	208
东汉唯物主义哲学家王充之墓	208
世称"书圣"的王羲之之墓	208
虽属攒殡性质规模却颇大的绍兴宋六陵	209
世称"阳明先生"的王守仁之墓	209
自称"书第一,诗二,文三,画四"的徐渭之墓	210
明末清初画家陈洪绶之墓	210
纪念明代抗倭英雄的姚长子纪念碑	211
以廉直著称的甄完之墓	211
辛亥革命时期杰出的女革命家秋瑾之纪念碑	211

为纪念牺牲的解放军战士而建的绍兴市革命烈士墓……212
所书"誓复失地"革命标语的朱铁群烈士之墓……212
曾任中共浙江省委书记的张秋人烈士之墓……213
在诸暨"墨城坞战斗"中壮烈牺牲的朱学勉烈士之墓……213
革命思想的传播者汪子望烈士之墓……213
上虞第一个农民党员朱庆云烈士之墓……214
创办书店、发行进步书刊的张珂表烈士之墓……214
曾担任浙江大学和北京大学校长的马寅初之墓……215

附录：家人小诗、书法作品选……217
后　记……225

所遇随录撷拾

劳动启蒙，始于母校
——忆城关中学（上）

20世纪70年代初，母亲到闽北山区小县城工作不久，就将作为长子的我，从农村老家转学至县城关镇五七小学。到了70年代中期，伴随着盛夏知了的欢唱，我告别了有点庭院风格外观且校史较长的五七小学，告别了校园里的池塘、垂柳、回廊，就读母校——县城关中学（县二中的前身）。

当年的中学实行4年制。入校时，我们当中的不少同学，虚龄不过十三四岁，到十七八岁便离校了。弹指一挥间，如今已是两鬓苍苍、满脸皱纹的我，为何会对远在外省的中学母校常怀念想之情？为何会有那么多难忘美好的片段闪过？为何年长恩师过世消息传来时会泪溢眼眶？细细咀嚼，应该是母校"开门办学、自强不息"的治校理念和浓厚的校园氛围，不但给予了我们很多人文关怀，还在心灵与精神上给予我们启迪，特别是对我们热爱劳动的启蒙。师生在黄泥巴的操场上共建新校区的情景，总是记得那样清晰，似触手可摸，鲜活如昨。

母校获批筹建的那一年，依据地段划分，招收了我们首届初一学生。因暂无校舍，只好让我们先寄居在县城人民小学相邻的教学房里。到了初二下学期，母校新建工程竣工后，才得以搬迁至来龙山南麓。据说，许多年前，母校校园改迁新址，旧址现已被住宅小区所替代。数十年来，变化可谓沧海桑田。当年县城北郊的来龙山，虽称不上山高林密、层峦叠嶂，也称不上群山环绕、绵延起伏，却是土丘相连、郁郁葱葱。绿树茶木丛次第排开，乡间小道蜿蜒曲折，低洼处的水田穿插其中，倒也别有一番景致。

建设中的母校面积，相当于3个足球场那么大。校园四周没有围墙，一条由南往北的黄泥巴坡道在教学楼东侧，直通来龙山的山坳。仅有一幢刚刚建成的三层高的青砖白墙黑瓦教学楼，一块不规则的尚未成形的黄泥巴操场，西南边拥有一间用作食堂的低矮小平房，东北角低于路面一米多的低畦农田旁，搭建了一处简易厕所。这便是当年县城关中学的全部校产。

由青砖砌成的三层高教学楼，坐南朝北，呈"一"字形，独立风中，是学生时代印象最深的场所之一。虽然名为教学楼，但实际上是一幢"多功能"的综合楼。东边，每层两间共6间教室。西边，一楼为本地教师的宿舍；二楼楼梯西侧，是一间近十人共用的教师集体办公室，往西是外地知青教师的单人宿舍；三楼则是物理、化学实验室和个别教师的单人宿舍。教师宿舍大都兼作办公室。大楼东边向阳，采光充足，留给学生做教室；西边偏阴，冬冷夏热，外地教师住楼上，本地教师住潮湿的一楼。优先保障学生利益的安排，处处体现了学校以学生为本的理念以及管理层对学生们的关爱。

教学楼前直径不过百米的黄泥巴操场，原先是一片山地茶园。学校建造教学楼和平整场地时，已挖掉了部分茶树。首届初一学生入学后，母校安排了不少劳动课，组织学生继续平整场地。要把东歪西斜的茶丛按操场标准平整出来，实非易事。工具不够怎么办？作为午膳生的县郊同学，父母大都从事农业生产劳动，家中农具一应俱全，故随时奔回家里，拿来自家的锄头、铁耙、铁锹、畚箕、扁担，有的还找来了钢钎。人多工具少，分到农具的同学，常常干得兴高采烈，脱掉鞋袜，卷起衣裤，在茶丛、土墩里，挥起山锄猛挖，一下不行两下，两下不行三下、四下……由于黄土黏性大，有时一块黄泥巴粘在锄头耙上，起起落落几次都甩不掉，沉甸甸的。有的土墩年久塌陷，乱石成堆，山锄、铁锹不管用，同学们就用钢钎起石，一旦看到有大块石头松动，几个同学不约而同地扑过去，抢着翻开大石块，还捡出里面的砖块，用双手小心翼翼地把砖块码起来，全然不顾是否卫生。

当时年少，尽管力气不大，在老师们的带领下，我们却干得很起劲。相互间没有明确分工，大家自由地聚拢在一起，不停地掘呀挑呀，似乎有使不完的力气。有时身上的衣服里外湿透，便干脆脱掉外衣，只穿一件背心，手臂挥舞，锄头起落。就在这挥舞和起落中，同学们的情谊更浓了。只要有人手起泡，或者虎口磨出血，父母在医院工作的金辉同学，就从自家带来纱布、棉签、红药水，帮忙消毒伤口、缠纱布。渴了，同学们就跑到食堂灶间，用嘴对着水龙头，喝上几口自来水,然后抹抹嘴,回来继续干;饿了,维健等同学,就把从家里带到学校来的干粮分给大家,在那个食品相对匮乏的年代,一颗糖、一块饼的分享,都是分外美好、弥足珍贵的回忆;累了,男同学们就靠在教学楼墙角的水泥地走廊上,歇一会或打个盹儿。由于是在坡地上建操场,地面坑坑洼洼,

图1 城关中学师生共建操场的劳动情景

遇到大雨,积水常常排不掉。在湿泥里干活,泥浆水直往鞋里灌,同学们就用脚将鞋里的泥水甩一甩,深一脚浅一脚地用农具代替打夯机,砸实地面。

对于平整操场挖出来的茶树、石块、砖头,老师们又不失时机地倡议,要尽可能再利用,变废为宝。于是,同学们先把茶树晒干,然后用稻草搓成绳,把茶树拢住,捆扎成担,挑着柴担疾走,送到学校食堂门口的空地上,码成柴垛。教学楼的南墙根,有一块东西长南北短的空地,同学们把石块、砖头装在畚箕里挑到教学楼南面的空地上,用这些石块、砖头,将空地的东南西三面垒起来,再用土埂把空地分成一块一块的小畦,并覆盖上厚厚的客土,待一畦一畦菜地成型后,老师又指导我们撒下青菜、萝卜种子,或在雨后扦插地瓜秧。风金同学还从自家提来了人粪料,给蔬菜施肥浇水。没过多久,碧绿的菜畦,长势喜人,笑容纷纷写在了同学们的脸上。蔬菜成熟后,同学们又自觉地把新鲜蔬菜,喜滋滋地捧到学校食堂供大家享用。

人心齐,泰山移。在老师们的组织示范下,同学们的劳动积极性被进一步调动起来,挖土,捡砖,破石,晾晒树根,清运黄土,种菜施肥,每样劳动我们都很喜欢。虽然艰苦,心里却挺高兴,有时还有点儿成就感。经过几个月的集中劳动,一块不小的操场终于平整出来了。后来,搬入新校第二年,母校在操场的正北方,又建了一幢坐北朝南,也是三层高的教学楼,专门作为后来入学的低年级学生的教室。南北两幢教学楼,中间隔着师生共建的黄泥巴操场,相互对应,至

此学校初具规模。

　　因是手工劳作，平整出来的操场上，不少地方免不了坑洼不平。由于没有专用的跑道，部分地面只好撒些碎石子防滑，供同学们出操、上体育课之用。教学楼前这个师生共建的黄泥巴操场，是一个开放的自建式操场，行人可以自由出入。操场的东边是后来被称之为城北路的北段，西边是一家县属企业的平房仓库，校企之间砌有一排约半米高的青砖矮围墙。

　　就是这样一块平凡的黄泥巴操场，却永远留在了我记忆的最深处。想起城关中学，黄泥巴操场就会清晰地浮现在我的眼前。它代表着我人生劳动启蒙的第一堂课。

（写于 2019 年 5 月）

自古劳动出智慧
——忆城关中学（下）

凡是"首届"，总显得特别。作为城关中学的初中和高中首届学生，我们经历了白手建校、开门办学到应试教育的转型过程。

初中阶段，我们曾参与过比较多的体力劳动。母校密集组织学生开垦茶丛、平整操场、自种蔬菜，这既是勤俭办学、弥补经费不足的需要，也是为了磨炼学生意志、增加技能。同学们也都有很出色的表现。国宝、团辉这两位同学，个子不太高、身体比较单薄，但脏活累活抢着干，挑畚箕的泥土，总是压了又压，装得满满的；进辉、沧江、雄亮、钟平这些同学，砍树枝、挖土石、捡砖块，从不推让叫苦；德荣、赞朝等同学，小小年纪，却懂得很多农学知识，说起稻谷、小麦、玉米、油菜、甘蔗等农作物，常常头头是道，与此同时，大家也都成了种菜小能手。这充满友爱、互帮互助的集体劳动，既给了我们很多的欢乐，又培养了我们热爱劳动的习惯。更为重要的是，在劳动中，我们的感知和认知，有了明显的改变和提高。

不行不知，行而后知。劳动的艰辛，也使我们早早地懂事起来。记得十年前，金辉同学来看我时聊起，他读初中时经常顶撞父母，有较强的叛逆心理，随着参加集体劳动的增多，觉得父母的生活很不容易，到了高中，对父母渐渐多了一份理解和尊重，似乎成熟了许多。对此，我也是深有体会的。集体劳动是快乐的，但毕竟有一定的劳动强度，也是比较辛苦的，这无形中改变了我们对上学读书的一些看法。劳动还教会了我们许多为人做事的原则和方法，对我们此后的生活与工作产生了潜移默化的影响。比如，对人多力量大的认识，如果不是组织全校师生共同参与劳动，母校的黄泥巴操场，是无法在短时间内修建完成的。还有巧干的重要性，我们深知遇到深埋厚土层的大石块，如果不借助钢钎等工具，就无法顺利起石。青春年少，正是思维比较活跃的时候，这也为我们开启高中阶段的知识学习奠定了一个良好的基础。

进入高中阶段，正是恢复全国高考制度的特殊时期，我们也转为进行脑力劳动为主了。犹记1977年10月21日，《人民日报》在第一版发布了恢复高考的消息，举国上下，顿时沸腾。这是高校停招六年、"废考"十一年后的重大喜讯，成千上万的青年才俊欢欣鼓舞，奔走相告。除应届或历届高中毕业生

图2　城关中学为首届运动会积极准备

之外，当时政策上还允许在读的优秀高中生提前参加答题。由于报考人员众多，1977年底的全国高考，没有实行全国统一命题，许多省市都采用先行初试一次，淘汰一批，初试合格者才允许参加正式高考的方法来选拔人才，自此进入了我国人才选拔史上的"春天"。从1978年开始，高考试卷改为全国统一命题。有趣的是，77级和78级两届大学生的入学时间，都在1978年，同年不同月份。正是在恢复高考这一历史大事件中，尊重知识、尊重人才的时代到来了，努力学习文化知识，渐渐成为良好的社会风尚。

当时给我们上课的老师们，颇有个性特质，魅力无穷，开阔了我们的眼界，增强了我们学习的兴趣。特别是接近五十岁的一批资深教师，和三十岁左右的一批知青老师，在传道、授业、解惑过程中，启迪了我们的心智，给我们留下了许多至今仍觉得非常美好的印象：

教英语的缪绍光老师，是一位很有风度的老师。五十开外，个子较高，满脸的络腮胡子，总是刮得很干净，风度翩翩，颇有书卷气，上课时缪老师会站在课堂中间，经常叫同学们跟他对口形，用来练习英语单词发音。

四十多岁的卜思祥老师，是一位爱憎分明的老师，对看不惯的事，他会当面指出。他教我们用脚步去丈量教学楼墙基和操场等场地的长度与宽度，进而得出占地面积，一下子把枯燥的数学讲活了。记得20世纪70年代末，卜老师接替其父家业、离职去澳门定居前夕，曾把我叫到他的办公室，递给我一大摞印有"城关中学教师备课纸"字样的空白信笺纸，还有两本空白笔记本，当作纪念。接过

老师递来的纸和本子，一股暖流涌上了我的心头。当时卜老师还同我说了几句话，只可惜因为过于激动，没有记住老师的教诲。我一个极普通的高中生，得此厚爱，何其荣幸，怎能叫我不激动！卜老师同其他老师的关系也很融洽，同在一个年级段教语文的叶培芝老师，还写了一首诗《欢送卜思祥老师赴澳门》送别："城中共处友情深，惜别依依泪沾襟。澳岛归宗终有日，金瓯补缺庆回琛。"老师间结下的友谊，非同一般。

身形稍胖又比较年长的叶培芝老师，是一位仁慈的长者。他爱好诗词，在我们的语文课上，讲话抑扬顿挫，板书清楚整齐；课余还指导我们怎样编写黑板报。偶尔他在编写油印讲义时，也会叫一些同学参与，做个帮手。

在这支恩师团队中，还有不少来自省城福州的知青。篮球打得好、平时笑呵呵的林声秋老师，是一位与共和国同龄的知青。他身材修长，知识面广，还是一位多面手，教过物理、数学，还有历史。他给我们上课时，不满30岁，充满朝气和活力，同时也很有生活情趣。因为师生年龄相差不大，他跟我们学生很亲近，常常邀请我们去他的单身宿舍，给我们演示怎么煎荷包蛋、煮挂面。即使在高中毕业多年后，林老师还同我们这些学生保持比较密切的联系。20世纪80年代中期，林老师在华东师范大学历史系脱产进修期间，曾专门把他的手写论文稿寄给我，供我研读之用。印象中有一篇是关于抗战时期香港对日作战的论文，近40页之多。比林老师年纪稍大几岁的徐德生老师和章燕老师的艺术特长明显，琴棋书画、吹拉弹唱样样在行。尽管当时物质条件极为艰苦，知青教师们却很敬业，尽其所能不厌其烦地把各种知识传授给大家，在带领学生共同参加新校建设劳动之余，还组织了不少文体兴趣小组。华青、建峰这些喜欢唱歌跳舞的同学，进了文宣队；国宝等写作和书法基础好的同学，负责学校及班级黑板报的编写；金辉、镇宝等喜欢体育的同学，老师们开"小灶"悉心指导。后来，不少同学的潜质被挖掘出来，高中毕业后，很多同学以文体特长生报考上了音乐、美术、体育等专业院校，着实令大家羡慕了一阵子。

随着校内各类考试、测试的增多，一些学习能力强、素质全面的同学相继脱颖而出。当时，学校的管理层很有超前意识，开始有计划地组织个别特别优秀的同学，经过短时间强化辅导后，为其向相关部门申请，允许其提前参加1977年冬天的高考招生和1978年夏季的全国统一高校招生考试。印象中提前参加高考的优秀同学，有宇海、秋波、振华等人。他们当时大都是十五六岁。平时测试结束后，任课老师常常将宇海、秋波等这些成绩特别优异的同学的答题试卷优先改出，张贴到教学楼楼梯口的白墙上，供同学们对照自估。这些上墙的答题试卷，字迹清晰、卷面整洁、步骤严密、落笔果断，很有点标准答案的意味，常常给我们带来很强的视觉冲击感。正是这种自我管理、自我提升的互助机制，激励了一拨又一拨同学奋发进取，为日后职业生涯的顺利发展打下了坚实的基础。

自古劳动出智慧。源于参加母校劳动的各种记忆，增添了对母校的感恩之情。感恩母校！是她教会了我们在劳动中学习，学习生存的各种技能，学习人生的各样知识。

（写于2019年5月）

小院碎忆

最近，整理办公室里旧的书刊时，一本关于家风故事的小册子，勾起了我对已故母亲的思念之情。也巧，当天晚上，接到了童年玩伴政晓的视频通话邀请，并被拉入县城"招待所小院"微信群，20世纪70年代随母亲在县城招待所生活的情景，便浮现在我脑海中。这之后，通过微信，我又细读了邻居好友伟文那饱含深情的《忆母亲》一文，思绪万千、浮想联翩，追思母亲的念头，也叩击着我这个即将步入花甲之年的长子的心坎。于是也有了一种想写点文字，留下一点东西的冲动。回忆往事，虽然美好，有时也挺揪心的。那还等什么，动手吧。

还是从我曾经得到过许多人关怀的招待所小院说起吧。因母亲，我们有幸与小院结缘。40多年前童年和少年时期的往事，虽是泛黄了记忆，但始终抹不掉那曾经的年少情怀。

时间倒回到20世纪70年代。

那时的县城招待所，是县里设立的一家事业单位。所址分为两处，占地面积一大一小，隔着一条东西向的马路和南北向的河流，相距约百余米。马路以南、河流以东的，称小招，面积不大，是一处与县总工会相连通的院子，用于接待少数贵宾或外宾，并建有简易的员工家属宿舍。坐落在马路以北、河流以西的，是一处有一定规模的大院，占地面积数十亩，员工人数较多，是县里会议接待和平时散客入住的唯一场所，称之为大招。

许多老员工的子女，在小招或大招院子里，度过了快乐的童年、少年，甚至青年。那时候，孩子们还直接参与了父母所在单位的义务劳动。每逢大型会议召开，员工们忙不过来时，就会招聘老员工的子女们为临时工，去食堂洗碗端菜。招聘的消息一经传出，大家常常不约而同前往所长或事务长的办公室要求受聘。所领导也很注重培养员工子女的劳动观念，尽量让所里的每个孩子都有机会去帮忙，设法创造条件，给予合理安排。那时老员工的孩子们，大都还在读小学，少数读初中，都还没上高中，所以对能去食堂帮忙特别开心。因为兴奋，去之前的晚上，有的还睡不着觉呢。劳动，自然增进了彼此间的友谊。据说后来老员工的子女们相互联系时，都把这两处院子亲切地称为"招待所小院"。

相比较而言，大招的功能，比小招更为突出。建在平地上的大招，主体建筑部分是坐北朝南的两排一字长楼，均为砖瓦结构，南楼即前楼，高二层，北楼即后楼，高四层。前楼与后楼顶层正中央，各建有面积较大的露天晒台。夏日的清晨，登高眺远，映入眼帘的是一垄垄碧绿的菜地和金灿灿的稻田。从平面图上看，大招的东西较长，南北稍短，四周有平房、屋棚、围墙相连。东北角为食堂的大灶间和配套的平房餐厅，西面是开水房、洗漱用房和木工间，西北角建有高出地面一人多高的旱厕，旁边还搭建了猪圈。

大招正门和两幢一字长楼的大门，都开在所址的中轴线上。前后两进两院，串连成一个整体。由南往北进入正门后，是一处横长的空地，可停放各地采购员的运输车辆，当时停放的车辆，大都为解放牌的敞篷大货车。前后楼之间，是一块方方正正的水泥空地，实际上是一个面积较大的封闭内院。内院中央建有与两楼平行的长廊，类似于园林中遮风挡雨的游廊，既是人行的通道，也作会议临时餐厅之用。廊前，有一眼较大的清水井，四周花坛上，种有几株并不高大的松柏。后楼底层正中设穿堂门通往北边，到北围墙墙脚，是宽窄不一、高低不平的狭长荒地，老员工们利旧搭棚，各家还自养了一些鸡鸭，权当改善生活。西北角围墙外，是邻居好友平忠外婆家的老房子。

大招四周，并不都是他人屋舍。东为河，食堂与餐厅往东至河岸，有一大块低洼水田，夏种水稻冬种菜。两米多高近百米长的石坎河堤，由花岗岩石块垒砌而成，既起防洪防盗作用，还是一道亮丽的河岸景观。东南角坑坑洼洼的草丛旁，长时间堆放着好几堆不规则的大石块，应该是建所过程中，砌东边河坎时剩余的基石。记得有一堆石块中间，长着一棵冠幅超过5米的高大无花果树，很能结果，夏秋之交，表皮微红的成熟无花果，挂满枝头。

大招始建于哪一年，何时招录了第一批员工，确切的年份，一时已难以查考。综合各方面信息，推断大概建成于60年代中后期。六七十年代陆陆续续进所工作的那些同志，在其子女眼中，就是地道的老员工了。从建筑布局上看，大招和现在的星级宾馆相比，差异较大。当时比较突出"自给""实用"这样的功能，尽可能在大院内形成闭环，每个单体建筑又都有明确的实用要求。两排一字形的多层长楼，在当时的山区小县城里，也不多见，称得上地标了。客观地讲，放在当时的物质条件下，相对齐全的配套生活设施，的确为老员工们创造了良好的工作环境。

我的母亲，是老员工中的普通一员。在我们子女的印象中，她特别珍惜在所里工作的机会。70年代初，她一到所里就全身心投入工作。那时的母亲，格外忙碌、辛苦，一天到晚都在干活儿，却无半句怨言。其中，母亲和其他老员工一起背床板的劳动场景，对我教育特别深。随风潜入心，润物细无声，劳动成了我心中一段难以磨灭的记忆。

当时的所长姓李，是一位善于管理，又很宽厚仁慈的长者。他看到我母亲肯吃苦，所以在工作安排上，给予了充分的信任，把我母亲和那些素质好的老员工，一起安排在后楼工作。当时前楼与后楼的差别，主要是服务对象上的差异。前楼以散客为主，大都是来松溪采购木材的外地采购员，后楼则是会议用楼，县里或全县召开的会议大都安排在后楼。那时候的客房间，都是一个个不大的单间，陈设比较简单，没有独立的卫生间，除了几张硬板床、一张简易写字台和几把木椅外，没有别的家具。会议接待用的床，大多是由门板那么厚、宽约半米左右的两块杉木床板拼接起来的单人床，少量的是宽一米左右的一整块大木床板，那年头，还没有席梦思床垫。有时候会议通知来得迟，要在很短时间内把床板铺好，真的是一件劳动强度比较大的活儿。当时所里有个不成文的规定，即每次会议结束，床板都要放回一楼大仓库间，下一轮会议开始时，又须把床板铺回去。因为每次会议规模大小不同，会议接待用房调整是常态。除了开会，后楼平时并不对外，为了保持房内整齐清洁，老员工们都很自觉地遵守这个规定。

后楼和前楼的楼梯不同。前楼只有两层，楼面是大木地板，楼梯是单向的木楼梯，而后楼有四层，是双向的水泥楼梯。后楼四层的楼面，都是水泥地面。从一楼到二楼直至四楼，层与层中间，有一块约3平方米的水泥平台，形如马鞍，平台的左右两侧是水泥台阶，双向的左右两组台阶，相距不到3米，因而也可称之为"马鞍"楼梯。山城的木材资源丰富，床板虽是杉木制成，但做得很厚实。每次会议召开前夕，员工们腰间系着一大串房门钥匙，背着厚实的床板，踏着一级一级的楼梯台阶上来，从一楼背到二楼、三楼、四楼，然后逐间把床铺好，并把房间打理整齐。每层左右两侧，房间南北对应，不少于40间，整幢楼的房间总数，在150间左右。会议结束后，员工们要及时把床板拆掉，背着厚重的床板，踏着一级一级的楼梯台阶下去，下楼时双手须紧紧抓牢背上的床板，以防止滑落。遇到寒暑假子女代班时，我母亲会不厌其烦地给我们讲解背床板的要领，还细声细语地说，多掌握一点劳动技能，没有害处。许多年以后，每当我回味母亲这番话的时候，心里都感触颇深：热爱劳动，往往是生活快乐的源泉。

正是在不间断的劳动生活和互帮互助中，我母亲与后楼老员工们之间，结下了深厚的工友情谊。清枝、美莲、金枝、顺玉、美华、玉碧、云妹和后来担任所长的钱会计等诸位长辈，在背床板的劳动中，了解了我母亲，从相识到相知，并对我们一家给予了很多的照顾、帮助。我们三兄妹一聊起那段过去，都历历在目。

其实，背床板的故事背后，也饱含着母亲对我们子女的教诲和希望。那时，母亲一天背床板上下楼梯无数趟，有点像现在搬家公司的搬运工。尽管楼层间会有分工合作，但遇到大型会议，要背的床板特别多，实在是辛苦。有时母亲拖着疲惫的身体回到家里，连话都不想说。这项工作虽然辛苦，但母亲总是愉快地接受，默默地干完，时常还流露出对生活现状很满足的神情。母亲乐观坚毅的生活态度，做事认真、吃苦耐劳、不计较得失的品质，后来也潜移默化地影响了我们，并在我们子女身上传承下来。我们虽然没有"孟母三迁"的家风故事，也没有朱柏庐"黎明即起，洒扫庭除"的治家格言，但母亲的言传身教，引人克勤向善，使我们子女终身受益。因此，我们三兄妹，都很感激和想念已在数年前去世的母亲！

（写于2021年6月）

父亲修车

前几年家里装修客厅与卧室间的通道时，妻在书柜对面的白墙上，精心布置了一面狭长的照片墙。右上角的醒目位置，挂着一张老照片，是我们三兄妹小时候与父母亲的合影。这些年外表衰老很快，甚至有点形容枯槁的我，独自在家或在室内踱步时，面对墙上"全家福"里脸庞清秀的父亲，思念之情总是涌上心头。清明时节，父亲的音容笑貌，更是时不时地浮现在眼前，萦绕在耳畔。父亲儒雅的形象，一次又一次地叩击我记忆的闸门，如烟往事，再一次把我拉回到许多年前。

自我们三兄妹懂事起，为家里柴米油盐等生活必需品不断忙碌，为我们三兄妹读书求学和成长操碎了心的都是母亲。虽然在子女的培养教育上，父亲没有母亲付出得多，但父亲以他的勤劳、智慧，比如主动为我们修自行车等，在我们子女心目中，留下了深刻的形象。

20世纪80年代中期，我拥有了第一辆自行车。那时，买自行车要凭票，本地自行车总厂生产的飞花牌自行车票，每张值30元，与上海自行车三厂联营生产的名牌凤凰牌自行车票，每张值50元。买卖自行车必须通过寄售店，不允许民间私自买卖。印象中飞花牌、凤凰牌自行车的车价为150元至180元不等。因自行车厂一位热心的熟人相助，我在大学毕业参加工作后不久，便得到了一张飞花牌自行车的购车券。当月，在父母的资助下，满怀欣喜的我，买了一辆26英寸轻便自行车。记得当时个人买自行车，还须办理登记手续、领取牌照。我办理的第一辆自行车的牌号是六位数，尾号为"3"，一本浅绿色"绍兴自行车行驶证"，一直珍藏在我的书柜里。

20世纪70年代末兴起的自行车制造业，虽然步入21世纪后没能很好地抓住大发展的契机，但在20世纪八九十年代，由于家家户户都买自行车，多个花色品种相继应市，渐渐形成了规模优势，产销两旺的局面。许多普通家庭，少则两三辆，多达四五辆。那时，极少家庭拥有私家车，上下班大都骑自行车或步行。

26英寸男式黑色喷漆自行车和24英寸女式彩色喷漆自行车，是绍兴市场上的流行交通工具。其形体线条虽不及现在的自行车优美，但质量上乘，坚固耐用，既可代步载货，又可锻炼身体，备受青睐。自行车市场需求趋旺，催生了街面上各式各样的零部件配套商店和修理铺，穿行市区大街小巷，自行车简易修理铺随处可见。1990年，父母随我来城里定居。由于我们平时

图3　20世纪80年代的自行车行驶证、车牌

忙于工作，所骑自行车"蓬头垢面"的，零部件损坏了，也不及时修理，将就着上路。于是父亲在我们子女去看望双亲时，总要把我们停在家门口的自行车擦洗检修一番，以确保我们骑车安全。

　　时间久了，父亲对自行车修理逐渐入门，不知不觉成了"内行"。父亲自制了一个工具百宝箱，尺寸、规格不一的各种大小螺丝和螺帽，一应俱全。父亲有修旧利废的习惯，旧车上拆下来仍可用的脚蹬、手闸、鞍座、链罩、单支架、挡泥板、刹车片、小转铃等等，都能变废为宝。有时，他还从商店里买来车圈、内胎、轴承备用。修补轮胎时，父亲先在地上铺好旧报纸，将整辆车翻个身，弹簧鞍座、龙头把手着地，两个前后轮向上，盛满水的搪瓷洗脚盆摆在车架旁，然后用一字起等工具，熟练地将轮胎从轮圈上剥离，再用打气筒将气灌满内胎，并把内胎浸入洗脚盆的水中，逐段检查漏气洞眼、裂隙，找到内胎被刺破位置或裂缝后放气，再用锉刀将破洞、破缝表面磨粗糙，涂上万能胶，粘上剪好的内胎薄片，敲打压平、充气，再放入水中检查，并将拆散的零部件，重新配装。记得在20世纪90年代初期，我还买过一辆28英寸的重型自行车，父亲特意在三角车架上安装了儿童鞍座，方便我接送孩子上幼儿园。父亲每检修一次我的自行车，总不忘测试一下手刹是否灵活，刹车片是否磨损，并给轴承添加一点机油。父亲坐

在低矮小板凳上，聚精会神检修自行车的场景，深深地印在我的记忆里。

这一幕，我常常回味：父亲是有智慧的！修车需要有整体性思维与细节意识，任何一门技艺的背后，反映的是人的能动精神。父亲修车，好比修理我们的生活与心灵，漏了的地方该补，掩藏的问题得找出来。我有时还想，修自行车这门手艺，与父亲年轻时在青海当过拖拉机手不知是否有关。

如今，我们都已不再年轻，妻和两个妹妹都已退休，我也即将退休，我们的孩子的年纪与那时的我们也接近，但我们的心里，却从未间断过对父亲的思念！

（写于2017年3月）

鞋子畈的家

今年一月，是我父母离世的第六个年头。

随着清明节的临近，我对父母的思念之情，愈发浓重。因为父母在我心中，一直有很重的分量。父母几十年含辛茹苦，把我们三兄妹养大成人，实属不易。在这样的时间节点上，总想写一点回忆性的文字，以表达我们作为儿女的一点哀思。

我从思绪万千中整了一个题目，不妨叫"鞋子畈的家"。从1990年到1999年，住在鞋子畈的十年，应该是父母一生中最为开心愉快的一段时光。那几年，我们三兄妹先后结婚成家，并各自有了可爱的宝宝。大宝、二宝、三宝，聪明乖巧，大家庭的欢乐氛围，时时刻刻感染着双亲的晚年生活。印象中，这10年父母没住过院。这在以前，对我母亲而言，那是不可能的。自我懂事起，远在外省工作的母亲，几乎每年都要因为气管炎复发住院两次。我有时想，子女带给父母的快乐，常常可以治愈父母的病痛。其实，父母是最容易被子女"俘虏"和"搞定"的群体，"搞定"了父母，就是送健康、送幸福。

我父母搬过几次家。我们三兄妹出生的那个农村老家，祖传的老房子，早已年久失修，完全倒塌。母亲工作单位分配的职工宿舍，是两个小房间和一间小厨房，分布3处，不在同一个地方，居住不太方便。入住一所小学对面的那个中套，是妻子单位的房改房。相比较而言，鞋子畈的新房，是父母用毕生心血积攒的存款，在30多年前购买的商品房。为了帮助父母买下这套实用面积仅27平方米的砖混结构套房，妻子主动将婚后的所有存款，包括结婚时至亲赠送的礼金都垫上，才付清了房款。父母为此很受感动，生前每每提及此事，总是夸奖儿媳的孝顺之心。

鞋子畈的新家，坐北朝南，面积不大，却很温馨。北厨、中厅、南房、边卫的结构，外加一个朝南小天井，最多时要容纳我们全家三代11人团聚、吃饭。屋内尽管拥挤，父母看着我们兄妹三家，团结和睦，互帮互助，发自内心的高兴，感到无比欣慰和满足。为了拓展空间，在企业工作的大妹夫和小妹夫，分别找来建材，在南面小天井里搭建了一个遮雨棚，用来放一些杂物；他俩还帮助父亲，把从福建带回来的多袋木炭和多块樟木板，整齐摆放到北面的自行车棚内备用。每逢节庆假日，父母总是领着我们兄妹的三个孩子，大手牵小手，到湖塘下的桥头上漫步，到通往钢厂的田间小路上，给她们讲解和辨识农作物。在公司工作的大妹和小妹，下班回到鞋子畈的家里，对父母总是问寒问暖，百般体贴，找开心的话题聊天，尽最大的努力让父母高兴。为了添补家用，我们兄妹几个，还曾利用星期日，和父亲一起，拉着舅舅提供的游戏机，壮着胆子到城乡接合部一带的村子中去兜揽生意，虽然一笔生意也没有做成，但父亲看到我们三兄妹为其忙前忙后，很是欣慰。回想起来，那十年是花甲之年的父母最为开心的十年，也是我们子女回报父母养育之恩的最佳十年。

近来，我的耳畔，时常想起一位朋友同我说过的一句话。他说："人到中年或壮年，回到家里，还能喊声爹娘，那是件多么幸福的事。"起初，我不太理解这句话的含义，后来，渐渐明白了此话的真谛！特别是在父母相继辞世，倍感失落和孤独时，对友人这番话，便有了深切的体会。我时常想，若父母还健在，那该多好。遇到一些不痛快的烦心事，可以敞开心扉倾诉的，还是父母双亲。虽然父母年迈体弱，文化程度也不高，又不富有，不能给予我们什么物质上的帮助，甚至出不了什么好主意，但父母是最了解子女的，永远站在子女这一边，给我们鼓劲，提醒我们注意身体，这种心灵上的相知相通，有时能帮助我们战胜各种困难、树立信心。所以，如果父母健在，我们的生活安排将会很充实，比如，忙中偷闲去父母那里坐坐，吃个便饭，就能得到一个很好的休整。这是一件多么令人愉快的乐事！现在每逢双休日或节假日，我都特别羡慕双亲健在的同龄人。父母离世后，我的灵魂犹如断了线的风筝，无所依托，有时不免悲从中来。父母去矣！鞋子畈的家曾经有过的欢声笑语，仍深深留在我们三兄妹的记忆里。

（写于 2020 年 3 月）

母亲临帖练字

母亲练毛笔，纯属偶然。

1935年出生于浙东农村的她，从没进过学校或私塾。她自懂事起，就被送进村里的戏班子学戏，是个地地道道的没文化人。青年时期，虽进过剧团业余扫盲班，补习过一点文化课，不能说目不识丁，但识字极少，再加上中年开始患病不断，先是支气管炎，每年要犯，步入老年后，整日气喘吁吁，后来又多了一样手时常发抖的病，人们通常叫帕金森病。这样的身体状况，连走路、拿筷子都有困难，好在母亲从不埋怨，相反，颇有感恩与感激之心。我们作为子女最大的愿望，就是做点使她高兴的事，以减轻她的一些病痛。

记得5年前的一个双休日，我去看她，她坐在一楼阳台的小矮板凳上拨弄着花草，不停地喘气，手又不稳，不断地抖着。见她吃力的样子，我说现在很多老年人在上老年大学，练习书法，既能静心又能活动脑子，不失为一种好的选择，问她要不要也练练。她用疑惑的眼神望了望我，似在征求意见："行吗？"我随口说了一句，可以试试看，她没有直接作答。

过了几天，我又去看父母。母亲一见我，就兴奋地对我说，她已写了一张毛笔字。她一边说，一边从阳台书柜上拿来习作，笑嘻嘻地递给我看。我连忙从她颤抖的双手中接了过来，在那一送一接的瞬间，一种难以言表近似矛盾的思绪涌上我的心头。看见那双布满皱纹的双手、饱经风霜的脸庞、期待着评判和肯定的眼神，我有点自责。对一个没有文化基础的老太太，提一个与其平时生活习惯太不相干的兴趣要求，近乎苛刻。但看了母亲的临帖习作，我掩饰不住内心的高兴，急不可待地问了一句："就写了这一张吗？"见我很有兴趣了解，母亲赶紧向我解释说，写了好几张，这是最好的一张，算是"代表作"，还补充道，她前几天，在房间里找到了我小孩读小学时用过的一本毛笔字帖，还有纸和笔、墨汁，现在每天能写一张。我双手接过老妈的其余习作，仔细看了起来。这是我孩子读小学时用过的毛边纸，一张纸有30个米字格，每字格约5厘米见方。我又朝阳台书柜上看了看，那里放着一本叶圣陶先生题写的《中学生字帖》，字帖封面已泛黄，书角卷了起来，是本1990年版的老帖，属柳公权、颜真卿、欧阳询和赵孟𬱖四帖之一，为柳体，毛笔是小长锋善琏湖笔。因为母亲是高龄初学，笔画之间抖动的痕迹十分明显，但结构比较合理、字迹整洁。我心里感到很开心，真是言者无心，听者有意，母亲真的开始练字了，我们做子女的，别提有多高兴，心想这说不定能转移她对病痛的注意力。从那以后，我每次去看父母，在母亲对我的唠叨中，总少不了谈论她的临帖书法。直到前年过世，她断断续续一共写了51张共计1530个毛笔字。

母亲写的这些毛笔字，现在想想，对我们子女来说，真是一笔宝贵的精神财富。临帖练字，对高龄的母亲来讲，明知极难，却坚持了下来，这是何等的意志力；所留下的习作，每张都有好字，进步惊人，不简单。

今天是母亲去世两周年忌日，除了母亲临帖练字的往事之外，我

图4 母亲临帖练习的字

还止不住地想起了她的许多其他往事。有些往事，是母亲病重住院期间，陆陆续续讲给我听的，是关于她怎么做事，怎么待人的。其中，母亲小时候学艺的经历，再次给我留下了特别深刻的印象。因为少年学唱戏和老年临帖练字，事情虽不一样，但都体现了母亲为人做事的风格，就是肯吃苦，有毅力，心地善良。

母亲的老家，是一个名不见经传的小山村，共有100多户人家。村边小溪流过，村头有个大池塘，塘边有一棵近千年的古香樟树。过去村不穷民也不富，现在也大致如此。但生态环境很好，有山有水，还有果园，许多人家都自种大烟叶，是一个较为典型的自给自足的小村庄。80多年前，母亲出生在这样的小山村里，家有姐弟5人，她排行老大。

外祖父对作为长女的母亲，期望殷切，因他与越剧十姐妹中的姚水娟之兄甚

好，故从母亲懂事起，就请姚水娟先生引导其学唱戏。外祖父希望我母亲能像姚水娟那样，艺技高超，既能自己谋生又能为家庭带来荣誉。出于这样的考虑，外祖父在母亲很小的时候就送她到村戏班子学戏。最初是在邻村的戏班子学戏，后回本村戏班子，学过小生、花旦、小花脸等多个角色。因为母亲很用功，学得不错，常常受到大人们的称赞。村戏班子到邻村去演出的时候，外祖母总跟着去，每逢熟人就自豪地夸奖，说台上的那个小女孩是她的孩子。母亲12岁那年，经一位亲戚介绍，进入黄岩、临海附近的大戏班子学戏。黄岩盛产蜜桔，对年少的母亲，似乎很有吸引力，但小小年纪，远离父母外出学艺，生活的艰辛可想而知。母亲说，刚到大戏班子不久的那年冬天，因为紧张，上台忘了戴胡须，引得台下哄堂大笑。因师傅与老板有约在先，如演砸了要扣工资，为此师傅很生气，决定等演出结束后找来母亲打一顿作为惩罚。母亲因害怕被打，还没等演出结束，就从戏台的旁边跳到下面的田埂稻草堆里，躲在里面不敢出来，引得戏班师傅差人到处寻找。那时候搭戏台，常常是在露天，不像我们在景点里看到的亭台楼阁式的戏台，可以遮风挡雨。由于害怕，天又冷，母亲便在稻草堆里过了一夜，因饥寒交迫，人也饿昏了过去。幸亏第二天，一位好心的大娘发现了草丛中的母亲，及时报告戏班，师傅心软，免去了对母亲的惩罚。那好心的大娘，算是救了母亲一命。

  母亲被人救过一命，她也救了另外一个人一命。新中国成立前夕，母亲还不满15岁，在大戏班里却已是一个大孩子了。那年代，战争时有发生，台上演戏，台下有时枪声响起。有一次，台上正在表演，母亲从后台去门外倒卸妆水，却被一个大男人拉住裤脚低声说："救救我！"母亲吓了一跳，低头一看，一个鲜血直流的男子正眼巴巴地向母亲求救。母亲不能见死不救，于是扶起他，搀着走进了后台。这时门外传来一阵急促的脚步声，有人喊："有没有看到一个受伤的男人？"大家都屏住了呼吸，不敢出声，母亲灵机一动，让那个受伤的男人躺进师娘的大木盆里，盖上了被褥。不一会儿，外面持枪的人闯进来，翻了一阵，没找到人便离开了。因为母亲把受伤的陌生人带进了后台，大戏班的人都纷纷指责母亲，说战争年代这样做很容易引火烧身，搞不好还要连累大家。母亲辩解说，那也不能见死不救。师傅没办法，只好将那人治疗一番后，便决定大家连夜撤走，总算躲过了一劫。

由于外祖父过世较早，家里需要母亲照顾年幼的弟妹，于是在大戏班子没待几年，母亲便回到农村老家从事农活。母亲后来回忆说，这段学戏的经历，开阔了眼界，也使她很早就懂得了生活的不容易，这跟她后来外出打工并十分珍惜工作机会，是有关联的。

母亲老年临帖练字，少年学唱戏，一老一少，两件趣事，带给我们的是无尽的思念。为了备忘，也想为母亲做点什么，于是作此小文以示纪念。

（写于2016年1月）

我的大姑

在我父辈十姐弟中，大姑是位人见人夸的仁慈长者。1925年出生的她，虽一直只是家庭主妇，却有较高的文化素养，天生丽质，语调平和，神态淡定，从不哀怨，有着一种与众不同的气质和风采。同辈、晚辈诸亲属中，经常念叨的，都是大姑的好。将心比心，这是常人很不容易做到的。

快到退休年龄的我，也常常挂念起年迈的大姑。有时还会自问，究竟是什么使大姑内心这么强大，她长寿的秘诀又是什么呢？我猜，一定是大姑拥有良好的心态，还有各个子女的孝顺。大姑以勤劳、厚德养育儿女，子孙后代以孝敬、团结报答恩情。大姑步入耄耋之年后，表姐和表兄轮流照看。特别是大表姐，举全家之力尽心照料、反哺，使大姑得以安度晚年。

时值初春，乍暖还寒。今年春节，我因故没能去看望大姑，思念之情，却是与日俱增。初六那天，从堂姐亚珍转告我妹妹口中得知，大姑在2021年元旦前夕离开了人世。听罢这一不幸消息，我心里一阵伤痛，紧闭的双眼，似乎有很多泪水沁出。大姑那慈母般的眼神，娟秀的字迹，温和的谈吐，真切的关心，一件件、一桩桩往事，纷沓而来，我的心情久久不能平静。

39年前的一个初夏傍晚，我收到了一封大姑写于6月28日的短信。虽寥寥数语，但大姑对小辈的关爱，跃然纸上。至今我还清楚记得，接读大姑来信后，我数了数共52字，言简意赅，落笔干净、有力，署名时还把她的姓名去掉，在右下角签着"姑涵"两字。当时的我，一股暖流涌上心头，并暗暗佩服大姑的文字功底。多年来，尽管搬了不少次家和办公室，这张便笺，我一直珍藏在身边，视若珍宝。因为在杭读了四年书，到大姑家做客次数多了，知道大姑眼睛不太好，大姑平时利用做家务间隙，收听收音机里播放的文学作品，一个小型的收音机总不离身。这也许是大姑提高文学修养的主要渠道。

其实我在15岁那年，到过杭州大姑家。那时大姑一家住在解放路口丰禾巷的一处面积较小的平房里。记得冬日一个寒冷的夜晚，我从闽北搭乘母亲联系妥当的采购员的便车，辗转进入杭城。大姑第一次见到我这个侄子，喜悦之情，溢于言表。她笑容可掬，亲切地拉着我先去了一趟菜市场。灯光昏暗的菜场里，好像只有满地的青菜散放着，大姑随手买了一大把散装小青菜带回家。当时我很惊奇，这么晚了大城市还有菜可买，真是与乡下不同。跨进大姑家门后，大姑热情招呼，笑着把我介绍给正在伏案批改作业的大姑父，还有刚下班回家的小表哥以及他的女朋友（就是后来的表嫂）。不一会儿，大姑就把一大盆热气腾腾的粉丝青菜肉片汤端上桌，我们五个人围坐在一起，吃着香喷喷的晚餐，其乐融融，温馨无比。第二天，大姑放下手头粘贴工艺纸扇的临工活儿，特意带我去游玩了灵隐寺和花港观鱼。在那里，我平生第一次尝到了香甜松软的面包和透着淡淡薄荷味的凉糕。那次拜见大姑，与大姑在一起虽然只有短短的一天一夜，但那段令人愉快的点滴时光，留给我的是太多太多美好的回忆。

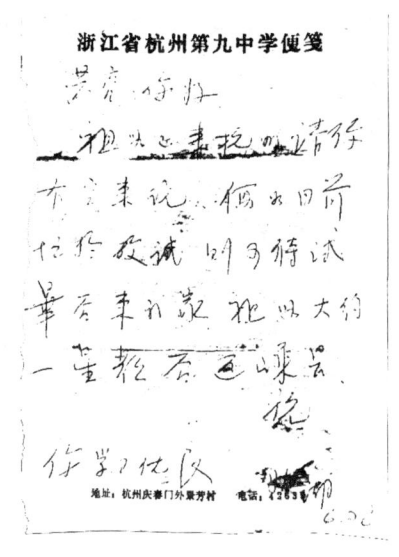

图5　1983年6月大姑的来信

读大二那年，我母亲生病到杭州治疗，入院前后在大姑家一住就是两个月。那时的大姑，年近六旬，与刚成婚不久的小表哥同住在一个面积不到50平方米的教工宿舍的二居室里。本来就有些拥挤的家里，突然来了我们一家三人，大姑与大姑父商量后，就把我父母安排在她的主卧里，同吃同住了很长一段时间，嘘寒问暖，尽心护理、照料我患病的母亲，给了母亲莫大的安慰和信心。后来母亲在庆春医院住院时，大姑每天设法烧好吃的菜，让小表哥夫妇俩轮流送餐，还动员表姐表兄时不时地去医院探望，关心备至。多亏大姑一家毫无怨言的帮助和照顾，母亲的病情终于日渐好转，痊愈后得以重返工作岗位。如果没有大姑一家的联络、帮助，母亲根本去不了杭州治病；没有大姑耐心细致的照顾，母亲也不可能长住达数月之久。危难之时，大姑挺身而出，全力照顾我母亲，大姑一家的热心相助，令我们兄妹三人动容。

参加工作后的第一年深秋，我欣喜地收到了大姑寄来的一件特殊礼物：她给我买了一件深绿色的呢夹克，飞行员上衣的式样，厚厚的呢绒，考究的做工，穿了它，人也精神了很多。对一个刚刚参加工作不久的小伙子来说，这是一份既令我欣喜又令我不安的厚礼。欣喜的是我很喜欢这件衣服，一直穿了十多年，后来有点发胖穿不了了才不得不压了箱底；不安的是大姑平时省吃俭用，过着极为俭朴的生活，那时我参加工作已能挣工资，本应寄点钱给大姑表点心意，没想到大姑先给我寄了衣服，还在衣袋里附来便条，嘱咐我穿得好一点，这样给学生上课时就会精神一点。即使大姑年逾九十高龄，仍惦记着我和我的母亲，特别是在我母亲住院时，还让表姐和表兄专程到绍兴来看望。

睹物思人。我常想，大姑虽不是我的亲生母亲，但对我的照顾，却不逊于母亲！一封信、一顿饭、一件衣，无不体现着大姑无私的母爱。

（写于 2021 年 3 月）

书画佚事

小孩刚读小学不久，妻子便同我商量，想让孩子早点拜师学点书法和绘画。因工作关系，我们有幸结识了两位很有特色的书法老师和美术老师。辅导小孩学书法的是一位男老师，他性格开朗，讲解生动。教美术的是位女老师，她是我的同乡，为人很热心，专门腾出时间，一对一地进行辅导，还买了一套《初级美术基础读物》送给小孩。在陪孩子学习书法、绘画的过程中，妻子始终抱有浓厚兴趣，并一直不间断地自学、练习。这一坚持就是几十年。回想往事，饶有情趣。

我刚刚分配到学校工作时，并未直接排课。由于是非师范专业，学历仅为本科，学校有点不太放心让我马上给大专生上课，故有意让我们先备课半年，再视情况安排授课任务。这样，我和同寝室的另一位青年教师，相互激励，备课特别认真，厚厚的讲义写好后，几乎熟悉到会背诵为止。半年后我们都获准给学生上专业课。第一次上课，我的心情很忐忑。刚回到系办公室，文书笑嘻嘻地递过来一封信，我一看是女友的笔迹，连忙走到阳台，迫不及待地打开来信，只见一张不大的信纸上，用铅笔画了一对美丽的眼睛，下面写着这样四行娟秀的字迹：

无论何时，

这双眼睛都时刻关注着你。

相信你会顺利迈出这"人生"的第一步，

摔倒算什么，爬起来就是。

读罢这张既有字又有画的来信，一股暖流涌上心头，上课时紧张的心情，迅速化为甜蜜的喜悦。我心想：这信来得好及时啊！

同时，我还想起了另一桩往事。那时我在学校教书，女友是单位里的助理工程师。有一次，我收到了一封她寄来的特殊信件，书写风格也与前信相仿，很有画面感。其中有这样一些文字：

我想对你说：

我的周围，曾经是一张暗淡无光的画，平淡无奇，没有新意。我简直要怀疑那艺术家的画笔了……

突然有一天，一页清新的山水画展在我面前，涓涓细流，从岩中款款流出，不断更新变幻，我读不完，看不透，很深，很远，令我深思，也令我遐想……

捧读这封来信，我欣喜万分，如获至宝！这封信，虽然没有画，全是文字，但有场景、人物，话中有话，话外有情。多年来，我一直把这封来信，珍藏在家中的抽屉里。

结婚前，我住的教工集体宿舍，是一幢砖木结构的二层楼房。坐西朝东，每层一排八间，二楼朝东是一米多宽的走道，连通每个房间，每间约18平方米。我和另一位青年教师分到了二楼中间的一间。我们在房中间拉了一块布分成内外两室，我住在外间。当时学校给每位青年教师配置一张单人床，一张写字台和一张竹书架，还有一把藤椅。尽管房间面积不大，但我把它整理得干净整洁。一天中的大部分时间，我都坐在桌前备课。后来成为妻子的女友来时，我就把藤椅让给她坐。我们有时聊天；有时我备课，她就在白纸上写写画画。记得有一次，她临摹了一张"束发妇女像"，画得逼真、传神，惟妙惟肖。这张画我觉得画得特别好，一直留在我的写字台上。现在回想起来，当时的居住条件虽然比较艰苦，但因为单位里同志们的信任，还有女友的鼓励和支持，我在工作方面干劲十足，对生活充满热爱。

自从有了孩子，妻子把工作之余的全部心思，都放在了带孩子身上。当时的住房，面积虽然不大，只有32平方米，是一个三楼的小套间，和教工宿舍相比，条件好了不少。在这套小小的房间墙面上，挂满了妻子做的各种布贴画，有小鸡、小鸟、小鹿、小娃娃等，妻子还常指着墙上的布贴画给孩子讲故事。小孩上幼儿园后，妻子又享受了一次单位调房的机会，我们一家住进了二室一厅的中套楼房。妻子在家里的客厅里，专门用彩纸为小孩布置了展示墙，把孩子平时上课和作业中的儿童画贴上墙，希望以此培养其兴趣爱好。现在家中的相册里就有不少照片，是以孩子的作品展示墙为背景拍摄的。

二十年前，我们又搬了一次家。这是一套带有阁楼的屋顶公寓。妻子为有那么多白墙可以供她施展作为而高兴。慢慢地，家里楼上楼下都挂满了妻子的作品：客厅三人沙发和电视机上方，挂了三幅国画梅花斗方；室内弧形楼梯平台上方，是"见贤思齐"的颜楷匾额；楼梯下面墙面上，挂的是用智永体写的部分

"千字文"的匾额；楼梯转角处墙面，挂的是用颜体写的李白的《独坐敬亭山》条幅。楼梯左右两侧布置成了照片墙：右侧，是小孩从出生开始的成长照片；左侧，是父母双亲和我跟妻子儿时的黑白照片，每次看了都让人感慨良多。楼上的阁楼，是厨房兼活动室，白墙上也点缀着大小不一的布贴作品。居住在布满自己作品的空间里，妻子心中满是喜悦，闲暇时常常凝视自己的作品。我和小孩也是百看不厌，越看越喜欢。后来，因为年纪大爬楼有点吃不消，再次搬家，住到了现在公寓一楼的这个家。

其实妻子的书法绘画都只是个人爱好，年少时未经受过专业培训。退休后有了时间，说是要圆儿时梦，还专门去拜师学了工笔花鸟画，这些工笔画都展示在了新家里。从客厅到走廊，再到书房卧室，三年时间竟有13幅之多，连客厅的电视机也给妻子的工笔画让了位。

自从市老年大学办学进社区后，就设在了家门口，妻子开心得不得了，马上报了书法班。在书法老师的鼓励下，学习欧楷，然后又学隶书。元旦临近时，为了给亲友鼓劲，妻子开始学用楷书和隶书写春联。有时岳母和我看着她越写越好的春联，总是啧啧称赞。小孩也很佩服她妈妈学习书画的毅力，还有那份对书画的热爱和不减的热情。

我有时想，正是书画情缘，使我们三口之家，更加心心相印，有了心有灵犀的默契。

（写于2021年12月）

你喜欢音乐吗？

"要我学""我要学"，或者说，"要我做""我要做"，始终是工作、生活中的一对矛盾。但矛盾中的这两个方面，有时也是可以转化的。竹子近年参加古筝培训后，曾多次聊起，送到培训老师那里学古筝的，大部分是学龄前儿童和小学低年级学生。很多刚来的小孩哭哭啼啼不愿意学，有的家长劝说不成，甚至采取了强制的做法。等学了一段时间，小手拨动琴弦比较娴熟，并能弹奏一些好听的曲子之后，慢慢有了兴趣，小孩便坚持了下来。这时，"要我学"转化为"我要学"了。而竹子学古筝，是成人的一种选择，完全是自愿的，不属于转化那一类，是属于"我要学""我要做"这一类的。

记得五年前的一天，竹子用自己的工资收入，花了三千多元钱买回来一架古筝。当时我还很纳闷，有点不解，心想：竹子平时工作比较忙碌，又正在读研、考证，况且以前也没有认真学过什么乐器，怎么突然对自学民乐感兴趣了？会不会是一时的心血来潮？恐怕坚持不了多久。果然，由于没有辅导老师指点，弹奏效果并不好，自娱自乐没练多久，就把古筝打包放起来，将其变成了屋内的一件小小的摆设。令人欣慰的是，竹子在职拿到硕士研究生学历、学位双证后，又重新支起架子，花不少业余时间来练习弹奏古筝。

对于竹子学习音乐，我们是非常支持和鼓励的。只因我五音不全，乐感差，作为家长，带不了这个头，没法示范，所以对竹子的音乐学习，基本上是听之任之，给不了好的建议。竹子上小学时的任课老师中，有一位音乐美术兼优的女老师，曾教会了竹子许多歌曲，无形中也培养了竹子对音乐的爱好。音乐，对陶冶人的情操、提高人的美学修养，确实大有益处。我们经常说，音乐，能使人振奋、快乐；音乐，能够充分表达人的心境、人的喜怒哀乐。抱着欣赏音乐的态度，脑海里，有时会有许多优美的歌词浮现出来。比如《送别》："长亭外/古道边/芳草碧连天/晚风拂柳笛声残/夕阳山外山/……"这是李叔同改编的"学堂乐歌"，抒发了人间永恒的离别与不舍，非常经典。李叔同是浙江平湖人，多年前我曾去平湖参观过他的艺术馆，馆藏李叔同的书法作品，也是经典之作，笔画特别干净,毫不拖泥带水。还有不少经典歌曲,是写大江大河的,具有自然之美,给人以力量。如冼星海作曲的《黄河大合唱》:"黄水奔流向东方/河流万里长/水又急,浪又高/奔腾叫啸如虎狼/……"印青作曲的《西部放歌》:"哗啦啦的黄河水/哎耶……日夜向东流/……"还有《浪花里飞出欢乐的歌》:"松花江水波连波,浪花里飞出欢乐的歌/……"《太阳岛上》:"明媚的夏日里天空多么晴朗/美丽的太阳岛多么令人神往/……"《松花江上》:"我的家在东北松花江上/那里有森林煤矿/还有那满山遍野的大豆高粱/……"《再见了,大别山》:"清风牵衣袖/……山山岭岭唤我回/一石啊一草把我留/……缤纷的山花呀/不要摇落你惜别的泪/挺秀的翠竹/不要举酸你送行的手/啊哎……再见了大别山/……"《泉水叮咚响》:"泉水叮咚泉水叮咚泉水叮咚响/跳下了山岗走过了草地来到我身旁/……"祖国的秀美山川,一直都是艺术家创作的不竭源泉。

又比如《二月里来》:"二月里来呀好春光/家家户户种田忙/……"《南泥湾》:"花篮的花儿香/……"《情深谊长》:"五彩云霞空中飘/天上飞来金丝鸟/……"《草原上升起不落的太阳》:"蓝蓝的天上白云飘/白云下面马儿跑/……"《翻身农奴把歌唱》:"太阳啊霞光万丈/雄鹰啊展翅飞翔/高原春光无限好/叫我怎能不歌唱/……"等等。音乐里有江南的婉约、高原的雄壮、草原的旷远,无不具有地方特色、家乡风味。

再比如有些经典歌曲,特别是人民音乐家创作的歌曲,是非常催人奋进的。电影《风云儿女》中的插曲《义勇军进行曲》,是音乐家聂耳创作的,后来成了我们的国歌:"起来/不愿做奴隶的人们/把我们的血肉/筑成我们新的长城/……"曾任上海音乐学院院长的贺绿汀创作的《游击队歌》:"我们都是飞行军/哪怕那山高水又深/在密密的树林里/……在高高的山岗上/……"王莘创作的《歌唱祖国》:"五星红旗迎风飘扬/胜利歌声多么响亮/……"都饱含着家国情怀,给人特别振奋的感觉。

欣赏音乐,当然不应只停留在声乐上。和声乐具有同样功效的,还有西洋乐、民乐演奏等。小提琴协奏曲《梁祝》,古琴《梅花三弄》,二胡《二泉映月》,古筝《高山流水》等等,都很经典。我曾问过竹子,在学乐器的小朋友中,大概是一个怎样的占比?据竹子接触了解,学钢琴的最多,其次,是学古筝的,相对来说，学其他乐器的，就比较少了。已步入而立之年的竹子，自学古筝，是下了大决心的。要完成古筝十级和演奏级考级，实际上是一件不容易的事。

　　古筝是弹拨独奏乐的一种，是以音响效果命名的乐器。为了学好古筝，去年竹子换了一架略为昂贵的古筝。因为摆在房内，进进出出次数看多了，我对古筝的形制，也有了初步印象：新买的古筝，是一个扁长形共鸣箱，弦数为21弦，琴面中间的筝柱位置错落有序，排列如一字大雁飞行，筝柱可以左右移动，以改变弦长、音高。怎么弹，我不太看得懂，大概的演奏技法是，右手弹弦，左手按弦。弹起来的音质颗粒清晰，给人的印象是深刻的。

　　成人学古筝，大多是业余爱好，时间是有限的，指法也已成型。因此，想弹好古筝，实际挺难。竹子却乐在其中，还说了一句至今令我回味的话：成人学古筝，不比天赋，不比技巧，就比练习时间花得多不多！

（写于2021年12月）

海口行

今年国庆长假，我与家人同去海口。这次出游，我期盼了很久。年初父母相继过世后，心里总感到空荡荡的，疲惫之时难免悲从中来。为此想趁长假出去几天，休息调整一下。15年前，我因工作去过海南，那时来去匆匆，完全是走马观花，都是一些粗线条的印象。15年后的今天，会有一个怎样的变化呢？空闲之余，脑海里时常呈现海口的景象。联想到孩子同窗挚友又在海口，于是我们便有了这次三口之家的温馨远游。

行前，我做了点"功课"。曾独自去新华书店买了张海南省地图，挂到了家里的墙上，常常看看、想想，还作点比较。放假的第二天中午，我们顺利抵达海口美兰机场。出机场后乘一号线大巴至航空宾馆（海口公园南），换乘的士入住海南大学邵逸夫学校交流中心。汽车由东南往西北向市中心行驶，沿途所见"烂尾楼"已不见踪影，很是新奇。机场出口至绿色佳园段，景色秀美，路面整洁，五公祠、琼剧院的城乡接合部，房屋、环境已有一定改观。沿海府路进入老城区，视野所见椰树成林，过世纪大桥时，感觉此桥颇有气势，驶入海甸岛，路面整洁，新建高楼林立，至海大北门，一眼南望，感到开阔大气。乘校内观光电瓶车至住处，修长笔直的椰林，延伸至东坡湖，优美如画，印象颇佳。午休后，天气虽然炎热无比，我还是很有兴致地去看了行政楼和第一、第二食堂及东边的商业街。晚上应邀去孩子同学阿穗家吃晚饭，她男朋友小吴专程开车来接送。穗子妈妈准备了一桌丰盛饭菜，她家人热情友好，大家边吃边叙，我们从中了解了不少当地的概况。

在接下来的五天里，阿穗和小吴做兼职向导，驱车陪同我们一家，有时我一人独行，在海口市先后看了21个景点。它们是龙华区下属的中山街道与长堤社区居委会；省历史博物馆、骑楼老街；金牛岭公园、万绿园、海口公园、白沙公园及红城湖；省委党校和解放西路上的省新华书店及新市政府南的"中国改革智库"；南渡江上的琼州大桥、人民桥和世纪大桥；海口市人民医院、西三路菜市场和农垦菜市场等，另外还有3处新旧楼盘。每天时间安排紧凑，我独行时，打的与步行交替，虽然累点，但很有收获。

这次海口一周行，所见所闻，感触颇深。

市内区域功能定位明晰。一是"东优"。能把国兴大道及周边、南渡江沿岸（含司马坡岛）做"优"，得益于美兰机场的外迁。那里原有大量国有土地，不需要作过多拆迁处理，相继开发了一批政府投资惠民项目，如海南省博物馆、海洋博物馆、航空博物馆、文化公园、体育训练中心、歌舞剧院等等。双向八车道，行道树以椰树为主，颇具南国风光，并呈现出阶段性发展标志的城市新貌。南渡江自南向北，沿城而过，流入大海，江面宽阔，水流平缓，水质优良。滨江西路绿化带初显规模，江东组团正待开发。与西海岸的海口湾开发相比，此地江景开发潜力巨大，同为优质资源宝地，故有"东优"之说。

二是"西拓"。部分政府机关从龙华旧址搬至西北角的长秀开发区，带动了西海岸带状公园以南滨海大道两侧的进一步开发，还可引领助推长秀开发区的升级。地处西北角的长秀、港澳两大开发区相连，海涂资源丰富，发展余地和空间很大，为从琼州海峡轮渡过来的火车而建的火车站及南港码头，开始形成了较为便捷的交通网络。但三面环海带有半岛性质的西北角，西侧又有以长寿闻名的澄迈老城。因此，仍然蕴藏着巨大的开发港口。

三是"南控"。发源于定安、澄迈等南部山区县的南渡江，是岛内最大河流，随中高北低地势由南向北流入大海，是老百姓的饮用水源，必须保护。市辖区位于东南方的琼山区与绍兴同为首批历史文化名城，区内有五公祠、琼台书院、府城鼓楼、海底村庄、火山口地质公园、冯白驹故居等历史古迹点，其中不少是国家和省级文保单位。对此地而言，开发与保护之间的关系必须妥善处理。

四是"北稳"。原定位为高档住宅和高校园区的海甸岛，是一个独立的中型岛屿。它的北端，是明清时的白沙津（贸易码头），1950年解放军按照"分批偷渡与积极准备大规模强渡，两者并重进行"的战役指导方针，于1950年5月渡海解放海南。1983年建老海大后，经过无数次的围堰填海，海大附近诸多房地产项目上马，2008年又与华南热带农业大学合并，组建三校区构成的占地5200余亩的新海大，在校本科生达36000人，硕博研究生4000余人，并以大农科和法学见强，海大正由应用型综合性大学向学术型名校迈进，聚集了来自五湖四海的高学历人才。新海大校园环境优美，据说规划面积还会更大。2001年前后，世纪大桥建成，大桥西侧和北侧，不少楼盘应运而生。由于地势明显偏低，台风来袭时，常见海水倒灌。因此，"北稳"任务艰巨。

五是"中管"。友谊广场附近，骑楼老街一带，是最老的古海口市区，也是最初的商圈，道路比较狭窄，居民人口众多。建省后逐步开发的国贸路一带属于第二商圈，大部分金融业机构在此落户，曾经带动这里的经济繁华，主干道较宽，街面比较干净。

海南作为岛省合一的经济特区，发展模式不同于深圳、珠海、厦门三市。有人说，1988年建省后的特区建设，推动了海南的开发和海口的发展。2000年前后起至2014年，特别是2010年规划国际旅游岛计划后，海南掀起了新一轮投资热，海口市的建设高潮再次到来，较大地改善了城市面貌，"烂尾楼"现象在人们的视野中悄悄消失，呈现出来的是林立的高楼大厦，一派繁华景象。

国际旅游岛建设中的"衣食住行寿"。先说"衣"。与台湾同为宝岛的海南，因纬度较低，常年无冬，夏季炎热，冬天暖和，服饰变化不大，再加上出于对岛环境保护，工业企业甚少，主要是制糖、盐、胶和生物医药、采矿等工业门类，没有轻纺工业，以内陆成衣入岛交易为主，对于度假人群来说，大都穿着休闲服装，因此这里的服装需求相对单一。

再说"食"。口味上趋同，喜清淡，接近江浙口味。这里海产丰富，不少是三亚等地运过来的。从海口市场看到，大马鲛（刺极少）每斤35元，鳕鱼每斤30元，特大花虾每斤40元，大鲳鳊鱼每斤15元，多宝鱼18元左右，可见价格较低。生鲜农产品中，文昌鸡负有盛名，大家喜食，沿江鸡饭是老字号；富硒大米，产自火山岩地区的特定土质，虽然生长期不长，但营养丰富；市区的"佳奋"和定安县的"晶琪"牌腊味产品，以黑猪（毛黑、皮与肉鲜亮）为原料，经高温烘焙加工而成；小柚子油也是名品，半斤装售价在10元以上；细小野灵芝，每两20～25元，虽比不上东三省产的个大质优，但价格实惠；南国和春光两集团，分别开发了椰子粉、糖和咖啡，按质论价，如金椰、红椰和青椰，在椰子粉含量中浓度不同，价格有一定差异。这里的农作物生长周期普遍较短，优质环保的有机产品很多，因此，这里是个"农"字当头的宝岛。

第三，说说"住"。一线海景房，固然令人向往，但房价高，且要有配套的交通工具，否则通行不便。另外就是常年受海风侵蚀，家具、设备易折旧坏损，长时间带有盐分的海风沐浴对身体不一定好。因此，海景房适合短期度假休养，不宜长居，而环境优美的公园周边，是很宜居的。如享有"城市之肺"美称的金牛岭公园，十分幽静，北门前的奥林匹克花园，西门边的金岭花园，都很宜居，但多为大户型。校园即花园，海南大学内的南门教工宿舍、南希科技苑和东门边的阳光熙园也不错。特别是新楼盘皇冠世纪豪门，虽东西向高层，价位也高，但位置视野特好。还有白沙公园的南甸六路上的银滩花园，也是好的。当然，南渡江的江景房肯定也是极好的。海口虽不缺水，但多为海水，清澈见底的蔚蓝海水区域正在减少。受地势影响，四个区虽然属于平原，但南边琼山、中部的龙华，地势相对较高，秀英高于美兰，南高北低中低洼（红城湖由低洼雨水积累而成），南渡江没有穿城，是沿城而过，海甸河两岸地势略高，海水不能循环流动，只能潮涨潮落，在一定程度上影响了市区内河水质的提升。

第四说"行"。海口的公共交通，还不算太发达。由公交公司管理的公共汽车，线路和站点设计，还有待改进。据说全市约有10家出租车公司，近300辆出租车，现因不征收养护费和过桥过路费，油价虽比省外略贵点，但大家普遍认可，认为方便出行，因此，较省油款式的汽车很受欢迎。

最后说"寿"。这里的大气环境极好，蓝天白云，海风阵阵，没有雾霾。配套的医院、学校，分布也合理。口味清淡的饮食习惯，也有利于人体健康。

返程后的几周内，海口的见闻，依然清晰地留在我的脑海里，久久挥之不去！

（写于2014年10月）

石浪上盛开的油菜花

同平原路边的油菜花相比，高山梯田上的油菜花，铺染绿水青山之间，无疑更具有层次感和观赏性。

妇女节过后的第一个周日，应大妹夫之邀，家人结伴自驾去了一趟淡山村。汽车随着导航指引，向目的地疾驰。中午时分，我们一行分两路先后到达淡山，车停泊在村口并不开阔的水泥地坡道上。

淡山村地势高峻，位于嵊州崇仁北会稽山脉南麓的缓坡处。村庄不大，三面环山，既没有悠久的村史，也没有古朴的台门庭院和罕见的参天大树，村民夯泥墙建房也已不多见，取而代之的是农村常见的砖瓦结构小楼房，不太规则地散落在山野之间。开门见高山，出门走山路，阻隔了小山村与外界的频繁交往。近年来随着新农村建设步伐加快，村里现已通了公路，每天有汽车往返崇仁镇，交通还算方便。但陡峭的盘山公路，还是挺考验车技的，特别是穿过王坛进入谷来地界后，碎石山路崎岖不平，青山排闼而过，好在小妹夫车技不错，汽车颠簸直上。那么究竟是什么吸引游客络绎不绝、欣然前往呢？淡山之美，恐怕就来自一层层形态众多的高山梯田和石浪上盛开的油菜花，还有一片片起伏绵延的生态茶园。

事非经过不知难。营建梯田之艰辛，其实非一般人所能想象。淡山的村基并不宽广，立于坐北朝南的农家小院。放眼望去，四周既无高山密林，也无气势雄浑、气象万千的景观，更多的是接连不断的土石山丘，山头是石山，山梁和山坡有较厚的黑土层，山沟较为狭长。如果不修梯田，梁地和坡地，下的雨存不住，不保水，不保土，也不保肥，山沟平时不流水，下大雨时山洪冲刷，沟边地也不保收。改造、保护自然环境的最好方法，应该是改坡地、梁地为梯田，打坝闸山沟为梯田。于是村民就地取材，用山上的石头或石块，给梁地、坡地和沟地，打一道比较高的石墙地埂，并根据面积大小、地貌特征，顺势起高垫低，遇沟地则节节打坝，拦洪淤地。远远望去，一层层的水平梯田，一堵一堵高低不一的石墙，好像一波一波的石浪，特别是在草长莺飞、油菜花盛开的春光里，构成了一道弥散在村庄内外、山野之间的独特乡村风情。明媚的阳光下，连平时不太出门的大妹，也撑开马步，忘情地拍照；漫步在乡间小路上的侄女，不停地逗笑她那刚满一周岁的儿子，给阿硕宝宝抓拍留念。

由于梯田地块较小，又没有连片种植，密度不高的油菜花田，更多的只是起到了一种点缀作用，给旅游观赏的效果打了折扣。富有社区管理经验的小妹不无遗憾地感叹道，淡山的油菜花田，缺少满山遍野的规模效应，如果连片种植经营，统一管理，村干部又善于做市场营销，那说不定能成为一处网红打卡地。

为了给家人助兴和鼓劲，我把这次淡山之行的所见所思，做了上述记录。

图 6　梯田上的油菜花

（写于 2021 年 3 月）

旧雨未歇新雨来

　　提到工厂或公司的劳动生活，大妹和小妹总是有讲不完的话。这可能与她们两家夫妇都在企业工作过有关。其中，20世纪90年代初期成立的一家主营化纤制造业的普通企业，是姐妹俩经常挂在嘴边的话题。这家规模不大的合资公司，在市区西北的偏门外，位于城郊接合部。我的大妹和小妹在这家公司有过一段令人难忘的工作经历，这在一定程度上，改变了她们的职业生涯。因此，姐妹俩每次提到这家共同劳动过的公司，总感到特别亲切。

　　大概是1991年夏天，这家公司急需引进一些懂外语的年轻人，恰逢在老家一所中学教英语的大妹想解决夫妻两地分居的问题，便得到机会调入。当时这家公司还在筹建之中，大约过了半年，即1992年初，合资公司正式注册成立。被安排在公司前纺车间担任仓库保管员的大妹，从教育系统转岗到合资公司，要学习的东西很多。大妹工作十分投入，把库内的产品、物件，摆放整齐，并建立了出入库管理制度。尽管当时她已有身孕，行动不便，但重活累活，仍然抢着干，不论分内分外，总是乐滋滋地忙个不停，还经常和一位同样学英语的姓段的同事，承担力所能及的翻译工作。由于大妹能吃苦，又不摆知识分子的架子，为人诚实，做事认真，因而很快就得到了车间主任的认可和同事的称赞。两年后的某一天，我爱人从报纸上看到市内一所中专技校，要招一名英语教师，便鼓励大妹去试试看，主要是考虑到这样大妹可以更好地发挥其英语特长。大妹被这所市内中专技校录用后，原先的车间主任和其他同事，还经常看望大妹，一直到现在都在走动。有时兄妹间拉家常，大妹还念念不忘公司曾经带给她的许多快乐。其中，最令人感动的，是公司还录用了我的小妹。

　　大妹与小妹，虽是同胞姐妹，两人长相却不太相同。大妹像父亲，小妹更像母亲，都是中等个儿。20世纪80年代中期在外省参加工作的小妹，到90年代初，已成为单位里的业务骨干，是全劳动力，所里还考虑让其担任财会工作。后经母亲的一位朋友介绍，小妹认识了现在的小妹夫。因为也是两地分居，都盼望着从省外调回家乡来。大妹一直把小妹工作调动的事，当作自己的头等大事来对待。在公司时，有次从同事那里得知，眼下公司刚刚建立，又有前纺、后纺两个车间，需要通过面试招录一批年轻员工来上班。大妹满心欢喜地把这个消息告诉了全家人，我们竭力鼓励小妹去试试。后来在面试中，小妹的干练，以及试用时的良好工作表现，给公司留下了很好的印象，在大妹即将离开公司时，小妹被正式录用了。她起先在行政后勤岗位工作，不久即被转到在总经理办公室任文员。

小妹在公司一干就是七八个年头。虽然那时的小妹，才 20 多岁，但已积累了不少的工作经验。在行政科虽然只有短短数月，每天的早到迟退，自觉清扫打理公共卫生，给同事们留下了很好的印象。特别是到办公室工作后，小妹更加珍惜这个来之不易的机会，用实干来回报信任。从整理资料、档案，到对外联系联络，只要有工作需要，总是竭尽全力，认真负责。即使后来孩子小需要人照顾，她也总是优先考虑工作，因为她深知工作调动的不易，她对这份工作十分珍惜。由于年纪相对较轻，接受新事物也比较快，再加上接触管理层的同事也多些，小妹从中学到了许多企业经营管理方面的知识。当时经理层觉得小妹适应工作岗位的能力是比较强的，又肯吃苦，绩效也比较明显，所以一直把她留在总经理办公室。在公司那几年，小妹和大妹一样，由于工作得到单位的认可，心情是很愉快的。在姐妹俩离开公司多年后，公司的蒋经理、张主任等同事，逢年过节邀请公司老员工叙旧时，总要热情邀请她们姐妹俩一起参加，有时还亲自开车送上他们自己培育的绿色植物，以示慰问。

小妹曾多次同我聊过，在公司工作的那段经历，让她熟悉了企业，特别是对现代企业制度，有了更深的了解，同时还树立了一些经营的理念。1993 年颁布的《公司法》，与 1988 年颁布的《企业法》有了一些不同。建立于 1992 年初的宝越公司，不能视同于一般的国有企业。它作为一家具备独立法人资格的经济组织，独立承担民事责任，注册资金的财产是公司的自有财产，根据出资额负有限责任。股东和公司，体现了两个主体、两种权利、两种责任，股东大会、董事会、监事会，又体现了权力的分工与制约，而厂长负责制，则只有一个法定代表人，企业法人的机构，其实和法定代表人不是一回事。小妹还说，做事能力有强弱，主要靠理念，而理念又是相通的，正如艺术是相通的一样。后来她对民居老宅中的柱础石，特别喜爱，和她爱人一起，从别人扔掉的建筑垃圾中，捡回了许多破损的柱础石，在这些有点年代感的石头中，也不乏个别精品。她说自身虽不具备收藏的实力，但从公司学到的经营理念，同样适用于收藏。正是这种理念，在她后来20多年的社区主职工作中，发挥了多方面的作用，并促使她在不知不觉中把所任职的社区做强做优，形成了一个有一定知晓度的社区治理品牌。

其实人的一生，难免会碰到许多不顺心的事。是否抱有一颗平常心，显得太要紧了。对待生活的不如意，以及工作上的变化，要能够辩证看待。调入公司前，大妹和小妹都在事业单位工作。到了企业，开始时业务也不熟悉，但姐妹俩并没有失落、松懈，始终以饱满的精神状态从事工作，并得到了单位上下的一致认可。大妹教书时十分注重育人，大妹的许多学生毕业后也与她保持联系，她还评上了副教授职称；由于组织的培养和信任，小妹还曾当选为省、市、区三级的人大代表和区人大常委会兼职委员等职，先后获得了省"三八红旗手"、首批省级兴村（治社）名师等荣誉。

大妹和小妹的性格是大致相同的，都属做事认真负责的那一类。只是小妹更活泼，兴趣更广泛些。在离开公司大约十年后，即2011年小妹生日前夕，我爱人对这个小妹，还有过一段生动的文字介绍。不妨让我摘录一起分享：

她是家里的老小，家人都叫她小妹。这么一叫，叫得她平时连跟我们说话的声音也嗲兮兮的了。哈哈，就是这样一个人，到了外面竟是换了一个人，工作上的能干就不说了，在自己家里那真是一个会过日子的小女人。

她家住顶楼，有一个四十多平方米的屋顶露台，如今这个小天地被她和她的先生经营得有模有样。用水泥围出一块三四平方米的地，小妹说了，这块地可不是普通的地噢，下面有专门的存水装置，雨水多时可以储存雨水，雨水少时再释放出来。地里的土，也经过了她的改造，家里的鸡蛋壳、西瓜皮不是随手扔掉，而是用来作了肥料。现在地里种了时令的蔬菜，原先种过小青菜，说是太会长虫子，改种空心菜和茄子了，还有丝瓜，上次看到时已经开始爬藤，现在应该已经结瓜了吧！

围墙上摆满了坛坛罐罐，大部分都种着葱。围墙边上还有一个换下来的大浴缸，里面养着荷花，荷花下有游动的鱼，开始我还以为是金鱼，小妹说："才不是呢，我养的是鲫鱼，等你女儿回来，我做鱼汤给她喝。"

最绝的是露台上的集雨水装置。屋檐上的雨水，被集雨管引进了两个超级大的桶里，她说，用集来的雨水洗抹布呀，浇花呀，浇地呀，可方便了。

　　我自己肯定是自叹不如，想想我周围好像也没有这样在做的人，当然集点雨水、种点青菜也省不了多少钱，但是那种感觉很好，而且要花很多精力和爱心哟。看着那个还挂满花草、吊兰的露台，我不由得要发出感慨："哇！好能干呀！"爱家、爱生活、用心过日子的小女人，向你学习噢！

　　我觉得，爱人的介绍，很形象逼真。因为大妹的相助，小妹有了去公司工作的机会。也因为有了公司工作的经历，小妹有了后来较好的发展，小妹一家对大妹，也心怀感激，始终以最大的努力，照顾和帮助有困难时的大妹。

　　我家的两姐妹，感恩在企业的劳动生活！

（写于2022年4月）

2020 我的眼

今年，是我患眼病以来，情况最好的一年：双眼陈旧性 KP 平静、新发少；高眼压药物可控；人工晶体位正。

眼睛的重要性不言而喻。以前看到过一则资料，介绍有位同志患眼病，组织上十分关心地告之：须长期休养，不计时日，以愈为度。因为自己患眼病的经历，加深了对这则资料的理解。

四年前的夏天，我的双眼不时出现视物模糊，有时还伴有虹视或结膜反复出（充）血症状。视力的连续下降，给我的工作、生活带来了一些不便。我一直很纳闷，我原先是度数并不高的近视眼，怎么年纪渐大，近视反而加重了呢。其实，是我不懂医学，不了解眼科存在多种病疾的缘故。视力下降，必有原因。以前读过报告文学《人到中年》，对白内障有了一个初步的了解。至于别的眼疾，平时很少关注，也不了解。由于用眼不够注意，医学知识又缺乏，所以从症状明显加剧起，我就在不安和矛盾中，开始了漫长而又磨人的求医治眼之路。心想，究竟是什么病因，成了偷走我视力的小偷？我先是跑遍市内各家医院，因为起色不大，我又设法赶往温州、上海、北京、重庆等地，找多位眼科大夫诊治，个中的酸甜苦辣咸五味，只有自己知道。多亏组织上照顾，单位里给予了很多请假上的便利。还有家人和亲人们毫无怨言的支持，妻女不停歇地帮着买往返车票，预订住宿房间，网上抢号、挂号，两个妹妹四处打听偏方，帮着办这办那，老家表弟伯江夫妇，还捎来了一大瓶到深山采摘来晒干的野菊花，让我泡茶治眼。特别是求医过程中所遇到的多位好大夫，给了我信心，减缓了我的心理压力，教会了我许多用药方法。

诊治眼疾，和我在八年前治疗颈椎病一样，都是一件麻烦的事情。颈椎病的症状一旦出现，往往也是不可逆的。不得已的情况下，也只好选择手术治疗。从一次次上医院看眼睛、看颈椎病，到接受手术治疗，这中间，对自己有很多的考验，包括心理素质的好坏。看到我的身体每况愈下，大学时的同窗挚友和任教时的学生好友，尽个人力量，热心帮助联络和主动陪护。特别令我感动的是，单位里的领导和同事，在我治病时，给予我极大的帮助，也使我在困难中，不断地感受到了人世间的真情与温暖。

比如八年前我到外地动颈椎间盘压迫中枢神经的手术，因为是一次大手术，我曾得到了组织上的特殊照顾。

图7　晒干的野菊花

术前，单位主要负责人专门派有关领导上门帮助解决生活中的困难；手术时，单位分管领导和干部人事处室主要负责人，就像自己的亲人一样，焦急地等在手术室门口；术后不久，单位主要负责人又专程亲赴远在省外的医院看望慰问。

人是吃五谷杂粮的，患病也是在所难免。其中，还有两个生活中遇到的小细节，我也特别感动。记得20世纪90年代末，我和单位同事结伴去大连，其间我突发急性肠炎，样子十分难堪，我的这位男同事，忙前忙后给予了兄长一般的照顾，一路上还抢着帮我提行李。这

图8　同事送来的眼药水

虽是多年前的事，我却记得很清楚。另外，有一位共事时间不长的同事，在得知我近年的眼疾状况后，嘱托在国外留学的同辈亲戚，专门为我向外籍医生作了咨询，并从国外带回了治疗眼疾的多支药水，还从网上买来了可调节阅读距离的书架，时时给些温馨提示。

无论是颈椎病还是眼疾，每次术后康复期间，单位里的同事，总是以各种方式给我鼓劲，平时遇见了，总要问问身体好些了没。以上所有这一切，无不体现

了组织和同志们的关爱，有时也成了我想把工作干得更好一点的动力和源泉。一种报恩的情愫，总是深深地印在心坎上。

治疗眼疾和颈椎病的过程，也使我悟得了许多人生的道理。比如绝处逢生，困难面前，总能想出办法的。两年前年初的一天，在外地一位医生那里看病时，这位在业内有一定影响力的医生给我诊断时说，我的眼睛是治不好的，目前只有选择手术，而且这个手术也只是治标不治本，缓解一下并发进程而已。院内目前也没有其他医生肯给我进行并发的眼内疾病手术，还要我当场签字同意手术。专注听罢医生的诊断结论，我心灰意冷，情绪十分低落。看来眼病治不好了，致盲后生活怎么办？自己的痛苦可想而知，还会拖累亲人。在似乎毫无希望的情况下，我突然记起有位医生的医嘱，就是在眼内炎症得到控制的情况下，手术还是可以考虑的。于是我婉言谢绝了该医生的好意，默默地离开了这家外地医院。返回后不久，我听从我孩子的建议，先去了北京同仁医院，再返回上海五官科医院，又到浙二医院，经多次复诊，在当地和外地多位好大夫的指导、帮助下，分两次完成了左右眼的手术及加装右眼支架手术。手术的成功，使我的视力基本恢复正常，又看得见青山绿水，还有那窗前的红花绿叶。失去过，再重新拥有，是多么的美好啊。

又比如治未病。平时我们常说，"冰冻三尺，非一日之寒"，这话是很有道理的。许多疾病，都是日积月累的结果，有一个量变到质变的过程，一般都会有征兆、预警。有些疾病一旦出现，往往又是不可逆的。像颈椎、腰椎等疾病，是一个渐渐变性的过程，是不可逆的。有时身体已在亮红灯，自己却不理不顾，久而久之，体质、免疫力自然下降，受疾病侵扰也就不可避免了。父母健在时，常常给我们子女现身说法，我却没有好好听进去。现在轮到我，有时给家人也进行现身说法，但她们也不一定听得进去，有时还嫌烦。这几年诊治眼疾的辛苦经历，让我渐渐明白了治未病的重要性。治未病，就是要在未发生疾病之前，加强自我预防，防患于未然。

再比如，好的心态可以疗伤。俗话说："人生不如意，十有八九。"这话虽然夸张了点，但生活、工作中不如意的事，总是会遇见的。我虽未逾花甲之岁，更没到耄耋之年，今后可能还会遇到更不顺心的事。那怎么办？其中有一条，调整心态很重要。若能树立"一切都是最好的安排"这一理念，尽可能以平和心态看待身边的人和事，得之淡然，失之坦然，是有助于身心健康的。这些年，外地大城市的优质医疗资源得到共享后，有幸能挂上号，到国内顶级名医那里看病，接受诊疗的过程中发现，这些医生除了高超的医术之外，还有很好的医德和心态，这些都会对我们患者产生潜移默化的影响。

还有，人要尽可能从人生的角度来看待疾病，就是要以体验生活的积极姿态，去把握就医的全过程。在身体器官逐渐老化的过程中，体内的各种平衡一旦被打破，人就容易生病。生病时，情绪容易波动，性格脾气也会发生比较大的变化。怎样看待自己身上出现的各种大大小小的病状？医生在问诊或治疗的过程中，其实已经给出了许多答案。特别是某些医生，常常有一种辩证的哲学思维，给了我不小的人生启迪。有一位姓袁的外科军医，特别沉着，气场强大，告诉我要学会排除情绪上的干扰，不要把每天的好心情破坏掉；还有一位姓钱的外科医生同我说，人贵在有"节律"；一位姓任的好大夫，问诊答疑时，总是简洁明了地告诉我用药的策略，并热心介绍外地同行的特点特色；一位姓卢的主任医生，见我对是否手术下不了决心，便用温和的语气对我说："你的这个病，如果治不好，我负责。"一位姓王、另一位姓蒋的两位名医，当着我的面，对围在四周观摩的治疗团中的同行，作了病源分析，并提出研究课题；另外，我还遇见了一位姓杨的教授，特别亲切，极具个性魅力，在其所出版的《我是你的眼》一书中，专门给我题字签名。由此可见，任何事物都是拥有两方面的，因为生病就诊，使我有幸接触了这些医生，从中也学到了许多人生哲理。

对《我是你的眼》一书，我阅读了多遍，还从六个"不一样"中，梳理了这位知名教授的特点特色：

家风感悟不一样。仁慈热心、勤快干练、坚韧不屈的母亲，重德的言传身教；耕读传家、智慧善断、开明爽朗的父亲，重艺的传帮带。两者相互融合，与一般家庭相比，多了一份德艺兼备的家风传承，催生了一段子承父业的大医传奇。这是一种无字的典籍。

职业情怀不一样。作为 1977 年考入上亿人口大省医学院的村里第一位大学生，后又取得硕博士学位的高学历专家，面对以门诊为主的慢性病，克服流动性所致的病程档案不全等情况，独具慧眼，从 1990 年起至今，一直代建病人档案，注重对病史和规律的研究。这是一种历史的眼光。

用药策略不一样。对医生间中西医作用的认识，以及医生与病人间药物正副作用认知的差异性，不回避，不对立，而是交替运用，特别是当药物正作用明显时，向病人讲清药物副作用，当病人擅自减停药时，又强调药物的正作用。这是一种辩证的思维。

序次分类不一样。俗话说，物以类聚，人以群分。葡萄膜炎是一大类疾病。而大类下又归纳出若子类，则相对易记、易辨；诊治中每个环节，走流程的顺序不颠倒，规则不破坏，时时处处尊重规律。这是一种联系的观点。

战术组合不一样。从病人到病情再到环境，都在发展变化之中，静止不变是不存在的。因此，动态运用系统思维、整体思维、辩证思维，就会收到奇效。这四大思维方式促成了多个战术的灵活运用。这是一种医道的艺术。

时间管理不一样。远超 8 小时的每周两天门诊；利用出差乘飞机的间隙，撰写非眼科专业书籍；坚持每周一次学生汇报会制度；认真编报基金申请计划、项目；策划病友联谊等等，无不体现了奉献精神的时间观，推动了精英团的不断提质。这是一种领跑的方法。

为了新年更好，我在元旦的这一天，以眼疾病程感悟的方式，做了上述回顾。

（写于 2021 年 1 月，后稍作增减）

跟着同行学语文（上）

职业相同或相似、相近的，有时我们称之为"同行"。在我的工作、生活、朋友"三圈"中，大都有过教师经历。在与这些同行交往中，无意间我学到了许多语文知识。

语文是什么？怎么学？语文是一个多义词，其本义为"语言文字"，通常作为语言文字、语言文学、语言文化的简称。从小到大，我们一直在强调学好语文的重要性。在我看来，语文是一门需要终身学习的课程。学习语文的方法和途径有很多。在漫长的语文学习过程中，不少同行对我产生过许多有益的影响。其中，有七位对我语文水平的提高帮助很大，给我留下了特别深刻的印象。

之一：陈校长说，语言文字有实用性和文学性之分。语言文字的表述，不论是实用性的还是文学性的，都要讲规律，要理性地拆解分析。

去年得到陈校长亲笔签名的《修德求真》文集，我翻阅了很多次，受益颇多。最近，因为一直在思考基层单位班子集体议决事项时，班子成员特别是主要负责人，应该怎样把关、发挥作用的问题，我又想起了这位我在师专任教时的老校长陈先生。

陈先生曾在一所地方高校担任校长 11 年之久。20 世纪 90 年代中期，我有幸在陈校长

图 9　陈祖楠先生所著的《修德求真》

身边工作了一段时间，所以对陈校长在其所著《修德求真》中提到的事关学校发展的若干决策细节，感触颇深，深感老校长的担当精神。其对校班子集体决策过程的介绍性文字，我也觉得表述清晰明了、分析鞭辟入里，比起上会的资料或会议记录、纪要，在阅读时似乎更容易掌握一些事项的前因后果，阅读感受更为流

畅，更加"解渴"。

陈校长是 20 世纪 50 年代名牌大学中文系毕业的高才生。他的语言、文学功底扎实，他结合自己当中学、师范学校、大专院校语文老师的经历，在《修德求真》一书中，分享了许多总结性的教学体会和感悟。比如，"语文是语言"，学汉语言文学的，要懂得语言的规律、文学的方法；口头为语，书面为文，汉语拼音是"识字的拐棍"，"讲字的本义，以纠正并消灭错别字"，讲词素，"讲词汇、语法时着重讲句子成分的分析、词语的搭配，培养学生分析句子、改正病句的能力"等等。

他反对把语文课上成文学课。他说，"看了几遍课文，把课文的主题思想、人物描写写了几句，这哪里是语文课。分明要把它上成文学课了。这是语文教学之大忌"。他又说，"开设'文章分析'这门课，目的不是提高学员的读写能力。重要的是培养学员的教材分析能力和教学能力。在教学过程中，我开始研究文章的分析过程和规律；研究课文的语文分析，思考语文课的思想教育，探讨语文教学与思想教育的关系。研究深入下去，涉及语文学科的性质、语文教学的目的任务等一些语文教学的根本问题。"思考研究的结果，为后来形成"语文是语言"的语文教学思想奠定了基础。他还说："语文课上讲一篇课文常常要给文章划分段落。这既是对学生进行课文的篇章结构教学，也是为了让学生初步了解课文的内容和作者的思路。好些文章常常有过渡段，这过渡段的归属常常会有争论，有的说是属上，有的说是属下，争论来争论去，花了很多时间，意见不能统一。""过渡段属上属下，要有依据。""这依据就是文章的语言。它的理论依据是'语言是思想的直接现实''语言与思维是密不可分的'。我们要了解作者的思想，必须分析作者的语言。""过渡段属上还是属下""这样就要分析过渡段中的语言""要分析指示词、趋向动词、关联词语、时间副词的规律，这是分析了很多过渡段后的概括"。通过引录陈校长的一些段落、句子，我深切感到语言表达是有规律可循的。

之二：叶老师说，不同的文体，其语言表述要求是不同的。就诗词而言，要借鉴古诗词的语言表述方式，注重反映"小人物"的生活。

我的一位姓叶的中学语文老师，20 世纪 70 年代末 80 年代初，已 50 多岁的他，开始习作古诗词，到 70 多岁时，已写成诗词近 400 首、楹联 60 余副。由于老师终身从教，颇有"蜡烛之光"，老师将其自称暮年所写的诗词、楹联编成《烛照诗词集》，赠送亲友、学生，留以为念。我有幸得到老师的这本集子，有空时常翻看，逐渐对诗词有了一些大概的了解。原以为诗词，特别是古诗词，离不开用典、押韵，而老师认为，诗词是创作者思想、观点的一种能动反映，应努力去反映现实生活，反映普通人的劳动生活，少用典最好不用典，押大致相同的音韵即可，语言要鲜活。

叶老师是这样说的，也是这样做的。《烛照诗词集》中"时代风采""感事抒怀"部分，就有许多反映"小人物"劳动生活的赞美诗句。如《赞四员》：邮递员"绿衣使者千家转，既报佳音也报忧。捎去东西南北爱，顶风冒雨邮件投。"环卫工"朝霞披体吸新鲜，扫帚锹锨奏乐篇。愿献青春流血汗，清除污秽净人烟。"理发员"剪毫理发顶端功，万缕千丝美整容。笑逐颜开新面貌，精神焕发驻春风。"旅店服务员"春夏秋冬勤待客，赵钱孙李视同胞。饭香被暖厅房净，宾至如归鸟恋巢。"又如《赞建阳农民徐承云包田到东北》一诗写道："三中解缆竞帆扬，勇拓平川广种粮。独领风骚奔塞北，艰辛创业辟边疆。"再如《赞女三轮车工》："飒爽英姿笑脸迎，串街过巷总无停。可悲世上郎当汉，愧对裙钗作寄生。"此诗前两句，颇有画面感，但后两句，则通过反衬进行规劝。还有《我县红桔丰收》一诗，体现了对民生的关注："翠绿丛中万点红，枝头累累喜年丰。谁知果贱无人采，玉液琼浆喂鸟虫。"当然，更多的是《访明德村遇一务农昔日学生》这样令人无比欣喜的事："暮春访明德，偶遇昔门生。莺啭迎新宇，茗香奉盛情。庭前花草茂，屋后药蔬荣。农暇诗书读，粮油蓄满盈。"老师的诗句，直白易懂，多写亲眼所见，格调也比较高。其实，要做到这一点，是很不容易的。因为只有做到深入，才能浅出。

图 10　叶培芝先生的《烛照诗词集》

（写于2022年8月）

跟着同行学语文（中）

之三：王班长说，机关应用文写作，文体、格式虽各有不同，但共同的特点是，在思想性和文字表达上，都有比较高的要求。

20多年前，因工作关系，我有幸两度成了"王班长"的下属。他是恢复高考后的首届大学生，读大学时一直担任班长。毕业后在基层学校任教数年，到党政机关工作不久，因其出色的德才表现，很快走上了重要的领导岗位。记得1997年初春的一天，我接受了一项撰写一篇文稿的任务，是给本地的一位主要负责人，写一篇用于报送上级评选高规格荣誉的先进事迹材料。我作为一名普通干部，自知不胜笔力，才疏学浅，曾面露难色，"王班长"及时鼓励我说，可以先搜集有关这位主要负责人的资料，多研究琢磨之后再动笔，比较好的方法是从公开渠道能查找到的资料中，做些搜集梳理，比较研究之后，一部分一部分来写，这样便于把握，最后串珠成链。

中文系毕业的"王班长"，作风务实，对机关公文写作，常有独到见解。他替我分析道，先进事迹材料，既不同于人物新闻，也不同于人物通讯或人物特写。人物新闻，是用一种新闻体裁的方式，对一些典型人物或知名人士，进行报道；人物通讯，相对较长，既写人物的事迹，又写人物的思想，有时还要加上性格爱好特长等，比较详尽地介绍人物业绩、特点、作用等，须面面俱到；人物特写，则是选取人物的某个横断面，集中反映人物的某个事实和物质，相对来说，展示的内容和背景材料比较单薄。由于综合性的先进事迹材料，不同于人物新闻、人物通讯、人物特写等新闻人物的写法，所以在动笔前，要先确定一个中心思想，然后考虑正文由几个部分构成，每部分要精选比较多的事实或实例进行介绍，选用有说服力的事实，特别是符合其身份特征和履行职责要求的事实，宣传其先进事迹，用事实说话是最有力，也是最能打动人心的宣传方法。

那么，正文的每个部分，采用什么样的句式标题效果会好一些？"王班长"说，在正文里，句式可以多变。短句，显得节奏明快，效果比较强烈；长句，比较舒展，意思表达充分，尽量克服一种句式，一贯到底的表现手法，也要尽量少采用过多的高级形容词，或者干巴巴几条筋的空洞赞语。句式多变，节奏感和可读性就比较强。每个部分里的标题，应该采用精炼的短句标题，它容量大，覆盖广，比较规范。

确定了这样的写作思路之后，我便花了很多时间，在研读了许多手头能够找到的资料基础上，提炼出"开拓创新，求真务实"这一中心思想，并将材料提纲、框架拆散，逐个部分进行了综合分析，草拟成稿：对引言部分，我把人物置于当时当地的大背景这一坐标中，采用概括性的叙述语言来反映；正文由四部分构成，每个部分的标题，都采用了10个字的短句方式，共40字；最后，用了带有点论断性的寄语，作为结束语。

这次撰写先进人物的事迹材料，从中我学到了许多方法。一方面，在搜集素材的过程中，不知不觉提高了自己的站位，对领导班子建设，特别是民主集中制原则的把握，有了全新的认识；另一方面，初稿完成逐级送审过程中，尽管没有大的调整和过多的增减，但领导们所提出的点点滴滴的意见，使我看到了自己存在的不足和差距。以至于20多年过去，对当时接受任务、搜集并研究资料、动笔撰写、送审等过程，特别是"王班长"手把手辅导的场景，仍历历在目。

之四：马组长说，信、达、雅，应该成为书面表达追求的目标。首先，要真实；其次，要精准；最后，还要有文采。当然，思想性也不可少。

高大挺拔、饱读诗书、为人宽厚的马组长，曾经是一所地方高校中文系留校工作的优秀毕业生。30多年前，我有缘与其共事，因在校内不同的系，担任政治辅导员，一起开会碰面的机会较多。后来马老师调入地方党政机关工作，经历了多岗位锻炼，其中，在一个重要部门的组长领导职务上，履行了重要的职责。这些年，因工作关系，我与马组长的接触逐渐增多，他在2019年出版的散文集《润物无声》，也成了我案头经常阅读的书籍之一。耳濡目染，我对马组长在文字表达上的个性特色，慢慢有了更加深切的体会，不知不觉中，我学到了许多知识。

比如，真实性的问题。同样一件客观存在的事实，观察角度不同，认识就会存在差异。他说，研究绍兴文史的人很多，但长期以来，比较局限于市域范围内的个案研究，较少考虑放在全省乃至全国更大范围上进行整体的比较研究。所以同样的事实，研究所得的结论是不同的。他还说，视野决定水平，有什么样的视野，就有什么样的水平。那时，他是一个正处级单位的主要负责人，在广泛调查研究基础上，提出通过面向全国学术界招标，拟启动实施绍兴历史文化研究工程，计划经过几年努力，完成涵盖政治文化史、思想信仰史、世家文化史、美术文化史、戏曲史、教育史、文学史、史学史、水利文化史、物态文化史的十卷本《绍兴历史文化精品丛书》。他策划的这一项目获批后，又以极大的热忱，竭力推动此项市级社会科学规划重大项目工程的实施，其目的，就是为了融合全国研究绍兴的专家学者的成果，推动本地的文史研究者进一步提升层次，共同打造具有地域特色的历史文化精品。怎样把推动工作的这些意图、设想，用不同文体的书面语言表达出来，马组长认为，我们通常所说的"上行文""下行文"要一起用，计划才能不落空。这种站位较高、视野开阔、思维缜密的构想风格，对我有很大的启发。

又比如，精准性问题。就是语言表述要准确，要尽量避免一字之差、一语之偏。在与马组长交往中，有两件小事，我记忆犹新。

一件是前年马组长在牵头落实《绍兴清廉舘》展陈文案工作期间，在得到沈定庵先生书写的馆名墨宝后，他特别推崇老先生用"舘"不用"馆"。因为"馆""舘"两字，虽然都是房舍建置的通称，但前者多为接待宾客的房舍，后者则为公共文化娱乐场所。他说，可见即使是同音同字，也存在使用上的差异。

另一件是去年马组长自接受《新时代清风廉路图》百米长卷创作的相关联系落实工作后，多次奔赴中国美院督促协调。有次返回途中，他聊起，说本地个别景点或单位内，有的匾联有误，例如若耶溪接近平水江段，河旁边新建了一座叫"若耶轩"的亭子，共有四副楹联。书写者与撰稿者，不是同一人，书写者是本地有名的书法家，撰稿者应该是熟悉此地地方文史的人，如射的山，郑公（弘）等，有典故有地名，这位撰稿者是花过功夫并有扎实功底的。其中，第一副："两岸绿云流樵径，一艘轻舸泛若耶"；第四副："禹庙径监缭耶溪岸合，石帆山峭崚龙瑞萦纡"。这两副楹联，如果按语意的节奏点来断句，是可以理解的，但估计大部分写联的人，都会对平仄有看法，因为五言、七言一般都是按照诗律的平仄来的，如果按诗律来看，"流樵径"对"泛若耶"有点问题；从词性结构上看，第四副"岸合"对"萦纡"弱一点，不是很好，"岸合"与"萦纡"词性不太妥。对古诗词，我是外行，但觉得他分析得有道理。后来，马组长把府山西侧新添的"三联"，在微信中发我做些对比。一是古井轩，横匾："澄怀"，上下联为："观世如同天有月；静心当似水无波"。二是休憩平台，横匾："游玄"，上下联为："草绿新沾昨夜雨；林幽时沐古贤风"。三是府茶曲苑东，横匾："思古"，上下联为："地有名泉堪示范；山多英气自藏龙"。他进一步介绍，"示范"一语双关，既指廉政垂范，亦指显示范仲淹在越事迹。这三联紧扣园景，又符合诗律，实属上乘佳作。跟着马组长一起品味这些本地的匾联，加深了对语言表述准确性的理解，提升了古诗词的鉴赏水平，于文章写作受益颇多。

再比如，要有文采的问题。散文等文体，要用生动活泼的语言，不用、少用概括性文字，这是一条原则。怎样才能做到呢？马组长提醒道，就是要把细节、场景描写出来。细节性和场景化，应该是散文等写作的共性要求，一个细节、一个场景，有时特别能打动人，细节逼真，场景生动，才会有感染力，文章才可读。今年5月30日《绍兴日报》刊登了马组长撰写的《赤子其人，寸心如丹》一文，是追记大学时他的班主任的一篇回忆性散文。全文由11个不长的自然段组成，前后约有9个细节或场景的描写，夹叙夹议，给文章大大增色，增强了感染力和可读性，没有一点流水账或赘余的感觉。例如，文章第3段，就有一个极富画面感的细节、场景描写：

这一年冬天出奇的冷，晚上天下大雪，大家寻思着第二天不用早起锻炼了。可是清晨又听到了老师的敲门声，说是起来去扫门前雪。原来，一夜大雪之后，邹老师见和畅堂路上积雪厚厚的，想到师生上学难行，就动员全班男生去扫雪。他身先士卒，拿着大扫帚奋力扫雪。在早餐之前，师生同心合力，在积雪皑皑的和畅堂扫开了一条长长的雪路延伸到教学楼前。

类似上述的细节、场景描述，文中随处可见，事事与主旨相呼应，着实给人一种身临其境的感觉。

之五：喻同学说，通过阅读文学作品特别是获奖的文学作品，可以汲取无穷的力量。有计划、有目标地看书（名著）是至关重要的。

在县中读书时结识的喻同学，虽然没有读过大学，但有才气。他热爱文学创作，勤于思考，文笔好，曾在县中、县二轻局职教办当过语文老师。我读大学时，收到过他的十多封来信。有的是我去信，他回复，有的是他来信，托我代购图书。他的文笔简洁、老辣，朴实中透着哲理，白话里含有古韵，他在书信这种体裁里的语言表述风格，一直感染和激励着我。

喻同学是位有志青年。他勤奋好学，有一种不服输的进取精神。1984年9月18日他来信说："我已参加黑龙江省鸡西市《雪花》杂志社北方函授创作中心函校学习，学制一年。所学的无非是一些写作的基础知识，文学评论等等；还要一个月交一件作品寄去，作为学员作业，由作家和编辑批改、提意见。学费一年拾贰元。因此，时间精力要放到这上面了。""我已正式参加了浙江省高等教育自学考试的学习，即读自修大学，文件规定，考试合格，承认大学学历，发给毕业证书。我是汉语言文学专业。""今写信来，麻烦你速急为我购买：《中国当代文学》（可能有三册，统买来），杭州大学中文系编，杭大印刷；《马克思主义哲学基本原理》修订本，上海市高校《马克思主义哲学基本原理》编写组编，上海人民出版社出版。这两套教材中，第一套即《中国当代文学》因为是杭大编印，我想你在杭大总能买到；哲学教材如没有，我会到别处去想办法；如有了，更好。哪套先买到，哪套应立即寄我；接我信后，就去想办法买。信中夹带钱拾元，不够，再算过。（如没有书，也立即回信）（我们的主考学校是杭大，出考试试卷、改卷都是杭大）。"1985年3月28日又来信，"今匆匆来信，是因我要购：胡树裕主编的《现代汉语》增订本，上海教育出版社出版。五月十九日要考现代汉语，而我至今未买到这本必读书，心里很急。今写信烦托你代为购买，如没得买，请想尽办法向中文系同学处借来，旧书亦可。切记，版本不要搞错！从速寄来为盼。"1985年8月30日再来信："别的教材，托：《文选与赏析》（杭大中文系编）；《现代文学作品选讲》一册，华东师大出版社出版。上述两书，系教材参考书，想尽早办到。"对学习、生活充满热情，求知若渴，积极向上的喻同学，确实传递了我满满的正能量。

从他来信要我代买图书的过程中，我还长了不少见识，了解了许多文学知识。1982年9月23日来信："很想一本《1981年全国优秀短篇小说评选获奖作品集》。如杭城有，烦君购一本。以前托的《文艺论丛》且暂不用买了。"1982

年12月3日来信:"今又劳你为我购一本《汪曾祺短篇小说选》。未知杭州书店有否?"1983年2月23日来信:"以前烦托你代购的《汪曾祺短篇小说选》,是我比较想看的一本书。因此,不顾你费思、费力,为我劳动。今杭城书店无此书出售。也就罢了。且待日后再说,你留心一下便是。"1985年3月9日来信:"另外,托你购书上,我要《阅微草堂笔记》,杭州如有,希代购一套。"1985年12月11日来信:"欲购《书林秋草》,孙犁著,三联书店出版。有空时,希友代劳。"本来我只关注自己所学的专业,对文学作品和现代著名作家知之甚少,因和他的"代购"情缘,促使我也阅读了一些获奖作品,并有意识地去了解一些作家的生平事迹。喻同学看我对文学有了一丝兴趣,就不失时机写信对我进行引导,与我共勉。如1985年1月16日来信:"近来,我捧读《孙犁散文选》,他借他人之口说出了治学之道:读书要读名著,不要只读杂志报纸,书本上的知识是完整的、系统的,而杂志报纸上的文章,是零碎、纷杂的。"他的意思,我想是讲了做学问的系统性的问题,学问是科学,理应系统、完整。这样看来,有计划、有目标地看书(名著)是至关重要的。

通过上述同学之间的书信往来,我了解了具有转述特性的书信体裁,如何得体有效地传达信息,又不至于刻板,并从老同学那里,学到了许多有关文学方面的知识。

(写于2022年9月)

跟着同行学语文（下）

之六：堂伯父说，语言文字的表述，要基于换位思考的心理，以读者的阅读接受为重要目的，力求通达晓畅，体现朴实简洁的文风。

我的这位堂伯父，20 世纪 30 年代出生，当过小学语文老师。我在读大学一二年级时，先后收到过堂伯父十来封信。

他的每封来信，往往只有一张信纸，段落分明，一般在四至六段之间。每页信纸的内容，层次分明，意思表达清晰，字迹清秀，大小适中，让阅读者在过目中了解自己的想法。有的来信，还作些思想教育。比如，20 世纪 80 年代初，当他得知我读大学期间能享受每月 17 元人民助学金时，他在给我的回信中说："从来信知道你所享受的人民助学金，正好作为伙食费，这就给你父母从经济上减轻了负担。人民给了助学金，就应该准备更好地为人民服务学好科学文化知识。从报上常常看到有一些人进了大学，就认为已捧上了金饭碗，不想好好学习，甚至做出一些对不起人民的事来，不爱惜粮食，看不起劳动人民。我想你是一个懂事的孩子，一定不会辜负人民的期望。"

堂伯父在来信中，还喜欢用加括号来作说明。如有一次来信中，他用简洁的语言，介绍了伯母住院治病的过程。信是这样写的："11 月 29 日，你大妈妈旧病（胆囊炎）复发，又一次住院，一个星期后基本好转，即将出院的时刻又染上了出血热。由于病体虚弱，病情特别严重，12 月 16 日前后达到高峰，神智昏迷，16 日夜里临近了死亡线，靠输氧维持生命，医院里凡是能用的药都用上了，经过一段时间的抢救，才从死神手里夺回了生命，医药费已花去了 500 多元。现在虽已摆脱了危险，但还没

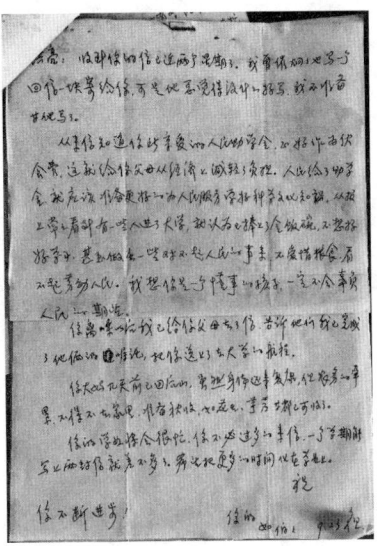

图 11　1982 年 9 月伯父的来信

有完全恢复健康，暂时还出不了院。当然如果没有新的变化，估计过3~5天可以出院，出院以后得长期休养才能复康。"又有一次在得知我母亲到杭州治病时，写信来问候："从你祖母处（你祖母来嵊检查眼睛，来过我这里）得悉你妈妈没有回福建过春节，病情一度加重。我们听了心里很是不安，从你来信中知道，现已好转而且已去福建，使我们稍宽心点。但想到你爸妈在杭住了这么多天，经济损失一定不小，真使人记挂。"另外，还有一次写信要我注意身体，他说："去年，一天，曾碰到过你同学（学新闻的），他说你在准备报考研究生，常常弄得晚上睡不好。原想去信劝你注意身体，结果没有写成。现在还是劝你注意身体。"长辈关心晚辈之情，跃然纸上。堂伯父的学历虽然不高，但在文字表达时，总能换位思考，尽可能让阅读者一看便知。

之七：表侄女说，应该尽量避免语病，当语言文字构成一个整体的时候，表述之要在于胸有全局观，懂得谋篇布局，能选择、安排。

在我的诸亲戚中，与表弟一家交往最多了。他的女儿本科、硕士都是学汉语言文学的，在一所知名中学当过语文老师，现在在一所地方高校任教。她在翻阅我过去所写的一些文字资料时，常常能从语言学的角度，提出专业性的建议。从准确用词到语法纠错，再到取材立意、谋篇布局，她的许多修改意见，都给我很多的启发。

比如我在一篇介绍母校的文章时，有一句是这样写的："学校建造教学楼和场外平整时，已挖掉了部分茶树"。她改为："学校建造教学楼和平整场地时，已挖掉了部分茶树"。理由："建造教学楼"是动宾结构，那么"和"作为一个并列的连词，连接的后面这个短语也最好是动宾结构，"平整"是动词，"场地"是宾语，与连接前面的"建造"是动词、"教学楼"是宾语两相对照。

比如我在介绍本地历史建筑的一文中，有"对先人的建筑设计和结构设计理念，我们不得不佩服"这么一句，她改为："对先人的建筑设计理念，我们不得不佩服。"因为建筑设计已包括结构设计，要避免词句冗长赘余。

还有我在有关法条学习心得中出现了"条文没有反问句、疑问句或感叹句，多为浅近字眼的陈述句或禁止性的祈使句"这一表述，她建议删除，因为条文其实默认的共识就是不可以使用反问句、疑问句和感叹句，所以这一点表述是多余的,就好像重复了大家都知道的一个常识,而不是发表个人的见解。

又比如,看到我在介绍陶渊明《归园田居》五首中的"种豆南山下"一诗,称赞陶诗没有一般古体诗的雕章琢句、律诗对仗,她说,从文学史的常识看,律诗是要到唐代才正式形成并成熟,即意味着陶渊明所处的时代是不会有律诗的,陶渊明想写也没有那样的时代条件,因此"律诗对仗"不符合文学常识,必须删除。

为了让我在作文运思时,能对谋篇布局有深切的体会,表侄女对文章的各个部分特别是开头、结尾的把握,怎样才能做到胸有全局观,曾给我作过一些点评。我在一篇介绍纪法条文的随笔中,原先是这样开头的:

同事小明,业余爱好摄影。近日所拍植物花卉,一张张构图巧妙、画面清晰、意境优美。从红枫到蜡梅,到残荷,佳作连连,百看不厌。我在微信群里看到后,经常加以收藏。家乡给人的印象,总是以水乡景色居多。的确,家乡的水域面积和水资源得天独厚,与水共生的还有家乡的植被,因而绿化率也很高,青山绿水的自然环境,十分优美宜人,穿行在山林田园之间,美不胜收。一棵树、一朵花,一片绿叶,常常成了小明摄影创作的素材,有时雅兴所至,还给一张张精美的风景照片配上"平阳秋韵""湿地红叶""冬日残荷""红梅报春"等点题字眼,更增添了美感。

她认为,这一段作为开头导入性文字过多,有头重脚轻之感。因此要适当取舍,虽然文字本身表述都很精彩,但也要忍痛割爱,删去一部分与主题关联不大的内容。还有"画面清晰"是摄影最基础的要求,不算是夸赞之词,遂删除。建议改为:

同事小明,业余爱好摄影。近日所拍植物花卉,一张张构图巧妙、意境优美。从红枫到蜡梅,到残荷,佳作连连,再配以"平阳秋韵""湿地红叶""冬日残荷""红梅报春"等点题字眼,更增添了美感,百看不厌。我在微信群里看到后,经常加以收藏。

还有,就是对感慨性的语句,她主张放文章最后表以抒情较好。她分析说,一篇好的文章,是完整的有机体,头、尾、中段相互承接、贯通、呼应,其布局如同兵家所说的"常山蛇阵"——"击首则尾应,击尾则首应,击腹则首尾俱应"。可见，我的这位表侄女，语言文字功底很好！

"言之无文，行而不远。"如果要使自己的语言表达，既有思想性，又生动活泼，向同行学习，博采众长，不失为一种好的途径与方法。

（写于 2022 年 9 月）

几件小事，几位老师

从负笈求学，到劳形案牍，忽忽几十年，有这么几件小事，几位老师，令我无法忘怀。

第一件，是在我上大学时，说来已过去三十多年。那时我刚入大三上学期，给我们上专业课的老师里，有一位老师叫徐和雍，五十岁开外，中等个儿，身材匀称，戴一副黑边眼镜，时常穿一件藏青色中山装，左上小袋佩着一支钢笔，清秀内敛，颇有学者风度。徐老师主讲《浙江近现代史》，他嗓门不大，语速也不快，但清晰明亮，令人回味。也许是一种莫名缘分，让他记住我这个听课认真的学生。有一次下课，他特意把我叫住，问道："你有没有兴趣来写一写王金发？要用论文形式。"说实话，徐老师不一定知道我姓甚名谁、来自哪里，以前也从未与我交流过，然而他就这样直接了当地给听课不到两个月的本科生布置论文作业，实在有些出乎意料。我当时既高兴又忐忑不安。徐老师察觉到我的矛盾心理，拍拍我的肩膀，用轻松的语气宽慰道："其实写论文并不深奥，记住三条就可以了。一是填补前人空白，二是修正前人观点，三是深化他人看法。"徐老师的解读简明却扼要，直击了论文写作的本源，让我一下子茅塞顿开，连忙频频点头，回答道："徐老师，那我去写写看。"

接论文作业后，我在室友的帮助下，用了近两个月的时间，完成了一篇7000余字的《略论王金发督绍》论文初稿，经徐老师细心修改后，于1985年6月被收录在《王金发学术讨论会暨殉难七十周年纪念会资料专辑》中。从此，我对浙江地方史的学习兴趣倍增。毕业到师专任教后，我曾多次复制这一师生谈话的经典模式，常常能取得意想不到的效果。回望过去，这一次简单的师生对话，让我这个普通的学生终身受益。老师不仅要教知识，更要教方法，徐老师这种方法论上的传导，真是一笔宝贵财富，它促进了我学习和业务上的不断进步。

第二件，发生在我参加工作二十多年后。辛亥革命一百周年纪念日前后，报刊杂志上有许多最新研究动态。有一天，我熟悉并特别敬重的文老师嘱我，可以将"纪念辛亥革命一百周年"有关会议及宣传内容以专题形式整理一下。起初我有些不以为意，文老师告诉我，做起来，会有收获的。

刚开始收集文老师所说的资料时，我还不太明白文献资料对科研的独特作用。在我把与辛亥革命有关的所有手头资料，作了一番回顾性的初步研究，并按照全国、浙江省、绍兴市三个不同层次，对同一专题不同内容进行组合、编排的过程中，慢慢意识到了绍兴籍光复会会员对辛亥革命的突出贡献。正是通过辛亥革命一百周年纪念活动相关文献资料的收集、梳理，我对蔡元培、陶成章、秋瑾、徐锡麟、王金发等历史人物，有了更多的思考与新的认识，特别是对辛亥革命时期绍兴革命党人成批涌现的原因，随着比较详尽的第一手佐证资料的陆续收集，逐步修正或提升了我原有的一些学术观点。此时我更感激和钦佩文老师，觉得文老师确实不凡。文老师尽管不从事史学研究，却热爱地方史，了解地方史，对如何开展学术研究的方法还有着独到的见解。

第三件，是数年前，书法专家祖老师对我的指导和帮助。祖老师硬笔、毛笔书法都极好，品行高洁，素为我所敬重。那年夏天，我到省外做颈椎间盘压迫中枢神经的手术，术后不久，祖老师专程亲赴医院看望我。为了帮我缓解术后疼痛，祖老师坐在病床旁，耐心地给我讲解书法作品的鉴赏方法。他说，品鉴书法作品，一看气顺否。书法艺术如同跑步运动，跑步关键是呼吸要均匀，呼吸不顺，就跑不好。写字也是一样的道理，用笔圆润得当，线条流畅，强劲有力，快慢自如，则气顺。二看笔画交代是否清楚。横、竖、撇、捺等来回用笔是否清晰，起落之间是否清晰，都很见功夫。三看有没有进行创作。临帖写字，模仿的是别人的外形，自行创作比临帖更能体现功力。四看字与字之间是否协调。同一字，笔画之间的比例是否和谐，字与字之间，斜、正、斜、正是否和谐，也很有讲究。五看同一字，黑白反差大否。大，且每笔干净利落，则为佳字。对祖老师的书法造诣，我一直都是仰慕不已，听到他当面为我娓娓道来，真是"如闻仙乐耳暂明"，我如有神助，脑子仿佛也一下子特别好使，牢牢记住了这些鉴赏要点。一次住院，反让我对书法的品鉴水平有了一个大大的提升，感恩祖老师！

第四件，是我在上海一所高校进修时发生的。20世纪90年代初，刚五十出头的孟老师，是我曾经任教的师专历史系主任，他知识渊博，治学严谨，撰写过70多万字的绍兴地方史专著《越国史稿》。那年我获得机会，到外地名校脱产进修一年，年底，恰逢学校组织讲师职称评定。在启动职评到结束前后约两个月的时间里，孟老师亲笔给在外地进修的我，连写了 4 封信，及时告知相关情况。1991 年 11 月 30 日，孟老师来信："外语考试定在 12 月 15 日进行，我已给你报了名。请你抓紧时间准备，并按时参加考试。"1991 年 12 月 1 日，孟老师给我爱人去信，要她去向熟悉的同校另外一个系的青年教师鲁老师了解一下考试要求，以便我有针对性地复习备考。他在信中说："因我目前尚未了解有关考试要求等情况，是否请你向鲁老师了解一下，并嘱鲁老师直接给小竺老师去一封信，告知有关考试内容等详情。"1991 年 12 月 4 日，孟老师又给我来信："你其他条件均好，特别是连续三年获优秀教学奖，但按规定要获 4～6 门硕士课程成绩，请抓紧通过进修课程考试。"1991 年 12 月 21 日，孟老师接着来信："你已经我系讨论，系评定推荐组一致推荐你晋升讲师职称，现已报校人事处，校评审委员会将于 27 日讨论。27 日上午到校向校评审委员会作有关情况的自我介绍，请认真准备。"在孟老师的呵护支持下，我终于顺利晋升讲师，这是我工作生涯中非常重要的一步，直接影响我今后的职业生涯。孟老师这几封珍贵的信件，我时常拿出来，每每翻看，师长的关怀就在我心头涌起暖流，给我鼓舞，给我力量。

几位老师，既有授业恩师，也有"一字之师"，几件事情，也都谈不上轰轰烈烈，但老师们的言传身教却都对我影响深远。事虽小，恩却重，情难忘！

（写于 2016 年 6 月）

初识三角梅

在我的手机相册里,留存照片最多的,要数家里的那棵三角梅了。

我家南阳台前的这棵三角梅,堪称我们小区一景。虽属藤状灌木,但茎高两米有余,冠幅三米左右,基茎粗壮,呈三叉型,茎节上分枝多而繁茂,故形似乔木。这几年,小区有年长者,特地赶来问我,说什么时候突然长出这么高大的一棵三角梅。今年春节后,许多散步的居民,见这棵三角梅迟迟不出嫩芽叶,总要情不自禁地穿过公用绿地,好奇地对枝条检查一番,并用十分惋惜的口吻,朝我们叹息道:"真是不舍得啊。"

确实是"不舍得"。这些年,对着三角梅选景拍照,成了我业余生活中的重要内容。

三角梅,从不主动招惹人,始终处于防御状态。它没有树高,没有花香,但枝叶上带刺,对生,长5~15毫米,叶前端尖,质薄而平滑。枝端花梗与苞片中脉贴生,春夏秋三季,枝杈上簇生数花。紫色花朵,鲜艳夺目,每三片苞片相聚,形成一朵小三角形的花,故又名三角花。花虽小,花期却很长,可达八九个月,开花期间,几经风雨,落花、落叶仍然较少。其类似乔木,呈高盆形,排序为聚散花序,枝下垂,花被长筒状,花苞三片,大都为紫色,颇为美丽。清晨、傍晚,或风雨后,给三角梅来个特写,是我的乐趣所在。

其实,在五年前,我对三角梅还一无所知。2016年乔迁新居那年,妻在漓渚棠棣花市花了70元买回来一盆茎高约50厘米的幼龄三角梅,我便将其移植到南阳台前东南角的斜坡上,类似农村的屋前屋后空地上种点绿植。可是没过多

图12 窗前盛开的三角梅

久，花、叶纷纷掉落，光秃秃的枝梗，形态不佳。这可能与我们当时浇水过频有关。到了第二年春天，我们心想这株三角梅烂根后又经历了严冬，枯死无疑了。有一天本想拔枯摘心，竟然发现，茎根基部的茎节上有一颗黄豆大小的嫩芽。过了几天，这颗嫩芽竟然迅速长大，大概到了夏天，在离土层10厘米的第一段茎节处，三根拇指粗的枝条，形成了口子向上的三角叉，每根枝条茎高六七十厘米，密密麻麻开满了紫色花朵。它与茶树丛栽不太一样，此时的树形，虽为低杆，枝叶上的鲜花却鲜艳夺目，因有刺，行人很少能单手捋采，故得以完好保存。

三角梅属多年生草本，原产于南美洲的巴西。其对土壤要求不高，但不耐寒，喜充足光照，是热带植物。东南角的这片公共绿地，黄泥沙土，土壤疏松，渗水也良，向阳日照充足，极易生长。经过一个盛夏的光合作用，到了深秋，茎已高一米有余。隆冬时，为了保温防寒，我用竹竿搭了竹架，买来塑料薄膜覆盖其上，用于防霜冻。由于防范工作做得早，三角梅的根、茎、叶、花得到了较好的保护，平稳度过了一年中的风险期。在此后的2018到2020年的三年里，这棵三角梅，因为刺腋生，又无花香，采摘的人很少，病虫害也基本不用防治。茎高和冠幅一直在2米左右，指形大权随处可见。

由于长势出奇地好，这棵三角梅，给我们一家，也带来了无穷的乐趣。这棵随风舞动的三角梅，每天伫立在我们的阳台前，特别是进入花期后，繁花似锦，给人一种不轻易凋谢之感。每天早晨起床、下班回来，最开心的就是去看一看这株心爱的三角梅。

2020年是极不寻常的一年，出于防疫考虑，待在家里的时间便多了，对三角梅的观察也多了一份细心。去年，这棵三角梅中间有一根直枝，居然高达4米，似乎以其独特的方式，在回馈主人对其百般的呵护。也正因此，去年我们极少剪枝，以至冠幅达到了3米，生长极好，呈现出了"层层花朵绕藤转"的美景，与周边的绿色草坪，相映成趣。

令人遗憾的是，由于我舍不得剪枝，保暖又不够及时，去年的冬天，突然降温至零下七度，终于把这棵三角梅击倒了，现在顶梢也已出现枯死迹象。今年五一小长假期间，我与妻专门去104国道旁的花市购得新老三角梅各两盆，进行了补植，希望奇迹再次出现！

（写于2021年5月）

2022年5月补记："五一"长假，在窗前空地除草时，无意间发现这棵枯死的三角梅，根部又发出嫩芽长出新叶了！

在绍兴名人故居前

对建筑，我是外行。由于想研究马寅初，进而专程去了嵊州浦口马寅初故居，并通过查阅资料，了解了马寅初在杭州、北京等地的故宅情况。杭州庆春路210号的一幢三层楼西式花园洋房，北京大学燕南园63号呈"H"形的高级平房公寓，虽都是马老生前所爱，但情感上都与祖屋不可比。

浦口马宅，这是一座三进两层木结构楼房。它与绍兴市区名人的台门式故居相比，有较大的不同。虽同属明清古建筑，但马宅相对简易些，厚重感稍逊。

为进一步弄清名人老宅的"身世"以及相互间的异同，利用双休日，我遍访了市区各名人故居，并作比较后发现，绍兴名人故居中户占面积并不大。由于年代久远，明徐渭前的几大名人故宅，大都不易查考，徐之后的多个名人，如章学诚、秋瑾、鲁迅、蔡元培、范文澜等等，其故居经历届政府抢救性修复，得到了较好的保存，基本保留了原貌。

选址：均在8.3平方公里的环城河内。除章学诚、范文澜两故居外，基地一般坐北朝南，以北房为座楼、主房，朝向天井，以利纳入阳光和避免北风，有一种水墨情趣。章学诚故居在塔山北麓，两进，坐南朝北；范文澜故居，南靠府山，三进，坐南朝北，临河。依山傍水的还有秋瑾故居，北靠塔山，且坐北朝南。

式样：大都是明清台门院落，平面呈"回"形。徐渭父曾任云南等地县令，据说在青藤书屋附近有七进，后败落，青藤书屋及园子，系第七进原址，书屋是明代民居。秋瑾、鲁迅、蔡元培、范文澜等故居，是三进台门，依次为门厅、大厅、座楼，面阔两间、三间、五间不等，进深大小不一。天井内植树、水井、水缸不可少。有左右厢房，以房屋围合成院，门窗开院外，外墙封闭，有很强的内敛向心性，既开放又封闭。对外，是封闭的，对内是开放的，聚族而居，尽管每户面积不是特别大，所有家庭成员的活动都在院中，有天井、水井、盆景，与大自然亲近融合，呈现出图案般的美丽。

部件：由于缺少专业积累，短时间又无法找到结构设计图纸，只能对建筑构件作些表面的观察。首先，看地面。现在以青砖、东湖石铺地居多，过去实为"三黄地"，地面以细砂、白灰和红土混合，用重锤夯实、压平，固结后比较坚硬。其次，看房梁。房梁是房屋最重要的重力支架。房梁和支架间不带一颗钉子，都是互相插入并咬合的木头，称为榫卯结构。架梁的人字架，建筑的藻井，都是榫卯结构的具体应用。年久失修的，细看梁柱，往往有斑斑点点的虫眼嵌入较深的裂纹之间。再看屋顶。青瓦盖顶，屋顶多是灰白剪边，常见覆重檐歇山灰瓦剪边屋顶，有的还飞檐翘角。第四看墙。有保护隐私寓意的女儿墙，镂空的小尺度花格窗，对比出房屋的高大，并增强了防盗功能。另外，威严的石狮子，雕刻精美的石柱子、石窗，以及天井中文竹、棕竹、紫薇花、月季花、葡萄藤、梅树、桂花等等，老枝遒劲，嫩绿点点，粉墙褐柱黛瓦，给人一种宁静、和美之感。

对先人的建筑设计理念，我暗暗佩服不已。

（写于 2018 年 8 月）

致敬梁柏台

这两年，因工作关系，我曾协助一位同事兼好友，参与了本地一个清廉舘的部分展陈文案工作。随着翻看梁柏台有关资料的增多，我时常感到，位于第二篇章开篇的梁柏台介绍，没有放到20世纪30年代中央苏区的特定背景中去评判，有些不够精准。于是，心里总搁着一件事，总想腾出点时间和精力，对梁柏台的生平事迹再做一次梳理，并重写展陈文案说明。但数次提笔，却又不知如何落笔。因为了解越多，越觉得梁柏台是很不平凡的。他是一位很值得挖掘的清廉人物。

1899年出生的梁柏台，是新昌新林乡查林村人。1918年秋，考入浙江省立第一师范学校，1920年夏，进上海外国语学社学习俄语，同年冬加入社会主义青年团，1921年春，赴苏联学习，1922年夏，进莫斯科东方大学学习，同年底转为中国共产党党员。毕业后在苏联远东工作，1931年回国，辗转到达中央苏区瑞金。据绍兴市志第五册"人物"记载，梁柏台在中央苏区工作期间，任务至为繁重而工作十分出色，受到过当时的中央领导同志的称赞。红军长征后，奉命留守苏区坚持斗争，于1935年不幸被俘牺牲，年仅36岁。

面对这样一位英雄模范人物，我们该怎样进行宣传介绍？我还想，作为具有鲜明特质的绍兴籍中共早期党员之一，我们该怎样评价呢？想来想去，感到马虎不得，唯有弄清事实、确认细节，才能动笔。在浙江籍的共产主义知识分子群体中，他与绍兴籍的诸多革命先辈，如俞秀松、王一飞、张秋人、汪寿华、宣中华、叶天底等齐名。由于在中央苏区的特殊经历和突出贡献，梁柏台在我党的法制史上，是红色司法的开拓者，也是反腐肃贪的先驱，曾在中国共产党纪律处分法规建设史上，起过一定的积极作用。我心想，为何不把梁柏台放在中央苏区法纪严明这一大背景中去审视，看看他究竟是以怎样的实际行动，践行伟大建党精神的？

根据今年年初人民出版社、中共党史出版社联合出版的《中国共产党简史》介绍，中华苏维埃共和国是中国历史上第一个全国性的工农民主政权，是我党在局部地区执政的重要尝试。一定程度上讲，中央苏区在土地革命时期的各根据地中，起着中枢指挥作用。鼎盛时期的中央苏区，辖有江西省苏维埃政府、福建省苏维埃政府、闽赣省苏维埃政府3个省级政权，赣南、闽西两块根据地，基本连成一片，总面积达5万多平方公里，有21个县，人口250万。

中华苏维埃共和国临时中央政府重视廉政建设和司法建设。1931年至1934年间，先后颁布了120多部法律法令。1933年12月，中央执行委员会发布了《关于惩治贪污浪费行为》的第二十六号训令，严肃查处腐败案件。在构建具有鲜明阶级性和时代特征的法纪体系中，梁柏台发挥了多方面的积极作用。

1931年，梁柏台回国后用较短时间执笔完成了《中华苏维埃共和国宪法大纲》。当年9月才进入中央苏区的梁柏台，参加了中华苏维埃共和国第一次全国代表大会主要文件之一的宪法的起草工作。11月7日至20日在江西瑞金召开的全国代表大会上，全体会员一致通过了由他执笔的《中华苏维埃共和国宪法大纲》。这种一上手就被组织认可的专业素养，与他的家庭，他的求学经历及在苏联的工作经历是分不开的。

梁柏台虽出身于普通家庭，却有理想，坚持追求真理。他的家境并不富裕，在浙江一师读书时，不仅学习刻苦，而且关心国家时局，富有理想和抱负。为追求真理，他远涉重洋，留学苏联。莫斯科东方大学毕业后，他服从组织安排，一心致力于从事远东华工、红色法律研究和司法审判工作，其间写信给家中的母亲等，劝慰家人"国家事大，家中事小"，表示要以国事为重。正是在苏联长期的华工工作、政府工作和司法审判工作，使梁柏台积累了大量的法律和司法工作实践经验与专业知识。他刚回国的那几年，正值中央苏区大力加强法纪建设的重要时期，梁柏台便有了施展专业才华的用武之地。在中央苏区工作的近四年间，他的工作岗位虽几经变动，但都一直与法纪工作有关。

梁柏台先后担任司法人民委员部副部长，兼内务部副部长、临时最高法庭委员、司法人民委员、中央执行委员等多个职务。他亲自起草了数部重要法律法令，先后组织制定了10余部法律法规，并陆续颁布实行。他的出色工作，开创了中国红色法律的先河，为中共的法制建设作出了重要贡献。

他参与了两个与纪检监察工作关系密切的案件的办理。一是主审谢步升贪腐案，二是指控熊仙壁贪渎案。参与这两项工作，用现在的眼光来看，应该比较集中地体现了他勇于担当、不负人民的品格。

1932年5月主审谢步升贪腐案，需要担当。在1934年初成立前，司法人民委员部和工农检察人员委员部，是同属于临时中央政府中央执委的两个平行工作机关。我查阅了许多资料，目前尚未找到梁柏台曾参与了工农检察人民委员部的工作的史料。作为政府监察机构的工农检察人民委员部，通过设控告局等一系列举措，确实加强了反腐肃贪工作。有据可查的是，在对谢步升公审判决中，梁柏台担任了主审。主审该案，压力不小。因为苏维埃临时中央政府地域上是在瑞金县九区叶坪村建立的，谢步升是该村苏维埃主席，虽罪大该杀，但过去有功，要到1933年12月的第二十六号训令才对贪污量刑作明确规定。在瑞金县苏维埃裁判部判处谢步升死刑后，梁柏台参加了临时最高法庭对谢案的复审并担任主审。谢步升是我党反腐败历史上执行枪决的第一个贪污腐败分子，在苏区引起了强烈震动。

指控熊仙壁，体现了梁柏台不负人民的情怀。从1934年3月8日《红色中华》报上刊发的《检举雩都县私营贪污官僚》一文可知，于都县当时挖出了重大贪污案犯。江西于都县是后来长征的出发地之一，当时梁柏台担任了《红色中华》的代理主笔。在同年3月下旬审理于都县苏维埃政府主席熊仙壁等案过程中，梁柏台以最高特别法庭临时检察长职务担任公诉人，指控熊仙壁贪污渎职案。由董必武任主审的最高法院，判处熊仙壁监禁1年。据史料介绍，当时查处的于都县贪污案件有23件之多，不少干部因做生意、挪用公款、营利经商而被查办，县委书记刘洪清也被撤职，刘、熊均被撤销中央执行委员职务。对熊仙壁等案的处理，在当时也产生了极大影响。

特别值得一提的是，1934年10月，主力红军长征后，梁柏台奉命留在中央苏区领导南方游击战争。他被任命为中央苏区分局成员和中华苏维埃共和国中央政府办事处副主任，协助陈毅领导地方政府机关转变工作方式，开展游击战争。客观地讲，留守中央苏区，同样需要不怕牺牲、英勇斗争的精神来支撑。

今天看来，两年前我对梁柏台的认识，是不够全面的，现在再次做梳理，一股敬仰之情，油然而生！

（写于2021年6月）

跟着记者学写作

对新近发生的事实,怎样进行报道?

拟一个好标题,可能是吸引读者的不二法门。前不久,"无宾客"婚礼的一篇新闻报道,真实、细致,又有现场感,十分引人入胜。这是同事一帆选择的一场别具一格的婚礼。用一帆的话来说,一不小心就被绍兴本地的两位记者采访了,并很快在人民网上刊出。"疫情之下绍兴嵊州这对新人办了一场'无宾客'婚礼",这题目虽略显长了点,但场景要素齐全。"无宾客"婚礼,既能总括全文,又能一下子抓住读者的眼球,谁会举办这样的婚礼?怎么回事?为什么?等等。一连串的问号,会使读者情不自禁地往下看。特别是记者以小见大、见微知著的眼光,把一件细小的、具体的凡人新事,在防疫、抗疫这一特定大背景中所蕴含的积极意义,恰如其分地挖掘出来了,用同事小余的话说:"这个婚结得很有意义。"

当然,吸引了读者,并不等于打动了读者。怎样才能打动读者呢?

有了好标题后,更要有好的内容报道来支撑。众所周知,新闻敏感是十分可贵的,新闻敏感的有无、强弱,主要体现在客观事实的挑选、细节的描写以及解释说明等笔法上。全文不足千字,除了导语、结尾外,10个简短的自然段,段内、段与段间,处处有场景、人物或解说,给人身临其境的感觉。

如导语两句话,写了"一大早""前一天"两件事实,穿插了女主人的两个细节:"12月12日一大早,葛姣就来到了绍兴嵊州市甘霖镇楼庄村,帮助村里准备大规模核酸检测的相关工作。没人能猜得到,就在前一天,她和丈夫马一帆才刚刚完婚。"

又如第2段,概括性地叙述了一个具体事实,即婚礼的具体情景:"那是一场非常特殊的婚礼:没有妙语连珠的婚礼司仪,没有爱闹的伴郎伴娘,没有声势浩大的亲友团。婚礼从开始到结束,只有新人与双方家长参与,甚至连司机都是新郎自己客串的。"

中间5、6、7三个自然段,把男女主人的心理活动、事实背后的原因以及相关人员的感受，从不同侧面，巧妙地写了出来，且环环紧扣：

谁知一场新型冠状病毒感染打乱了全家人的阵脚，12月7日，绍兴市上虞区发现新冠病例。结婚是大事，大家前期花了大量精力和时间准备婚礼，亲友也都等着喝喜酒，这可怎么是好呢？双方的家人们犯了愁，这喜事儿都通知出去了，真要取消吗？

第一时间，两人不约而同地做出了决定：取消婚礼。葛姣说，作为一名政府工作人员，她知道疫情的严重性以及可能会带来的后果，万一有人因参加他们的婚礼而出现意外，到时她会歉疚终身的。"如果大家都戴着口罩又提心吊胆地来，就失去了婚礼的意义所在。"马一帆说。

令他们感动的是，双方家长都支持两人的决定，亲朋好友也表示理解。"不过家里的长辈说，这个日子是他们精挑细选出来的，是一个吉日，是不是举办一个简单的结婚仪式，只有双方家长参加的那种？"对于家长的提议，葛姣和马一帆认为可行。

有人说，电视、广播、手机视频等，具有生动性和直观性的优点，相比之下，文字报道则略显逊色，有时还相形见绌。其实，好的记者，常常能补齐这块短板，通过描写，可以把电视、广播、手机视频等新闻中，比较难以表现的人物的心理活动、客观事实背后的奥妙、主体事实与其他事实之间的关系、寓事实之中作者的观点看法、对新闻事件的适当解释等等，同样刻画得直观、生动、形象。上面5、6、7三个自然段，就是通过描写，把人物形象绘声绘色地表现出来了。所谓描写，通俗地讲，就是作者将其感知到的事物的特征，用语言文字（口头为语，书面为文），醒目地重现出来，吸引读者产生共鸣，或联动、互动，直接或间接地参与到作者所刻画的具体形象活动中，从而构成总的印象、判断。正因如此，文字报道是永远不会消失的，并在传媒百花园中，可与具有直观性、生动性等特征的电视、广播、手机视频等相媲美。

再如第10段，记者没有用空洞的赞语和评价，而是用了"简单朴素却很温馨"这样一句话，摆了事实，又表明了情感性的评价。用事实说话，是记者常用的写作手法。记者要把自己倾向性观点表达出来，一般都寓于具体事实的报道之中。事实报道充分了，作者的主观感情也清楚了：

婚礼的过程，也正如他们决定的那样，简单朴素却很温馨：葛姣的阿姨为她化了妆，然后由妈妈和阿姨将她送出了门，马一帆开车来接。两人的家很近，没几分钟就到了。"老公家也没请一名宾客，只有他和公公婆婆。我向公公婆婆敬了茶，一起吃了顿晚饭，这个婚就算结了。"葛姣告诉记者。

着墨不多，却在不知不觉中，把读者带入了新闻事件中，给人一种亲闻其声、如见其形的感觉。众所周知，文字报道虽然在视觉形象、听觉效果方面，不能与电视、广播、手机视频等媒体相提并论，但文字在典型性细节描写、对读者疑问的作答解释上，是有很大空间可以作为的。比如第8、11自然段，记者又穿插进了"书写婚礼延期通知书"和"马一帆还主动报名参加了支援上虞的抗疫"这样两个细节。这两段文字分别是：

紧接着，两人写了一封婚礼延期通知书，并一一告知亲戚朋友不要来参加婚礼。这个临时的决定，也受到了大家的认可。

第二天，葛姣和马一帆就奔向各自的工作岗位。马一帆还主动报名参加了支援上虞的抗疫。

读到这里，读者可能还会问：婚礼怎么个补办呢？记者在结尾做了富有人情味的回答：

"这波疫情过去后，我们会补办婚礼，到时挑一个周末，召集亲朋好友聚一下，来见证我和老公的甜蜜生活。"葛姣说。

读完"无宾客"婚礼这篇新闻报道，小组工作群里的同志们，纷纷送上了祝福的话语。有的点赞，这是一场特殊时期的特别婚礼，有的用对联来表达美好祝愿，上联是"一枝一叶总关情"，下联是"红枫似火两相知"，横批是"志同道合"。

"他山之石，可以攻玉。"读点优秀新闻作品，有时可以从中得到启发。新闻文体的写作，不同于机关应用文，但两者有相似或相通之处。比如写经验或问题信息等，都要以事实为基础，事实须准确无误，可读性又要强。从讲政治角度来看，新闻是宣传，是以报道事实为主要特色的特殊宣传，报道事实是记者的根本原则。新闻作品，不论是消息还是通讯，"事实＋描写"，是一种好的模式。新闻报道中的事实，是记者精选后的事实。描写与描述，两者是有区别的。描述倡导的是用"白描或素描"的笔法，准确点出问题或事实的性质、责任、程度、后果等，有述评的成分。描写，更多的是为了体现生动性、可读性，最忌八股，而描述强调的是，事事都要真实，要从大量的事实中，找出有价值的问题，精准反映、精准定责。记者带着职业敏感性，对新近发生的事实，精选事实和细节，进行描写。

（写于2021年12月）

条文句式赏读

同事小明，业余爱好摄影。近日所拍植物花卉，一张张构图巧妙、意境优美。从红枫到蜡梅，到残荷，佳作连连，百看不厌。我在微信群里看到后，经常加以收藏。家乡给人的印象，总是以水乡景色居多。的确，家乡的水域面积和水资源得天独厚，与水共生的还有家乡的植被，因而绿化率也很高，青山绿水的自然环境，十分优美宜人，穿行在山林田园之间，美不胜收。一棵树、一朵花，一片绿叶，常常成了小明摄影创作的素材，有时雅兴所至，还给一张张精美的风景照片配上"平阳秋韵""湿地红叶""冬日残荷""红梅报春"等点题字眼，更增添了美感。

记得罗丹说过这样一段话，大意是：一幅美丽的风景画之所以使人感动，不单是因为它使人得到了多少适意的感觉，实则因为它所惊起的思想。我想人们之所以欣赏山水风光、花鸟虫草的自然美景，可能也是因为从中看到或者联想到了与人的生活相通、相关的东西。联系群里看到的这些风景照片，似乎也感到了小明是通过摄影创作的方式，展示了一种从细微处发现和欣赏大自然美景，并不断陶冶身心，以此获得人生观照的情趣。

上述的美学原则，其实，同样适用于纪法条文的学习。美，无处不在，无时不有。书法的笔画之美，画作的意境之美，音乐的旋律之美，诗词的文学之美，都是用艺术的方式，或直截了当或含蓄曲折地表达创作者的思想。任何好的作品，都是创作者强烈思想的果实，是内心深处的呐喊，是真情实感的自然流露。而真实强烈的思想，往往源于生活、植根于社会，来自对事物的观察以及对工作、对人生的体验。那么，对日常工作、生活中我们所接触到的大量纪法条文，该怎样从凝练平实的字词句里，去发现纪法条文的句式之美呢？特别是近十年来，报纸杂志公布的党内法规，数量多、质量高，遵规守纪已成共识。在党纪国法体系中，2018年10月1日起施行的《中国共产党纪律处分条例》，和2020年7月1日起施行的《中华人民共和国公职人员政务处分法》，无疑是基础性法规的典范之作。仅仅停留在背诵其中的一些条文，似乎是不够的，如能带着欣赏的眼光去品读条文，去发现纪法条文的句式之美，进而去熟悉、理解纪法条文所蕴含的思想及其精神要义，那么，纪法条文才比较容易入脑入心，成为规范行为的自觉。

从语言学的角度看，纪法条文的句式之美，集中体现在变与不变之中。纪法条文的句式，多数是长短句相结合的，不是只有一种长句，避免了表现手法的单一、枯燥。即使在数量较多的长句里，又采用了很多分句、短句的表现方式，克服了长句间的雷同、冗余。句式变化中始终不变的共同点，就是条文表述简洁明晰、微言大义。条文没有反问句、疑问句或感叹句，多为浅近字眼的陈述句或禁止性的祈使句。纪法条文中长短句的选用原则，可理解为应有利于立法明纪目标的实现。短句，简劲有力，节奏明快；长句，舒展达意，完整畅达。如果把纪法条文置于当代文苑中，纪法条文的句式，无疑也是文苑中的瑰宝。

纪法条文的句式，与新闻作品或文学作品相比，存在着一定的差异。《中国共产党纪律处分条例》三编142条，《中华人民共和国公职人员政务处分法》七章68条，合在一起，共计210条。这两部纪法条文的句式没有太多变换，"总则"部分短句略多；"分则"或"违法行为及其适用的政务处分"部分以长句为主；分句中短句较多，也没有用排比句叙述或叠字描摹，使用较多的是表示选择关系的"或者"和表示一句话中并列分句之间停顿的分号。优秀的新闻作品，不乏句式多变或变换灵活的句型，这样有时确实可以增强内容的层次感和顿挫感，轻轻地把读者引进了作者叙述或描写的场景之中。特别是恰到好处的排比句，往往会使文章满纸生辉。记得很久前，我曾在新闻刊授大学学习丛书资料中，读到过一篇题为《难忘的英格丽·褒曼》的人物新闻，当时觉得这篇短文写得好，还对最后一段作了摘抄，原文是这样的：

她于1982年8月29日逝世，终年67岁。英格丽将活在许多电影观众心里——同加里·古柏在西班牙白雪皑皑的山上；同卡里·格兰特在间谍出没的里约热内卢，但是，最生动地浮现在人们脑海中的是《卡萨布兰卡》里的英格丽：靠在钢琴旁喃喃地说，"山姆，再弹一遍吧，为了过去"；在雾茫茫的机场上回首告别，眼神凄楚。

文章的作者，就是采用了排比和引语，叙述了观众对这位影星的怀念，结尾是十分引人的。什么是排比句？小时候老师说，有分号的地方，可当排比句看待。参加工作后，在接触机关应用文中，才慢慢体会到，同范围同性质的事，如果用了结构相似的句法，逐一列出的，就是排比。如明代归有光的散文名篇《项脊轩志》和宋代李清照的名词《声声慢》，叠字信手拈来、俯拾皆是，"庭阶寂寂""默默在此""冷冷清清""点点滴滴"等等，这些恰到好处的叠字运用，起到了很好的修辞效果。但纪法条文的句式选择，不允许这么做。那么，纪法条文在有限的句式变化中，怎样克服将一种或少数几种句式贯穿到底，相对比较抽象、单调的表现手法呢？同时又是怎样展示其无穷的句式魅力的呢？

首先，文字简洁，容量极大，展示出卓越、精准的概括力。如2018年《中国共产党纪律处分条例》第82条原文如下："违反有关规定办理因私出国（境）证件、前往港澳通行证，或者未经批准出入国（边）境，情节较轻的，给予警告或者严重警告处分；情节较重的，给予撤销党内职务处分；情节严重的，给予留党察看处分。"短短78个字，就把现实生活中这一类的所有情形都涵盖了。这一条，一句一段，几乎由口语构成，遣词凝练，表意准确、贴切，字词句的概括内容极广。这一条沿用了2015年修订的《中国共产党纪律处分条例》第77条，未作修改，说明其稳定性、规范性得到认可。如果和1997年、2003年《中国共产党纪律处分条例》中内容相似的条文作一对比，更能看出其语言的高度概括和精准。1997年《中国共产党纪律处分条例（试行）》第53条："以不正当的方式或者手段，谋求本人、配偶、子女及其他人出国、出境的，给予警告或者严重警告处分；情节较重的，给予撤销党内职务或者留党察看处分；严重损害国家利益的，给予开除党籍处分。"2003年《中国共产党纪律处分条例》第68条规定，"以不正当方式谋求本人或者其他人用公款出国（境），情节较轻的，给予警告处分；情节较重的，给予严重警告处分；情节严重的，给予撤销党内职务处分。"对因公务活动需要而走因私出国（境）渠道的情形，2018年的条文虽未出现相关字眼，却已包括其中。到2020年颁布《中华人民共和国公职人员政务处分法》时，文句更加简约，但文意不减。如第31条是这样规定的："违反规定出境或者办理因私出境证件的，予以记过或者记大过；情节严重的，予以降级或者撤职。"这39个字，字字深加锤炼，浓缩语言容量，达到了片言能明百意，只字足敌万语的效果。从上可见，对违反规定因私出国（境）的这同一行为，2020年与

2018年纪法条文所用的"办理""出入""出境或者办理"等词，比1997年、2003年条文所用的"谋求"一词更精准。因为"谋求"有主观倾向性，而"办理"，主要看事实结果。"办理"词语涵盖的意思比"谋求"更广，真正做到了文句简洁、文意不减。

其次，纪法条文中"款"为长句、"项"为短句的句式，在整齐中具有参差、起伏之美，不是排比胜似排比。这又是纪法条文的一个句法特色。纵观《中国共产党纪律处分条例》和《中华人民共和国公职人员政务处分法》这两部纪法的210条条文句式，"条"与"条"之间的长句、短句，不算特别丰富多变，但"条"内的"款""项"，大量采用并列分句，分句中多变的长短句，体现了结构严谨和起伏跌宕的特点。如2018年《中国共产党纪律处分条例》第90条、94条、95条、126条等，这些为数不多的条文，把违规从事营利活动的各种形式，包括"一家两制"的违纪违法情形都涵盖其中了。特别是第94条第一款用6个并列分句构成6个项的违纪情形，"项"中采用的又都是短句。即经商办企业的；拥有非上市公司（企业）的股份或者证券的；买卖股票或者进行其他证券投资的；从事有偿中介活动的；在国（境）外注册公司或者投资入股的；有其他违反有关规定从事营利活动的。众所周知，任何特点特色，往往是优势所在，句式当然也不例外。

记得一位西方法官曾有过一个形象的比喻：法官的工作，就是穿梭在事实与法则之间，并进行说理。因为事实的多样性和复杂性，规范的法则，需要通过合情合理的解释，判决的公正性才能被接受。同样，在送达本人的党纪政务处分决定书中，陈述事实之后的纪法条文，作为处分决定依据来讲，需要严谨缜密。条文语言，不同于文学语言。诗或词，作者可以将所要表现的事物、感情，更加精练地搁在一起，留给读者比较多的想象空间。如陶渊明《归园田居》五首中的"种豆南山下"一诗，语句直白，朴素自然："种豆南山下，草盛豆苗稀。晨兴理荒秽，带月荷锄归。道狭草木长，夕露沾我衣。衣沾不足惜，但使愿无违。"诗人以"种豆南山下"这件具体的事情为例，文字形式没有一般古体诗的雕章琢句，表达方式上也没有夸张的抒情意味，而是用了鲜活独到的语言，把归隐躬耕生活的艰辛描述出来了。但条文语言，仅仅停留在语言朴素、精练贴切层面是不够的，还要考虑其作为人们行为评判、惩处的依据。所以尽管没有用排比句式，更多的是采用款、项列举，有点类似清单化，却给人一目了然的感觉。《中国共产党纪律处分条例》的"分则"和《中华人民共和国公职人员政务处分法》的第三章中，大部分条文中的款、项，通常采用分号列举句式，有的行为详写，有的略写，有的还采用穿插写的方法，但都是紧扣"处分"这个题目来写的，并不是一种呆板的句式，分句中也有长短句，一句紧接一句，层层衔接，气势充沛，同样起到了运用大量排比句的效果。

再次，文体形式决定的词性选择，更突显纪法条文在严谨中的理性之美。文章语言有"达意"与"表情"之区别。纪法条文的字句重达意，达意的句子，往往是一部法规的主体。而表情的句子，多见于文学作品。诗、词、散文的语言，包括歌词等，抒发内心情感的表情语，有时重于达意语。如李白的《蜀道难》，以极其夸张的语言，刻画了极不平常的自然风貌。又如歌曲《再见了，大别山》中的歌词："清风牵衣袖/……山山岭岭唤我回/一石啊一草把我留/……缤纷的山花呀/不要摇落你惜别的泪/挺秀的翠竹/不要举酸你送行的手/啊哎……/再见了大别山/……"也是用了夸张的拟人手法进行创作的。但纪法条文，不写景物、人物，表情语是多余的，而是写行为的各种情形，是体现行为背后的思想的，必然比较抽象、概括，因此选用的是大量的动词，而不是形容词。在纪法条文的句式里，动词的运用，俯拾皆是。如2018年《中国共产党纪律处分条例》第94条中，"从事""经商办企业""拥有""买卖""投资""注册""参与""兼职"等，都是精准而富有变化的动词，增强了条文的刚性约束力。

纪法条文的文字、句式，都是由顶级专家反复修改并经一定程序审定后颁布的，其中必有推敲文句的诸多佳话。纪法条文在浓缩语言容量、不减文义，长句、短句的起起伏伏，灵活多变的动词运用中，极大地增添了句式的波澜和意趣，不知不觉开启了奇妙的美学历程。

（写于2022年1月）

条款动词识读

春节后上班第三天,参加系统内部召开的专题大会,聆听了主要负责人在会上的总结讲话,其中关于公文核稿、材料把关的几句脱稿插话,勾起了我对学习纪法条文的诸多回忆。其中,对不按要求请示报告、违规从事营利活动这两大类行为条款的学习过程,印象尤为深刻。

2018年10月,我请假去重庆治疗眼疾,闲暇逛书店时,顺手买了一本当年10月1日起施行的《中国共产党纪律处分条例》单行本。翻看第54条,发现条文内容已作了修改。2015年《条例》的第66条,新增加两款内容,要求严格执行请示报告制度,并将其列入违反组织纪律章节。到2018年修订时,把该条的第一款内容,从违反组织纪律调整至政治纪律的章节,并作了文字修改,将原先连在一起的"请示报告",分成了"请示、报告","重大问题、重要事项"改为"重大事项";同时,把该条的第二款内容,作为《条例》第73条第一款第三项的规定;另外,将2015年《条例》第67条第一款第一项"不报告、不如实报告",修改为《条例》第73条第一款第一项"隐瞒不报的"。到2020年夏天,《中华人民共和国公职人员政务处分法》颁布实施时,我又对其中的第29条第一款、第二款内容作了对比,并对《条例》中第54条、73条约有30处的动词运用情况做了初步梳理。如第29条第二款和第73条第一款第一项,即"违反个人有关事项报告规定",都采用了动词"隐瞒不报"来明确违纪违法行为的情形。所谓"隐瞒不报",是指掩盖事实真相不叫人知道,该报告不报告。它与不报告、不如实报告,还是有区别的。当然,这里所说的"个人有关事项报告规定",主要是指《领导干部报告个人有关事项规定》中的所有内容,而2018年《条例》第54条"不按照有关规定向组织请示、报告重大事项"中的"不按规定",是指上级多方面的规定,"重大事项",既包括了党员的个人事项,也包括工作事项,而且这些行为在归属纪律种类上也存在区别,第54条动词明确的行为,属于政治纪律,第73条和第29条的行为,属于组织纪律。从上可见,条款中这些看似细小的改动,却体现了更高、更严格的要求。

请示和报告，其实是不同的文种。请示是请求指示，不能事后再请示，或事情已进展到中间再请示，务必在事前、事先请示。而报告，是对上级有所陈请，是向上级陈述意见、事情，报告可以事先报告，可以事中报告，也可以事后报告。请示通常要求在"关于"后面把问题的性质点明清楚，使上级一看便知所要请示的事项。而报告，是陈述性文件，它要求把汇报的事项说明清楚，便于上级了解，加强领导和指导，并不一定要上级回答。在机关行文中，有时稍不注意，就容易把两者混淆。

2019年12月，受组织委派，我有幸去省城参加了一次业务培训。当时《中华人民共和国监察法》刚实施一年多，学员间对该法规的交流比较热烈、频繁，其中对一些禁止性行为的规定以及"公职人员"范围的涵盖、外延问题，探讨比较深入。由于较长时间从事监督业务工作的关系，我特别留意法规条文中动词运用情况，并利用为期一周的难得的培训机会，经常向一些同行请教此类问题。同行间的深入交谈和思想火花的碰撞，逐渐打开了我的思路，原先业务工作中接触到的实例，也时不时地在脑海里复盘，于是我把老师讲课中与纪法条文有关的例子，清单化罗列出来、串联起来，用实例来识读条款，果然加深了对纪法条文中动词运用的准确理解。

培训结束返岗后，关于纪法条文中动词运用的问题，一直是我感兴趣并反复思考的问题。我继续不断向周围业内的同行请教。不少同行认为，纪法条文是众多机关文书的其中之一，纪法条文的文字，与文学作品、论文的文字相比，各有不同的特点。2018年10月施行的《中国共产党纪律处分条例》和2020年6月颁布的《中华人民共和国公职人员政务处分法》，是两部基础性法规，其条款从行文格式上看，似乎有不少交集，章节内容也不太平衡，有的章节条款数目多，有的比较少；但从文件的格式，从逻辑上、语法措辞上，从标点符号上来看，这两部法规中的纪法条文，特别是动词运用，都是十分规范的。条款中大量的动词运用，准确无误地把目前存在或可能出现的违规情形，几乎都概括进去了，完整实现了现阶段对禁止行为的全覆盖。这就决定了纪法条文的用语，必须是高度概括的，并带有较强专业性的。不过，每位同事有各自的工作岗位，不可能经常、也不可能把遇到的所有问题都去向别人请教，不能占用同事太多的时间，并且有些问题，不是通过咨询可以解决的，还需查阅相关资料和研读，才能理解条文的内容及其背后的奥妙。我找来了《中国共产党纪律处分条例》1997年、2003年、2015年和2018年四个版本的条例全文，以及与《中华人民共和国公职人员政务处分法》有关的公务员、事业单位工作人员、国有企业领导人员等处分条例规定，通过阅读这些不同时期、不同阶段颁布实施的纪法条文，我慢慢理清了词类、短句、单句、复句、句子成分等在条文中所起的作用。随着学习的逐步深入，我对条款中动词的运用，也有了更深切的体会。动词，是表述行为的最好用语。关注纪法条款的动词运用之后，整个纪法条文的学习过程，突然变得异常有趣，脑子里常常浮现出许多禁止性规定的画面。其实，每一个条款，不是单一的一种行为，而是一大类行为，是一个谱系，是一个行为体系，它涵盖了形形色色的具体行为。通过不同动词的精准运用，可以将现实生活中无穷的具体行为情形囊括进去。

比如违规从事营利活动，是违规行为中比较独特的一种类型，这是一大类行为，不是一种行为。《中国共产党纪律处分条例》第94条比较集中地作了禁止性规定，与这一条内容有关的条文，还有第90条、95条、96条、97条。这5条，约有80处用了动词。同样内容的禁止性规定，在《中华人民共和国公职人员政务处分法》中，主要集中在第36条和33条。这2条，约有20处用了动词。在这7条条文中，有党员本人直接违规从事营利活动的；有党员利用职务或职权上影响，为他人谋取私利的，或者纵容、默许特定关系人谋取私利的；还有党员领导干部"离职"或"退休"后违规从事营利活动的。为了更好地领会条文中动词运用的原则，我对这7条条款作了一些对比：为什么用"违反"，不用"违犯"？"违法""违纪""违反""违背""违犯"这五个动词的区别和联系在哪里？由于这些问题没有什么现成的资料可以参考，更多的是需要我们用心去领悟比较。通过品读这两部法规的相关条文，我发现"违反"出现次数极多，《中国共产党纪律处分条例》中，"违法"出现次数少，"违纪"出现次数多，《中华人民共和国公职人员政务处分法》中，"违法"出现次数多，"违纪"出现次数少。同时，在用"违纪"一词时，"违纪党员""违纪行为""违纪所得"等词类出现较多，在用"违法"一词时，"违法的公职人员""违法行为""违法活动"等词类出现较多。使用较少的是"违犯""违背"等动词。在"违犯党纪""违犯党的纪律"等表述中,动词"违犯"是指有意识地破坏和触犯,强调了主观故意的成分。"违反有关规定"中的"违反",则主要指不遵从、不符合,"规定"可以作动词,也可以是名词,与"违反"搭配在一起,就变成了名词。从某种程度上讲,正是动词的精确运用,赋予了纪法条文生命力,如果使用不当,那么纪法条文的生命力将会受到影响。

由此可见,以"红头文件"形式下发的党内法规,从版头到条款内容,堪称是机关文书的典范之作。特别是条款中的动词运用,极具审美价值。当我把《中国共产党纪律处分条例》和《中华人民共和国公职人员政务处分法》中内容相同相似的条款,放在一起对照阅读时,这些恰当准确的用词,常常令我赞不绝口。

比如,前面提到过的"违规从事营利活动"行为,就很值得关注。《中国共产党纪律处分条例》第94条第一款规定了六项具体行为,《中华人民共和国公职人员政务处分法》则在第36条用一条款加以明确,所有的具体行为,都不是针对特定事项的,但它又有极强的现实适用性。对其中的违规经商办企业,采用了简单的违纪、违法状况叙述。"经商办企业"中动词"经""办",指经营、兴办。经营商业、兴办企业,如果按《领导干部个人有关事项报告表》的有关栏目精神来看,其形式有个人独资,与他人合资、合股、合作,承包、租赁、受聘,在国(境)外注册公司或者投资入股等,而违规经商办企业的实际情形是多种多样的。公务员中的党员,是一律不允许经商办企业的,经商办企业的客观结果是否营利,也不影响认定,如果是党员领导干部,对未开展经营活动的、已经停止经营活动的、被吊销营业执照但未办理注销手续的企业,属于应当报告事项。对属于国企领导人员的公职人员,所从事的经商办企业等行为,不得违反《国有企业领导人员廉洁从业若干规定》;属于国企非领导人员或非领导班子管理人员的公职人员,如果经商办企业行为发生在2020年6月之后,适用《中华人民共和国公职人员政务处分法》第36条;属于非公职人员的国企人员,不论是经商办企业也好,还是违规拥有非上市公司(企业)的股份,私自担任法定代表人,或者利用单位资源私自做生意赚取差价等等,应由单位内控制度进行规范。至于违规参与民间借贷,其行为本质上也是一种以借贷等金融活动方式,违规从事的营利活动。《中国共产党纪律处分条例》第94条第三款所提的违规兼职或者违规兼职取酬,是按第一款处理的,条款中"兼职""获取"等动词,表示所具有的或所涉及的不止一方面,取得的或得到的也不止一方面。当然,动词的运用,是针对行为定性的,量纪或用什么样的法定处分,还要考虑情节,是较轻或较重还是严重,一般要根据获利金额、行为频次、后果危害及其他因素等进行综合考虑。如果违规从事营利活动,涉及多项具体行为,则应当根据《条例》第23条的规定合并处理;如果违规借贷行为属于行贿受贿的,则需要按照相关纪法衔接条款来处置。

又如,买卖股票、基金、投资型保险、信托产品等行为,已成为我们现代生活中的一部分。有时相互间也会议论,某某人在炒股或离职炒股等等。作为领导干部,对本人、配偶、共同生活子女投资或者以其他方式持有股票、基金、投资型保险、信托产品的情况,还应定期向组织报告。因此,对这方面的违规行为,条款经历了一个从一律禁止到逐步放宽、区别对待的过程。1993年到2001年,领导干部一律不准买卖股票,2001年4月后,《中华人民共和国证券法》出台党政机关工作人员个人证券投资行为若干规定,对四类人员、七种具体行为进行规范,2015年《条例》第88条第一款第二、第三项,简单叙述了违纪状况,2018年《条例》除第94条第一款第二、第三项外,在第二款中,以复句方式,用了"参与""重组改制""增发""兼并投资""出让""决策""审批""掌握""买卖""购买""获"这11个动词,完整叙明违纪状况的违纪行为。这是本次修改新增加的内容。如果把《条例》第94条共三款的句子合起来,实际上就形成了一个句群,这个句群有一个明晰的中心思想,即禁止"违规从事营利活动"。

通过纪法条款动词运用的粗浅识读,我逐渐意识到,主要领导在大会上所讲的"要努力提高文字核稿能力,人人都要当好材料把关员""公文格式要规范""文章千古事,文章无止境"等话语,这其实是一种正向激励,极有道理,值得认真记取。

(写于2022年2月)

窗前桂

盼望着,
盼望着,
我家窗前那棵屋高的桂花树,
终于花满枝头。
飘来了,
飘来了,
一丝丝桂花香,
沁人心脾。

乔迁新居六年了,
每当秋季小区内大大小小的桂花树,
生于叶腋的黄色或黄白色花朵,
飘香满屋时,
唯独你肃立窗前,
不见花开,
没有芳香,
只有四季常青的绿叶,
像灌木丛中一棵无人理睬的小乔木,
默默无闻。

六年来,
你的女主人不离不弃,
始终如一,
天热了,
坚持浇水,

枝枝杈杈多了，
及时修剪，
不知不觉中，
碗口粗的挺拔枝干已经初长成型。
今年暮秋，
异常的炎热天气，
推迟了金、银桂花开的时节，
国庆长假前后，
人们仍未闻见那赏心悦目的观赏花香。
就在小区里所有桂花挂满枝头时，
不经意间，
猛然发现，
你已花簇芳香。
六年或许更多年，
这棵未曾开花的木樨，
终于迎来了，
迎来了，
花开飘香的熟悉模样！

（写于 2021 年 11 月）

长夜忆君泪染襟
——文耕先生二三事

元宵节夜晚，我正在厨房间洗碗时，忽然接到岳母打来的急促电话，告诉我，老朱因感染新型冠状病毒已经"走了"。得此噩耗，我呆呆地坐在水池旁的高脚板凳上，很久说不出一句话。哀痛袭来，我喃喃自语道："朱伯伯怎么会没了呢！走得太匆忙，太突然了！"

岳母口中的老朱，就是朱文耕先生。20世纪50年代，他中学毕业后考入外省一所大学读书，后分配在外省一所高校任教，80年代初叶落归根，同夫人徐大夫一起调回家乡工作。他是我岳父中学时的同学和挚友，因此，我们两家相识相知，已交往了近40年。

这段普通家庭之间结下的温馨友谊，在我看来，弥足珍贵。可以说，文耕先生是我十分佩服的一位热心长辈。长我一辈的他，曾给过我许多帮助和照顾，在人生的道路选择上也给过我许多教诲和指点，令我受益匪浅。"今輀车已入墓门"，此时此刻真切感到天人两隔了，便禁不住潸然泪下。我和文耕先生几十年交往过程中的许多细节和片段，纷至沓来，一一浮现眼前。

旅途初识

80年代初我上大三时，我们全班同学从杭州坐火车出发，集体组织去南京游玩。在南京返回杭州的列车上，我认识了文耕先生。

那时候还没有动车、高铁和高速公路，坐火车的人特别多，中途上车的，常常没有座位，只能站着。我们同学从南京始发站上车，都有座位，到了无锡站，上来一位知识分子模样的中年男子，个子较高，国字脸，手里拎着一只公文包，因为没有位子，只能站着。刚好站在我座位旁边，我让自己座位里面的同学挤了挤，让出了一点地方，并挪了挪脚，请他一起挤挤坐下。他朝我笑笑，坐下后很专心地听我们同学说笑侃大山，不时插上一两句，后来说到名胜古迹时，他的话匣子一下被打开，讲到他的家乡名胜甚多，对沈园、八字桥、古纤道、大禹陵等古迹点，是哪一级的文保单位，怎么被发现和修缮的经过，娓娓道来。与他算半个老乡的我，对他所介绍的古迹点也略知一二，所以也听得津津有味，和他聊了一路。

快到杭州城站临下车时，他告诉我，他叫朱文耕，在当地一家自行车厂技术科工作，如果以后有机会到他的家乡，一定要去找他。

这样的一段缘分，让我怎么也没有想到会在一年后再次出现，我与文耕先生又见面了。

回乡重逢

一年后我大学毕业，80年代的那个时候工作是包分配的。无巧不成书，我竟被分配到了家乡一所师专任教，报到后入住在和畅堂一个叫晋公桥的学校青年教工宿舍楼里。因为不是师范专业的毕业生，到师专的第一个学期，系里没给安排教学任务，让我们自己备课，相对比较清闲自由。过了一段时间，我听说宿舍楼东面，紧挨着的，就是当地很有名气的自行车厂。听到自行车厂这个名字，便让我想起了一年前在火车上遇到的那位朱同志，不知道他是否还记得我。

于是一天上午，我来到自行车厂的大门，向门卫师傅说明来意，他立即说："我带你去见朱科长。"不一会儿，我们在离大门不远处的办公楼技术科里见到了文耕先生。

记得刚见面时，他笑呵呵说的第一句话就是："小竺，你真的来了！"（"小竺"这个称呼，一直叫到现在）想不到他竟然记得我的姓氏，这让我很是惊异。他热情地招呼我坐下。其实我对自己这次贸然拜访，也感到有点不好意思，记忆中当时有点紧张，红着脸把我分配来师专工作和目前的情况介绍了一下。他说这里的最高学府教书很好，他以前也是在外省当老师的，不过现在的工作环境很不一样了，主要是负责厂里的技术革新。他停下手头的活，递给我一杯刚沏上的热茶，并热情地向我介绍车厂的发展史和技术革新史。

听了他的介绍，我虽然是个文科生，但对车厂也有了一个大概了解，也知道了车厂形势很好，产销两旺，市民要凭票子购买自行车，一票难求。临走时，朱科长问我是走来的还是骑自行车来的，我说我没有自行车，是走来的。他沉吟了一下，随后拉开办公桌抽屉，取出一张购车票，放到我手里，叮嘱我参加工作了买辆自行车是必要的。当时，一股暖流顿时涌上我的心头。要知道，那时候买自行车要凭票，没有票子是买不到车的。当时飞花牌自行车票每张值 30 元，凤凰牌自行车票每张值 50 元。买卖自行车必须通过寄售店，民间私自买卖自行车是不允许的。有了这张购车票，又加上父母的资助，当月我就满怀欣喜地买了一辆 26 英寸轻便自行车，这也是我的第一辆自行车。

没过几天的一个傍晚，朱科长就与同在车厂当厂医的夫人徐大夫，双双穿着工作服，一起到晋公桥的宿舍，专门来看我，说是下班顺路来认个门，还问了问我家里的一些情况，热情邀请我到他家里做客。就这样一来二往，开始了我同文耕先生的交往。

多才多艺

认识文耕先生的最初十年，他正值壮年，又是单位里的骨干，特别忙碌。出于对我这个外地年轻人的关心，文耕先生还不时邀请我去他家里做客聊天，很巧的是我的岳父是他高中海燕班的同班同学，都是 20 世纪 50 年代中期考上重点大学的。后来听我岳母和徐大夫都讲过，老朱和我的岳父在大学都是学机械专业，中学时就特别要好，又在 20 世纪 80 年代初期先后调回家乡工作，所以两家平时走动比较多。

限于年代因素，文耕先生和我岳父那一辈知识分子，成长经历相对比较坎坷。所以在他们的身上，都有一些共同特点，比如对待工作非常认真，一丝不苟，作风务实，为人也都正派正直，许多人还很有才艺。我的岳父也是本地一个规模较大企业的高工，印象中不是出差就是在厂里加班，回到家我们见面时，他同我聊得最多的，还是他那批陆续调回家乡工作的中学老同学，对这些同学的感情非常深厚，平时"老朱老朱"经常挂在嘴边。他乐呵呵地告诉我们，在海燕班里，每个同学都有别号，老朱的别号是"少爷"，还会拉二胡，岳父的别号是"麦克"，会吹口琴，特别值得骄傲的是全班同学都考上了大学，后来分配去了全国各地，现在叶落归根大部分都回到了绍兴。接触多了以后，我对文耕先生自然又多了一份敬重和了解。

20世纪90年代中期，文耕先生和我岳父那批高中同学，年满60岁后陆续退休在家了。从那时起，每年的正月初一，这批老同学都要去公园里搞一次茶话聚会。对每年这个茶叙，老岳父都非常期待，因为可以见到许多同学，了解到同学的新消息，所以在家时很早就向我们晚辈预告了。每年的那一天，岳父都会穿上出国时买回来的那件黑色皮夹克，戴一顶灰色呢子鸭舌帽，精神抖擞地去参加同学会，有时还会带着我岳母同去。茶叙回来，见到我们，很兴奋地向我们子女介绍这次同学会，见到了哪些同学，其中提到最多的还是老朱。岳父说，老朱一般都是茶叙主角，他非常活跃，平时也比较关心时势，上至天文，下至地理，很多话题都能聊，为人又热情，所以同学们常常围着他，喜欢听他讲。对这一点，我也有同感。与文耕先生聊天，信息量确实比较大，从中还可以学到许多知识。他对中医也比较有研究，文耕先生夫妇俩，常常给我岳父母，包括我们晚辈在内，作用药或看病方面的指导。

热心公益

因为有技术特长，退休后许多企业曾来请文耕先生做顾问并请文耕先生讲课，同时他对公益活动，也十分热心。

文耕先生居住的小区，是老城区东边临环城河的一个多层公寓。我知道他好像只搬过一次家，原先住在车厂职工宿舍楼，十多年前搬进了现在的小区，并被小区居民选为业主委员会主任。对这个一般人都嫌烦的公益性岗位，他干得非常起劲，很是负责。我在街道工作期间，这个小区正好是街道所辖，他还曾为小区生活垃圾乱堆乱放得不到及时清理的事，专门到办公室找我，请我出面帮忙协调解决。因年龄原因卸任后，对小区环境方面的事，他仍然非常关心。

去年，已八十七岁高龄的他，看到小区临河边有一处面积较大的绿化被损，既心痛又心急，接连给我打了好几个电话，详细诉说了原委，并要我出面与我曾经工作过的街道打打招呼，务必把公共绿化恢复原样。我本想劝他年纪大了，还是身体要紧，尽量少参与这些容易激动的事务。但我了解他的性格脾气，又是为居民群众办实事，也就顺着他的要求，去联系了相关部门、有关人员，但由于涉事方意见不一致，没有取得进展。本以为这事就这样不了了之，想不到文耕先生自己找来法律法规书籍进行钻研，并向同学子女中从事法律工作的专家咨询，最后经过他的不懈努力，小区公共绿化终于恢复了原样。一个年近九旬的老人，为保护公共绿化，竟然不顾劳累，骑着自行车四处奔走数月，寻求解决办法，其执着公益的精神让我汗颜！

这些年尽管文耕先生已步入耄耋之年，我们每次见面，他都非常健谈，总是给人一种精力旺盛、才思敏捷的印象。大概三个月前，我和爱人前往他住处看望，文耕先生立即推迟了给一楼小朋友作数学辅导的时间，并和徐大夫热情接待了我们俩。四人围坐餐桌旁共拉家常的画面，恍如昨日。却没想到无情的病毒，最终还是夺走了他的生命。四十年的时光长河，磨不掉长辈对晚生的关爱。点点滴滴的细节与片段，总是流动在我的记忆里，正可谓"随风潜入夜，润物细无声"！

（写于 2023 年 4 月）

学海书札辑录

考前复习和错题纠正要义

　　这次我很有幸，能受单位的委派，到首都的著名高校培训两周，心情特别愉快。昨天你和你妈妈的来信都已收到。你在信中提到，目前学习上比较头疼的是，不知怎么来安排大考前的复习。对考试复习，我体会是比较深的。利用晚上时间，我做了些梳理答复你，看看有哪些是可以借鉴的。

　　考前的冲刺阶段，我觉得是大有潜力和作为的一个阶段，是考生进步提高最快的阶段。一方面，这时候知识储备基本定型，进入了一种综合、反思、回头看的阶段。通过前后对比，归类总结，能发现或悟懂许多道理，每天有新感受，一种成就感会表现出来。在这个阶段，做难题可以熟悉手感，更多的是要思考总结。知识学习基本完成，剩下的就是如何使已学的不忘记，保持平衡，并把已学的运用出来是关键。另一方面，各种心理作用相继发生，交叉影响。如成与败、好与坏、苦与乐，都交织在一起，每天都在焦虑和缓解中度过，过了这道"坎"，人愈发成熟，是破茧成蝶的时候。

　　你在信中还问我，三轮复习有什么异同？一般来说，大考前都有三轮复习。第一轮讲覆盖，主要是知识点的复习，每个知识点都要注意到。第二轮讲专题，把知识点串起来，主要是相关的连在一块，讲知识体系，注意各知识点之间的联系，建立知识结构框架的图示。第三轮讲综合，查漏补缺，回顾课本，回归基础。每轮都是递进式的，不是重复，不要有等待的心理。但重点要放在基础知识和重点知识上，这是考纲有要求，考分比例高的部分。三轮复习的每一轮，始终要把课本的基础知识掌握得非常扎实。在应试时，容易题和居中题，要拿满分，难题尽可能多拿分。

　　第一轮复习是对高中全部知识进行一次全面的回顾和梳理。这阶段，要把高中各科的全部知识，一章一节地细致复习一遍，一个知识点也不能跳过，达到温故知新的复习效果。在这一轮复习中，你要把那些过去学过又忘了的东西记牢，把那些过去学过但没弄明白的东西弄明白。

　　第二轮复习，属于专题复习，但它不是第一轮复习的简单重复。它是针对各科的重点章节，确定几个或十几个专题，有侧重点地进行复习。比如数学，高中以来的几册课本讲了多少章多少节，每一章节中有哪些公式定理，运用这些公式定理可以解决哪些问题。

第三轮复习是抓重点。重点有绝对和相对之分。绝对重点就是考试大纲上要求的重点内容，还有那些对某个学科知识起主导作用或者产生较大影响的知识，相对重点是指自己的薄弱点。这时候一定要回到课本，要把一些重要的基本概念、定理、原理、公式等记牢并活用。如果数学、物理、化学、生物，这些课程你合上书本，都能如数家珍般地把它的重点内容复述完整，那就达到目的了。第三轮时少做点题目，不是为了放松复习，而是为了多用一些时间进行思考。要善于抓住重点，依照重点构建自己的学习网络，同时抓住细节，使知识网络呈现一个空间体系。

当然，有些科目只需两轮，有些是三轮。老师想达到一个目标，就是复习体系非常完整，同时也要突出重点，然后每一轮复习也有小的重点，比如第一轮要注重知识的回头看，越仔细越好，第二轮可能突出重点，第三轮可能要练习些方法，让你做到知识点和解题方法都过关。

你在信中还问我，错题纠正有哪些方法？我认为，错题都是自己知识上的漏洞。多补漏洞，及时补一个是一个，说不定就赚了。对错题可把相关的知识点再看一下，做一些题，找老师讨论，直到不再错为止。

错题复习很有必要。做错的题目都抄到本子上，倒没必要。对每一道题，要能说出错因，分析类推。可采用错题索引法，就是做第一遍时在做错的题目上做上醒目的标记，并在页首标明有哪几道题做错。日后复习时就重点关注这些题，掌握了以后就划去标记。

对错题进行适当分类。可根据题目的类型分类整理出来，以后有时间就再做一遍，还错就再打一个标记，一个一个做，这个题做错之后再翻笔记本，找到相关章节的内容，看这一部分，弄明白就可以了。如果是见一道总结一道，比较费时，又容易陷入繁杂混乱之中，因为各种题型的题目混杂着，所以要进行有效的整理和加工。如英语，看是属于哪一类，是语法类，还是日常情景对话类，如果是语法类，是名词、动词还是介词。分类，可使纠错系统化、条理化。

要善于纠错。对错题，要分析原因，是知识点没掌握，还是不会灵活运用。当时可能认为是对的，是怎么考虑的，为什么是错？接着要找出很多的配套练习题，进行滚动式的反复复习，把所有和它相关的题型多做几道，直到全部掌握为止。每次把不会的东西总结经验，把不会的东西摘出来再反复，尽量弄明白做过的每一道题。

应根据难度，对错题进行分级。如划分为A、B、C等级，同时作好打持久战的准备，每天抽出一定时间，约15分钟，对当天的错题、疑难题进行清理和摘录，时常温故和强化。

看错题不是看该怎么做，而是看自己为什么会错，是知识点错，还是审题错。错题整理法对心态调整也是有帮助的，在心理上会觉得自己把错误的地方补上了，以一种胸有成竹的平和心态应考。总之，对错题，要认真分析原因。是审题不清？是对相关知识的理解不够所致？或者是原先知识根本就没弄明白？若是后者，最好先带着问题回头看教材。"看题"，是看一看这些题目的解题过程和思路，可节省许多时间。

错题本，不一定要把所有题目都记上去。有些计算上的错误就算了。错题基本上有三类，第一类为一般性错题，第二类为典型错题，第三类是好题但做错了。每天做或记几道错题，久而久之，错题就少了，或没有了。可以按照时间或者内容，做好整理工作，比如哪种是第一轮知识复习的错题，或第二轮专题复习的错题，或第三轮综合卷的错题，一本一本放好，最后冲刺时可以翻一翻。

做每一道题目，可能都在考一个或数个知识点。如果对某些知识点感到生疏，那就赶紧重温一下，这样反复地做，就可以查漏补缺。

夜已深，窗外的操场上，我还看到许多大学生正在跑步锻炼呢。好了，今天就写这些，明天继续给你讲讲大考复习的事。

（写于 2007 年 5 月 19 日）

审题、答题和卷面总结浅谈

昨信主要讲了三轮复习和错题纠正。今信着重讲讲审题和答题技巧。无论平时作业还是考试，正确审题，非常要紧。你可以把看到或接触过的各科题型，汇总了解一下，看看不同的题目，各有什么样的答题要求，以及相互间的异同。那么，审题训练怎么做？审题十分关键。要注意审题方法、审题策略的培养。在审题时，既不可掉以轻心，忽视细节和字词的含义，也不可依赖熟题效应，凭思维定式，曲解题意。审好题是答对题的关键。

一是读题时，要非常用心，把题目的每一句话都转化为一个信息，记在脑海里。解题的宏观架构搭建好后，再辅以图画等手段，在脑海中模拟整个过程，并关注细节。比如物体运动，摩擦力何时发生了变化，是撞到什么物体，是否属于弹性碰撞，碰撞之后物体又朝哪个方向运动。

二是审题时，思维速度要快，多角度进行理解。记忆提取能力强，观察能力强，看题也看得准，这样你答题比较快。题型一般都是固定的，平时要不断地积累题型和解题的套路、方法。

三是审题时，适当紧张是好的，但过于紧张，会把简单的题目也看错。如果看漏了一个条件的话，容易做不出来。当然，有的题看似简单，其实还是很有深度的。

你还问我，有没有答题技巧。如果从阅卷者的角度来说，答题技巧还是有一点的。

比如，多总结卷面。有时一些细节处理好了，会占很大优势。卷面清楚不清楚，或者有些问题要写"答"，有的题目，头尾等概括，是否让人眼前一亮，都可能影响老师的评分。老师每天改的卷子很多，有几个与别人不一样的地方，分数都会上去很多。这些零零碎碎的地方，总结起来，就是要注意细节。细节处理好了，可多得几分。要注意答题的全面性。大考是按步骤给分的。做题的思路是对的，但解题时中间掉了一个步骤，就可能要扣分。字迹是否美观，可能会影响阅卷的效果。

又比如，考试时做题，可按平时的程序去做。是先把试卷浏览一遍还是看下去做下去，因人而异。考试就是一种学习，一种检验，一种查漏补缺的好方法。

再比如，留意题型变化。如作文题型变化较大，以前命题作文比较容易把题目猜出来，然后改成材料作文，现在又改了，形式越来越多了，但是考查思路是不变的，就是考查学生认识世界的水平，考查平时训练的知识，你的表达能力，这些东西是不会变的。除了多看一些经典作品以外，还可以积累一些比较新的素材，这样你写作时，会有一些较新的东西吸引改卷老师的眼球，表达能力就靠平时了。

还有考试过程中，要一心一意做题，不要多想结果。要养成这样的习惯，即看卷子时就把别的事情都忘了，看到题目就比较兴奋，忘记周围的一切，只要想着如何把题做好就可以了。应抓住每次考试的机会，培养自己马上进入做题状态的能力。谁能把身心调到那个位置，谁的心态就好。有的人一看到题就联想到，这道题做出来是什么后果，做不出来是什么后果，患得患失，这样做会导致情绪不稳定，继而信心动摇，思维速度也会变慢。

由此，我联想到调整好心态，太重要了。这件事，说起来容易，做起来难。下面提供几点与你共勉：

别让他人影响自己。快大考了，教室里的氛围比较浮躁，同学们的压力大，都是可以理解的，少考虑别人的名次与考分，做最好的自己即可。有时考试时听到别人翻卷子的声音会很着急，感觉自己第一页还没做完，别人已经翻到第二页了，其实，你是你，别人是别人，别人做得快不一定全对，有的人是因为不会做才翻卷子的。对别人的举动，你要努力做到不受其影响。

要想克服心理暗示，最终要靠自己。有的考生睡不好，越睡不着越怕考不好，越怕考不好，越睡不着觉，导致该有的水平发挥不出来。若体质好，年轻，一两天没睡好无大碍，关键是要顺其自然。

把目标定低一点。有时候心态不好，是因为自己把自己的期望值定得太高了，达不到以后就很难受。

考试的时候，尽量少想"考不好该怎么办"的结果。因为大家都一样，看起来机会只有一次，实际很多，没考取理想中的学校或大学，有的选择出国或有其他的发展，生活道路仍很宽；相反，有的考取名校，只是一时的荣耀，以后的路并不顺利。这方面的正反例子是很多的。

考试不会的题，在题号上打一个标记。不会的题多，可能就会灰心、急躁。如何平静？就是设法把它当作一次练习，然后往下做，发挥出平常练习的水平，就离成功不远了。有时题量大或难度大，来不及做完时，一定要告诫自己不要慌，尽可能完成它。如果让自己过于紧张，总想着只剩几分钟了，就会越写越着急，甚至会写不下去了。

对每门课，特别是比较薄弱的课，不能怕。内外一怕，就有一个心理暗示，觉得我可能不行。你得放开来，其实没有什么捷径，就是把基础打扎实。基础在哪里？就在课本里、在老师讲过的课堂内容里面，基础分尽量不失，就可以了。

最后，再啰唆几句，就是对学习再作一个推测和评判。语文、英语两门课，上学期还有新课在上，第一轮复习时间晚于数学、理综。数学第一轮复习，把三年的知识点都复习了一遍，在此前，可完成二轮复习，理综第一轮复习估计也结束了。通过做大量的综合卷，眼睛不能只盯住解难题。难题是提分，但占比不大，对基础知识，特别是第一轮的复习内容，会做的千万不能忽视，有空的时候也有熟悉的必要。以数学为例，150分，基础的有120分，另外30分可能是拉开档次的，但基本分不能丢啊。要处理好过去和眼前的关系。在大量做卷的同时，一定要养成不断总结、对比、比较分析和思考的习惯。做一张成一张，力求有三张的成效。靠什么？靠总结提升。试题已十分成熟，既巧又妙，现在的题目愈来愈好，说明时代在进步，面对这种情况，题目做不完，且多变。如何适应？就是要学会总结。我常说只会埋头做题，不比较，效果不一定好。要想提高单位时间里的学习效率，就要做到举一反三。有时候，方向比速度重要。做过的卷子，特别是综合类卷子，平时要多看，对过去做错的，要注意是否都已掌握了。

今天，已经写了很多，为的是给你一个取舍，不宜照抄照搬。

（写于2007年5月20日）

为何厌学、走神

接读 10 月 3 日来信，感觉到你对现在就读的大学和专业，不太满意，学习热情有所减退，有时似乎还有点厌学的情绪冒出来。你原本是一个爱学习的孩子，上大学仅个把月，对学习的态度，却发生了这么大的转变。起初我还想，会不会是六年中学，书读得比较辛苦，和不少学子一样，既然进了大学校门，不如轻松轻松，放松一下学业，一时有不太喜欢学习的想法，可能也是正常的。近段时间，单位里工作较忙，我正在参与城中村改造地块的方案完善工作，于昨晚，听了你妈妈与你通话内容的复述，我脑海里浮现的是你忙碌的身影和对现在所处学习环境的不满意。这是多么令我不安。要在那里待上四年，如果思想上不愉快，学业是难以顺利完成的，更不用说要取得优异的成绩了。于是，我利用双休日时间，静心同你聊聊，看看能不能解开你心中的疙瘩。我也在心里自问，究竟什么事这么忙，有什么办法可以调整？怎样才能克服厌学的情绪？我猜会不会是以下几种情况使你感到无比"忙碌"的呢？

一是科目、课程偏多，有的内容难度大。如工图课，要制图、画图，老师台上两小时，你们台下要用四个小时消化。这点我信，你的绘画基础一般，学制图设计会吃力一点。但这是学技术，拥有了一技之长，今后谋生就不怕了，所以一定要把自己的兴趣培养起来，想想绘图的好处可能学起来会轻松一点，千万不要讨厌它。听说你常熬夜画图，睡眠不足，这可不好。我想，有些事量力而行即可，不必拿全能冠军，整体过得去就可以了，对己严格是好的，但不要太苛刻。

二是英语要"恶补"，愿望是好的。前不久所寄的复读机，是想帮助你更好地学英语的。对英语老师不满意，我也能理解，因为你渴望遇见名师。其实这是可遇不可求的，特别优秀的老师，毕竟是少数。因为留在高校的，不一定都是上课好的，他也许不是师范学校毕业的。有的可能只是学历高，硕博研究生，但并不擅长讲课；有的可能是会研究学问，职称高发表文章多；有的可能有海外留学背景，所以不是个个都会讲很好的课，但他们一定个个是人才，其身上必有许多可取之处，你一定要用赞赏的眼光去看你们的老师，特别是英语老师，切记！

三是考试不会走窍门，只会"硬碰硬"。比如军理考试，有的学生作弊应考，节省时间又出好成绩，对此我很不以为然。如果是开卷考，可以抄，但如果是闭卷考，即使为了应考花去了很多时间，我认为也是值的。闭卷考却作弊，这实在不值得羡慕、模仿，这是大忌，切不可为，这涉及原则。我们相信你不会的。

四是社团、社会活动占用了不少时间。你是预备党员，带头多参加几个社团是应该的，可以想象，这样肯定会比较忙碌。大学不同于中学，中学是要走"高考"这座独木桥，大学则要学生学会本领，大学为你提供了一个很大的舞台，从专业到人际关系处理，都要学，谁能把知识运用到实际生活中去，谁的能力就会提升得比较快。参加社团，是很锻炼人的，要学会在社团活动中提升自己。至于今后写论文，那是必然要求，格式也是固定的，一定要学会这一套，否则就成了中学生。

另外，你妈妈还说，食堂里的菜偏辣，你不太习惯，平时吃得不多，每天体力消耗比较大，一段时间下来，感到不太适应，可能时不时地冒出厌学的念头。我想，既来之，则安之，既然已上了这所学校，要多体会体会学校的好。我今天也想给你讲点可能是比较大的道理。

"耕读传家"是绍兴的地域文化特色。作为绍兴人，还是要喜欢读书才好。绍兴和全省别的地市相比，就业的主要渠道应该是差不多的。支撑一个地方的就业结构，靠的是有知识的创新创业人才。绍兴的家长，历来重视对子女的培养，这与绍兴的历史和文化有关。绍兴是古越国都城所在地，但现在的绍兴人，并不是越人。有人研究指出，"今绍兴无一越人"。理由是，春秋战国时代的古越大地，诸侯割据争霸，越亡后，所谓的各国"皇亲国戚"流放此地，当时越国是南蛮之地，后越胜吴复兴，具有"贵族"血统的被流放"官员"的子孙们，世世代代在绍兴繁衍生息，慢慢地积淀了一种比较独特的文化，即重知识，有"耕读传家"的家风；清高，有抗争精神；很理性，不盲从，比较内敛。这些文化基因，造就了无数"师爷"。过去有"无绍不成衙"之说。今天，全市已有40多家上市公司，越商在省内乃至全国都享有一定声誉，还有60多位两院院士，"鉴湖越台名士乡"，绍兴历代名人辈出。在这样比较厚重的历史文化背景下，绍兴的家长，尽管自己很节俭，但在子女培养上很舍得花钱，突出表现是把子女送到好的学校去学习培养。经济条件稍微好点的家庭，考虑最多的是如何让孩子读好学校，接受最好的教育，寻找创新创业机会。联想到清末民国初年，一批又一批绍兴人东渡日本或留学欧洲，涌现了鲁迅、蔡元培、秋瑾、徐锡麟、陶成章等一批近代名人，其共同点是要走出国门，放眼看世界。若将改革开放以来绍兴籍学生在国外求学情况做个统计，便可发现数量之多，成绩之好，着实令同龄人羡慕。今天的绍兴家长，接连不断地把子女送往好的学校学习，学成后再回来创业，是与地域文化有关联的。对一个家庭来讲，子女有出息，便可持续辉煌，步入良性循环轨道。由此也想到，绍兴人现在有点像温州人，"走远一点，待久一点，想深一点，看远一点"。这是一种好趋势。

单就眼前的学习好处来讲，四年的本科学习，至少有三大好处。一是有助于提高我们的辨别能力。指导我们行动的武器是理论，四年的专业学习，能给我们提供一种专业知识的框架，帮助我们观察和分析各种社会现象，明辨什么是好，什么是坏，什么可做，什么不可做。二是有助于开阔我们的眼界。眼界就是一种视角。世界眼光，虽然我们做不到，但我们通过学习，来不断地开阔自己的视野，寻找不足和缩小差距。三是有助于提升我们的气质。通过长时间学习，知识结构将得到改善，对我们的言谈举止将会产生潜移默化的作用；所处的学习群体又是一个特定的群体，相互之间有一种互补的优势，无形中会对我们的气质产生影响。学习知识，虽然不是包医百病的灵丹妙药，也不是将来找个好工作的唯一办法，但它的确能够帮助我们提高能力，提升气质。

当然，学习的过程是一个充满苦恼的过程。因为大学阶段的学习，不同于中学时代的学习，自学的要求会更高；由于学习面较宽，专业又比较深，还要会做研究，有时又有许多社团活动要参加，也不可能使自己完全静下心来，一门心思地学习，有时候往往会一心两用，甚至是一心多用。长此以往，苦恼自然会找上门来，具体来说有三大苦恼：一是失望之苦。想必大家对讲课的老师抱有较大的期望，希望每一堂课都很精彩，既有理论深度，表述是浅显易懂的，又有丰富的实例，举证是贴近实际的。但事实上做不到这一点，因为它不是一两次的专题讲座，它是一种系统的知识传授。二是思考之苦。所有的想法和认识，从模糊到清晰，从无到有，都要经历一个去粗取精，去伪存真，由表及里，由此及彼的过程，而这个过程离不开用脑思考、用心思考，因此它是一个痛苦的过程。三是矛盾之苦。最大的矛盾是所学与兴趣的不一致。报考专业时，有多方面考虑，所上的学校、所读的专业，有时并不是自己感兴趣的领域，更何况才二十出头，兴趣还未完全定型，有时还处在多变之中，现在看来，这对矛盾，在你身上是比较突出的。

那怎么办呢，我的想法是：抱平常心，尽最大力。学习是一个过程。通过学习，我们可以获得本科文凭，但更要注重过程的追求，只求耕耘，不问收获，是我们学习上应有的一个心态。学历不等于能力，学习专业，可以丰富我们的知识，但知识转化为能力，还需要我们付出艰辛的努力。要善于做"转化"的文章，我们有很多学以致用的有利条件，要做到多思、多问、多写、多讲四个多。学习要有目标，目标可明方向，也能产生动力。苦学、乐学、好学是三种不同的境界，兴趣靠自已培养，兴趣浓就是好学。学问，只学不问、不学不问、只问不学都是不可取的，周围有那么多好的老师，不问是浪费资源，太可惜了。

好了，今天就写这些，希望能拓宽你的一些思路，增强或找回你爱学习的信心。

（写于 2008 年 10 月 5 日）

专题资料的收集

昨天收到了返校后你的第一封来信。这次大一寒假回家，我和你妈都感觉到，虽然你离开我们到外省读书不过半年时间，转眼间却成熟了很多。你在信中提到，可否选个专题，帮你收集一点报刊上的资料，供你学习某一专题方面的阅读理解之用。接信后，思来想去，觉得去年是改革开放三十年，报刊上有关行政问责的资料比较多，我认为，对这个专题资料作些搜集，是有意义的，可能有助于你在党员预备期写思想汇报。于是我选编了以下几则文字，供你研读，看看能不能迅速找到主题、主旨和段意。

资料一：行政问责制作为一种新型的监督机制，正在引起各方面的关注，同时也引发了我们很多的思考。改革开放的三十年，从《国家公务员暂行条例》到《党政领导干部选拔任用工作条例》（以下简称《干部任用条例》）、《中华人民共和国公务员法》，法律法规将行政问责制的沿革和变迁，清楚地定格在我们面前。就制度设计而言，它是对国家行政管理经验的完善和创新。在重塑责任政府和严格责任追究的时代背景下，一批因履职不到位而失职、渎职的党政领导干部，相继被问责追究。追究一人，教育一片，行政问责制的巨大张力，极大地提高了政府的执行力和美誉度。但是问责制也和任何一项其他制度一样，存在着局限性，有其不完美或有待完善的地方。这些难题如果不能很好解决，势必影响责任追究制度的整体建设。因此，从宏观上看，建立健全行政问责制迫在眉睫。

资料二：回顾30年改革开放历程，我们党和国家对失职干部的惩戒几乎从未间断过。尽管"问责"一词，到2003年才出现，但在各个时期，都有因责任追究而辞职或被免职的干部，只是依据和数量有所不同而已。

1978年至1993年，这是初创时期。这一阶段我国行政问责虽未形成框架，但已有雏形。其特征表现为：

一是改革开放一开始，中央就特别关注和强调对干部的监督问题。比如1980年《党和国家领导制度的改革》这篇报告提出，领导干部必须严格要求自己，接受群众的监督："要有群众监督制度，让群众和党员监督干部，特别是领导干部。凡是搞特权、特殊化，经过批评教育而又不改的，人民就有权依法进行检举、控告、弹劾、撤换、罢免，要求他们在经济上退赔，并使他们受到法律、纪律处分。"这些思想为日后责任追究制度的出台奠定了法理基础。

二是严肃处理了几起有较大影响的责任事故，追究了相关领导的责任。如20世纪80年代初期渤海湾石油钻井平台沉没事件中，相关人员因此被免职。但这一阶段主要是个案处理，追究的范围也局限于重大安全事故，问责的形式以党纪政纪为主，而非现代意义上的行政问责。当时我国的法律体系尚不健全，党政不分、政企不分现象还比较严重，常常是有了党内处分，就无行政处分，有行政处分则无党纪处分，对行政责任的界定也比较模糊。

三是颁布了有限的行政法规，开始从制度建设层面进行设计。如1989年国务院颁布了《特别重大事故调查程序暂行规定》，对事故中的调查程序和影响调查正常进行的人员进行追究作了规定。直到1993年《国家公务员暂行条例》颁布和实施，才真正开始体现一种对责权关系的制度安排。该条例具有里程碑的意义，从此开始了我国的公务员队伍建设。因此，这一阶段只能说是问责意识的初现，可看作是一个初创时期。

资料三：1993年至2003年，这是探索时期。这一阶段虽然仍以个案处理为主，但进入了相关政策法规的理性研究，推进了行政问责的深入和发展。其特征表现为两个方面：

一方面，相继出台了一批加强责任追究制度的规定。如1995年的《干部任用暂行条例》，1997年的《中国共产党纪律处分条例（试行）》，1998年的《关于实行党风廉政建设责任制的规定》，2000年的《深化干部人事制度改革纲要》，2001年的《关于特大安全事故行政责任追究的规定》，2002年的《中华人民共和国安全生产法》《干部任用条例》，2003年的《中国共产党党内监督条例（试行）》等等。行政问责在这些政策法规中多次被提及，并作了相应或特别的规定。比如在1995年的《干部任用暂行条例》中，对党政干部的辞职规定了因公辞职、个人辞职和责令辞职三种形式。在2002年的《干部任用条例》中规定了因公辞职、自愿辞职、引咎辞职和责令辞职四种辞职形式。

另一方面，依法依章查处了一批领导干部，涉及范围从普通干部到领导干部。由于行政不作为或乱作为从而产生严重后果被行政问责的仍属个案，如1998年在特大抗洪抢险中因失职、渎职的领导干部被追究问责，尽管数量不多，但产生了很大的震慑作用，取得了较好的反响。从这一阶段的行政问责个案来看，不仅数量上比第一阶段多，而且以法律法规中的有关规定作为对官员行政问责的主要依据。但总体而言这一阶段的相关法律法规还不够完善，更多体现的是在探索过程中的承接作用。

资料四：2003年至今，这是深化时期。在这一时期，相继制定了一大批在行政问责制中起支架作用的法律法规，无论是重大公共安全事故，还是一般性失职、渎职事件，都要行政问责，追究相关人员的责任，问责制度开始向纵深发展。其特点主要是体现在四个方面：

一是法律法规进一步完备。短短五年相继出台了《突发公共卫生事件应急条例》《全面推进依法行政实施纲要》《党政领导干部辞职暂行规定》《中华人民共和国行政许可法》《中华人民共和国公务员法》《突发事件应对法》《国务院工作规则》等多部法律法规，责任追究的可操作性与实用性进一步加强。这一阶段的法律不仅数量多于前两个阶段，而且规格很高，不只是以条例、规章、行政法规的形式出现，还开始以国家立法的形式出现，比如2005年颁布，2006年起实施的《中华人民共和国公务员法》，对包括领导干部在内的公务员辞职辞退作了明确的规定。责任追究的制度化水平有了较大的提高。

二是被问责的领导干部范围进一步扩大。近年来，责任事故的突发事件呈明显上升的趋势，给人民生命财产安全造成了巨大的损失，为此，中央加大了问责的力度。各类在社会生活中造成重大影响的事件发生后，相关人员相继被问责或受到严肃查处。总之，领导干部，无论做人或干事哪一方面没有做好，都要被追究相关责任。

三是中央的示范作用带动了各地责任追究制度的建立与推行。这五年来，湖南、广东、浙江、江苏、云南、安徽等省也逐步建立起失职、渎职应当追究责任的制度。如我省在2004年出台了《浙江省影响机关工作效能行为责任追究办法（试行）》，对业务水平差，工作业绩平平，碌碌无为者也要进行问责，有的称之为"查庸行动"，它极大地拓展了问责的范围。

四是大众传媒在问责事件中起了很大的推动作用。新闻传媒不仅是社会舆论的传播者，也逐渐成为政府问责主体中的重要力量。近年来，有着广泛社会影响的政府问责案例几乎都有传媒的巨大影响。

资料五：责任政府是对群众生命财产安全最好的呵护。每一起突发事件，归根到底都是对政府危机应对能力的考验。强化行政责任，实行各种形式的问责制，对失职、渎职或"无为"领导干部进行追究问责，可以极大地提升我国的行政管理水平。总结30年行政问责的实践与探索，给了我们很多启示。

比如，要加快行政问责的立法进程。我国已有很多法规对行政问责作了相应规定，但没有专门的行政问责法或专门的条例，有关行政问责制表述，大都分散在其他的法律法规中，不成体系。特别是在适用范围、启动程序、问责形式方面，虽有不少章节涉及，但有些规定过于原则，具体实施的操作性不够强，而且还不够规范。比如在行政问责的适用对象上，各有不同的理解。现阶段对"来问谁"这个问题还没有很好解决，从"来问谁"到"谁来问""问什么""谁可免"等各方面，均要通过立法予以明确规范。

资料六：另外，还可以得到很多的启示。如要注重行政问责的传媒引导。处在这样一个信息技术高度发达的时代，任何自然灾害、事故灾难等突发事件的发生，都离不开传媒对信息的处理和引导。可以断定，大众传媒对行政问责实践的影响愈来愈大。要想阻止传媒介入，封锁突发事件的消息，既不可取也做不到。正确的态度应该是：首先，要充分运用报纸、电视、互联网等传播媒介，以及各种新闻发布会等形式，适度公开政府信息，据实报道，让大家在了解突发事件的全过程中，疏通言路，发现工作中的差错和不足。其次，对编造并传播有关突发事件或者应急处置工作的虚假信息，或者明知是有关突发事件事态发展或者应急处置工作的虚假信息还进行传播的，依法依章予以严肃查处。最后，要区分行政问责的不同形式，把握传媒引导的方向。就广义的行政问责来说，它可以包括各种责任追究在内，但就狭义的问责来说，它与纪律处分、法律责任、组织处理、经济赔偿、道德责任之间既有区别又有联系。上述各种责任追究方式，相辅相成，有时互为因果，相得益彰，有时还要数责并举，承担多种责任。要根据事件的不同性质和后果加强对新闻传媒介入的引导。

又如要构建行政问责的协调机制。问责与任用，同属干部管理的两个极其重要环节。干部任用的启动程序现已比较规范和明确。近年来，对初始提名权问题，已有实质性突破。但在行政问责的启动程序上，各地操作规程也不一。从道理上讲，谁任免由谁启动，而在实际中却有数种启动方式。

再如，要落实行政问责的防范举措。一是抓好案例宣讲。法律法规是刚性的，它用强制力来约束干部的行为。因此，我们在加快问责立法的同时，要通过宣传教育，提高广大干部特别是领导干部的责任追究意识。通过对广大领导干部进行案例教育，把已发生的问责案例作为一个个鲜活的教材，让广大领导干部比照自省，做到问责一人，教育一片。二是实行科学决策。比如该由集体承担的责任，不能由行政领导个人来承担，而该由领导个人承担的，也不宜由集体承担，以免出现相互推诿、效率不高的现象。三是强化考核督查。常考核，严督查，会增加各级领导干部的责任心。冰冻三尺，非一日之寒，很多突发事件其实都是由于领导或干部责任心不强、作风不实和日积月累酿成的。因此，建立健全一套完备的考核督查机制，有助于责任事故防范和风险规避。

通过对上述六则资料的学习，你有何心得？你现在还处在学习求知阶段，三观虽未完全形成，但也要慢慢树立自我约束、接受监督的意识。一旦步入社会，就要对自己的岗位负责，履行职责不好或不到位，是要承担责任的。所以我选了这方面的话题，想让你对行政监督的有关法规有所了解。通过对有关政策法规的学习和一些见报案例的资料分析可知，我国行政问责制的演变，大致经历了三个阶段，并从中得到了四点启示。这次辑录的六则资料，我觉得都是在围绕"行政问责三十年回顾和启示"这一条主线来展开的。

今天就此搁笔。

（写于2009年3月8日）

怎样研读学术论文（上）

3月15日来信收到。你在信中说，你们班有好几位同学，一进入大三下学期，就着手撰写毕业论文，你们寝室也有两位同学打算早点写起来，并劝你也一起准备。这样的寝室氛围很好，大家可以一起商量研讨、相互促进。我和你妈的意见是，早点写毕业论文是不错的选择，撰写论文能训练你的思维，如果写出来能发表，自然更好。你说你前不久找了一些专业书籍和学术论文来看，发觉阅读学术论文比较吃力，也比较枯燥乏味，许多学术论文的结尾，还有一长串的引用文献目录。你在信中说，希望我有空时，多给你讲讲阅读学术论文的方法。

学术论文有社会科学与自然科学之分。当然，有的属理论性的，有的属应用性的。自然科学方面的论文，一般会有实验情况和大量数据，我是真不懂。对阅读社会科学方面，某一些领域的论文，我曾经比较有兴趣，也稍稍有点粗浅体会。

我想，阅读学术论文，先要大概了解一下什么是学术论文，作者为什么要撰写或发表学术论文。什么是学术论文，从网上查找一下就知，关键是怎么理解。记得我读大三时，有位任课老师告诉我："什么是论文，记住三条就可以。一是前人没有涉及的，可以填补空白；二是修正前人观点；三是深化他人的看法。"对老师的这番话，随着年龄的增长，我越来越觉得讲得太好了，非常的到位。如果你没有查阅大量文献，就无法判断前人研究的进展情况和现状，填补空白也罢，修正前人观点或者深化他人的看法也好，都是无法实现的。正因如此，论文的结尾，需要作者注明引用的文献目录。一般情况下，作者可能为撰写论文而查阅或研读有关的文献资料，常常要比引用的文献目录资料多得多。还有就是发表出来的论文，往往会在论文的前言部分，写上论文正文提纲，将作者的研究成果作一个概述，便于读者阅读理解。至于为什么要撰写或发表论文，具体原因很多，学生时代和参加工作后撰写论文，原因也会有所不同，我们不需要去详细了解其成因，其实也无法了解。但我们需要了解的是，论文或者学术论文，一般是怎样写成的。撰写毕业论文，是现在大学教育的必经环节，如果站在大学老师的角度，会有一个怎么指导学生撰写毕业论文的问题。指导学生撰写毕业论文，还有一般指导和具体指导之分。我读大学时，我们是自己选题或选研究方向，指导老师由系里安排，一名老师可能要指导多名学生。定题目的前后，同步查阅大量文献资料，在研读基础上，发现问题、梳理问题、解决问题，并用语言文字将研究成果展示出来。当然在国内或者是国外核心期刊上发表的学术论文，质量是比较高的，阅读难度自然是因人而异。于是我花了点时间，准备就如何读懂学术论文这一话题，连续给你写几封信，展开说说，权当是对你作些辅导。

学术论文为何不易读懂？这是因为，它与我们平时接触到的报刊文章或有关资料不同。平时，除专业性较强的政策性文件外，我们一般都能读懂报纸杂志上或书里的文章。因为它有大大小小的标题，有的还有事例或细节，文字表述通俗易懂，术语少。好标题往往是吸引眼球并能反映主题的，能使人清晰地了解到文章的主题、主旨。所以，我们容易读懂。但学术论文，是作者研究成果的资料编辑过程，资料的来源和出处是多处不是一处，古今中外，本地与外地，现在与过去，都可以，不受拘束，但都是在围绕一个主题进行多角度多层次地叙说或阐述。其实，作者在撰写过程中，会比较注重其创新成果的展示，突出学术性，有时会使用很多术语。其他人要快速读懂作者多年的研究成果是有难度的，此其一。

其二，它与我们工作中经常运用的文体不同。如果从工作角度来讲，应用文写作较为常用的是这样四类：

一是经验性的。好的做法与经验，文字上把它反映出来。

二是问题性的。存在的问题，不好的现象，用文字把它揭示出来。

三是指导性的。用意见建议或出台政策等方式，引导或要求大家共同去做，实为经验或问题的升华。

四是告知性的。用文字在一定范围进行告知、告白。

上述几类文章，可以有文字，也可有图表或数字，也可都有。学术论文往往不是单一的某一类，很有可能是综合上述几类文章的写法，进行编辑。比如有可能既讲做法，也讲存在的问题及讲解决问题的意见。

其三，研究者的多种思维和表达方式同步存在。学术论文的字里行间，充满了作者对主题材料的归纳、综合、分析，还有发现的问题和不同观点，以及解决问题的对策建议，一般情况下，读者要想在短时间内看清楚是有一定的难度的。同时，还有角色身份的多样性和交替使用。在我们熟悉的文学作品里，通常会有第一、第二、第三人称之说，作者平时在写一些文章材料时，也会引用别人的一些话作依据。但在学术论文中，有时往往会有多个角色、不同身份的人在表达各自的观点看法。这中间，可以是专家学者，也可以是机关工作人员，也可以是工农兵学商，还可以是网民；可以是中国人，也可以是外国人，如将多个角色、多个不同身份的人员的观点混用，有时会让阅读者抓不住要领。

那么，学术论文到底有怎样的文风？阅读学术论文，一定要注意研究它的"文风"。从道理上讲，学术论文虽以论文方式呈现，发表出来的论文，经过作者撰写、三审三校等一定程序的把关，其实也是多人智慧的结晶。因此，"文风"总体上肯定是好的。那么，阅读时如何来评判学术论文文风的好坏呢？

一看文字是否朴素、平实、简洁明了。套话、空话、公式话的语言，都是不提倡的，是要反对的。学术论文的文字表达，一般都是平实朴素但又有思想内涵的语言文字。套话空话，一些无关紧要的话一定要少，真话、实话、精彩的话应比较多。

二看内容是否丰实、翔实。首先，要有现实针对性，有问题意识。就是要反映现实生活或工作上存在的问题，包括理论问题、政策问题、民生问题等等，也包括很多热点、难点问题。其次，要有分析综合。就是对问题产生的原因、背景、性质，要有分析与综合。最后，要有解决问题的办法、建议。一般来讲，学术论文必要丰实内容，"内容是王"。

三看思想是否健康向上。学术论文中表达、反映的观点看法，应该客观、辩证，并有很好的"引导""引领"作用。就是说，它的思想性是应该没有问题的，实事求是，是在作正面引导，传递的是正能量，是健康向上的。

其实，学术论文是有类型可分的。类型不同，看点也不同。学术论文，去掉了标题和提纲，也没有"起承转合"程式，使用的语言也朴实、平实。但仔细阅读，可以发现其题材是可以分类的。分类的目的是快速读懂学术论文。那么，究竟有哪几类？我将其大致分为四类。

一是论述举例，叙事写实。就是记叙文的手法，将一个或多个事例串起来写，引出或服务观点。这部分占据篇幅愈大，阅读难度相对较小。所以在阅读学术论文时，要快速寻找那些关于记叙方面的内容。但现在有两种趋势：一种是属于典型的记叙方式，但议论居多；另一种虽属于记叙方式，但全文占比不大。

二是观点荟萃，争论辩驳。就是在学术论文中，可以找到大量观点性的语言，有的观点相似相近，有的却相反相左。多种观点方法在一起，本身就不容易梳理，而且对观点的理解又因人而异。一般来说，我们所说的一句话的措辞与遣词造句的风格，都会反映在观点的表达上，它与记叙性的表达不同，就是有思想性，有意见建议在其中。要理解学术论文中的观点性表述，就要有辩证的、历史的、宽广的思路作铺垫。所以平时在阅读学术论文时，要善于找观点性的语句，联系全文准确理解。观点性的语句，实际上就是全文的看点之一。

三是政策说理，事物说明。中学时学过说明文的写法，即对一个物品或产品，作一个说明阐述，后来又演变为通俗的广告词。同样，在学术论文中，会有许多体现或引用政策性的语言来进行解释或阐述的情况。政策条文和法律法规条文，和制度规定一样，大致可看作是相似的东西，主要是用来作为依据或说理、说明用的。当然也会有一些看点在其中。

四是议论结论，导向引导。这部分主要是沿用了中学时期议论文的写法。可以是夹叙夹议，也可以是单独议论。议论中往往带有倾向性的意见、建议，并传递一种正能量的引导。这种议论性的语言，可以分布在学术论文开头，或中间，也可在结尾，阅读者要学会找寻。它也是全文的主要看点之一。

可见，一篇学术论文，大致可分解为这么几种题材类型。其中第二、第四种类型中，往往包含着全文的主要看点。"看点"是新意、是灵魂、是主旨、主题，但有时也是理解或把握的"难点"。

（写于2011年3月20日）

怎样研读学术论文（中）

接着上次回信中讲到的阅读学术论文的话题，今天继续与你交流这方面的内容。就是怎样快速读懂学术论文。有一句很经典的话，叫"不谋全局者，不足谋一域"。就是说，思考和看待问题，要有全局观点，要看到单方面事情的关联性和系统性。同样，在阅读学术论文时，也要有这样的眼光。如何找主题？所阅读的论文有哪些体裁、题材类型？研读学术论文时一定要有问题意识，就是说论文是怎样讲问题的，就会有怎样解决问题的立足点、着力点以及解决办法。

有人说，一要多积累或熟悉时政性话题。话题积累愈多（并有自己看法），愈易理解学术论文，时政性话题的搜集的功夫体现在对每日新闻的关注。

二要注意段首句意思的理解。学术论文大部分是规范的表述，因此有规律可循。每个自然段的首句，一般是整段意思的概括。每则资料的段与段之间，可以是并列关系，也可以是观点与依据的关系，注意寻找关联词、句意。同样，每则材料之间，也是靠一定的意思表达来连接的。就是说要善于发现连接资料、文字之间的"桥梁""纽带"。

三要了解应用写作格式并为己用。学术论文中往往包含大量相关的应用文格式，有传统的，也有创新的格式。

四要寻找表达观点人的角色身份，符合身份特征的言语是怎样表述的。

这些说法，是极有道理的。

在我看来，阅读学术论文，功夫要下在"研"字上，就是研究学术论文上。在中学读书时，学生晚上回家后在家里完成作业的时间和质量有很大不同，主要原因是白天认真听讲的程度不同，有的学生听得认真，当场弄懂，回家后作业完成就快；有的学生白天不认真，回家后要花很多时间复习，做作业的效果就不好。阅读学术论文和理解学术论文，就是这样的一种关系。

那么，研读学术论文如何下功夫？方法是多种多样的，学会把握和运用下面这样几条，也是很有用的。

一是研读学术论文，不仅要用"眼"读，更要用"心"读。阅读学术论文，其实是一种很综合的精神行动。作者、编辑对论文资料的谋篇布局和遣词造句，都有讲究，都有所考虑。有的人全神贯注地看了半天，有的人目不转睛地盯上一两个小时，仍读不太懂，而有的人瞄上几眼或浏览一至两遍，就能掌握要领，并对许多关键的地方或重要的细微之处，能专心揣摩和观察体味。如果读得不细、不得法，等于白读，没读，自然难以很好地理解。阅读决定理解的质量。就是说，好的论文，犹如好的文章，字、词、句，都经过了反复推敲，都是有规律可循的。

二是研读学术论文，要有哲学的眼光。因为学术论文是将一组组看似有关或无关的资料连在一起，其实则与则、段与段、行与行之间，都有运用了一种辩证关系，用哲学的眼光，容易领悟到学术论文蕴藏着的观点意境和深层次的思想态度。比如有的学术论文，一会儿说古一会儿论今，一会儿讲中国的实例，一会儿引用外国实例，一会儿是观点、是详述，一会儿是摆事实、描述现象，一会儿又论举措、办法，或意见、建议，似乎没有中心，没有关联度。其实，它始终没有偏离中心，没有离开过主题、主旨，犹如放风筝，放出的风筝，虽然可以随风左右摆动，但始终离不开牵动它的那根线，偏离不了中轴线，从这种"中轴"说，就可以感悟到学术论文的奥妙，感悟学术论文当中的思辨。学术论文有自身的哲学思辨，它无不在则与则、段与段、行与行之间体现。

三是研读学术论文要"反串"。所谓"反串"，是指在戏剧中扮演与本人特质不同的角色。一段话，一则资料，一篇学术论文，不外乎两个功能。一方面，直接叙事表达；另一方面，寓意引导。阅读学术论文既要读直接表达，更要精于理解其中的寓意引导，要把平时记忆中的碎片加以连接整合，即区分比较、举一反三、触类旁通、去粗取精，要通过阅读理解和悉心处理，把散落在学术论文中的主题、主旨的碎片连缀起来，变成一件完整的"金缕玉衣"。值得一提的是，要细心观察不同的角色、身份在学术论文中的观点表述，什么身份要讲什么话，从中判断是否得体。学会这种"反串"方法，是一种循序渐进的积累和由量变到质变的过程。由此可见，"反串"其实有两个含义，一是回头看，将碎片化的资料，串联成整体化的资料，理解其中的主题、主旨、观点；二是体会与自己角色不同身份人员的言语、观点及其所表达的意思。

四是平时研读学术论文，要注意记忆、背诵。对好的学术论文题材或者是观点阐述、表达，要像背英语单词那样背诵下来，做到能脱稿复述。光读不"背"，没在你脑子里，就缺乏积累，就没有自己的看法，其实个人的许多想法、看法是对别人看法的抛弃、继承和发扬。"文选烂，秀才半"，过去是说把《昭明文选》翻烂了、背熟了，你不会写文章也是半个秀才了。阅读学术论文也是这个道理。当然，在这个过程中，记忆力好的占优势。从某种道理上讲，平时记背越多，阅读时就越能灵活运用，没有头脑里事先大量的储备，阅读时才思不可能很敏捷。从某种意义上讲，阅读学术论文的功夫，是积小苦，得大甜。由此可见，平时的记忆、背诵是十分重要的。

其中，对"异同"的表述，要特别留意。研读学术论文，要注意表述上的对比，在对比的过程中，看看有什么样不同或相同的表述、描述，从中找准主旨、主题。一定要舍得花时间研究对比学术论文，可称之为"对照"。大致来讲，主要是从四个方面进行"对比""对照"。

一是观点性的内容对比。肯定或否定，赞扬或批评，导向引导或意见建议，往往会在学术论文中呈现出来，要注意看带有观点性的内容是怎样描述、表述的。同一题材，同样正确的观点，可以有不同的表述，并体现出不同的认识水平。还有值得注意的是，观点性的表述，往往是由不同身份、角色的人来表达的，所以，记住要注意比对不同职务、不同岗位、不同身份人员在学术论文中是怎样表达观点看法的。联系其角色，就可以看出其观点表述的正确与否。

二是问题性的内容对比。有时候问题与原因往往是互为因果或可以相互转化的。比如诸多问题，有的是现象或普遍存在的，有的成了别的现象或问题产生的原因。同样，问题还有浅层次与深层次之分，有的问题是表面的、浅层次的；有的问题，与体制、机制有关，是深层次、多年积累，非一时可以解决的。总之，我们在看学术论文时，要有问题意识，学会找准和理解学术论文中有关问题的内容表述，再看看针对问题有什么解决方法。学术论文会讨论许多问题，有的能给出解决办法，有的不明确或有分歧。既有角度观察又有问题意识，将有助于读懂学术论文。

三是政策性的内容对比。时刻都要学习、结合、运用政策。学术论文中往往会有不少政策性的语言表述，可以作一个对比，看看政策表述上有何变化。比如，针对互联网这些年来暴露出的问题，提出面对互联网技术和应用的飞速发展，要"加快完善互联网管理领导体制"，并把网络和信息安全上升到"涉及国家安全和社会稳定"的新高度。记得前不久，"两高"还规定，网络信息发布不实要受到法律制裁。就是说，同一件事，不同阶段，政策性语言的表达会有所不同。

四是举措性的内容对比。学术论文中一定会有围绕问题如何解决的大量表述。这些举措性的表述，主要涉及思路、方案、实施办法等方面。"思路"是概括性的语言、提纲挈领的表述，统帅指挥所有观点、方案、实施办法。而所谓"方案"制订一般要做到"四个有"：有路线图、有工作量、有时间表、有责任人，好的"方案"会转化为政策文件，变成具体项目，变成行动计划。"实施方法"实际上是一个把握方法的问题，既要顶层设计也要具体细化，既要搞试点又要抓复制，既抓重点突破又要全面推进。

还有，怎样把握阅读次数和重要的段、句？如有时间，尽可能多读几次。每次都有一定的方法，大致有三类读法，各有利弊。

一是先看一下"论文提纲"。领会或强记可能读出的主题、主旨等，然后回过头去看学术论文，有点先入为主的味道。看每段时，段首句与段之间的关系，适当留意，一般段落大意都在段首句中。看一则与一则之间的资料时，先看这则材料主要讲什么，然后留意带有过渡性或议论性的段落，从中感悟这则材料在讲的主题、主旨是什么。

二是先找重要的段落和句子。比如像承上启下的段落，带有过渡性质的段落，或者看上去浓缩着某些正确的有结论性观点的段落，往往都隐藏着主题、主旨。也可先找重要句子，目的都是快速找到主题和主旨，更好地理解学术论文。

三是按顺序自然地阅读。边读边找边想主题、主旨。

上述三法，第一种方法最优。因为它将论文提纲与学术论文进行了对比印证，可以最快抓住主题、主旨，比较节省时间；可以增加阅读次数，有助于更好地理解论文。其次是第二种方法，优点是较快找到主题，主旨，但针对性不够强。第三种方法，比较常用，但效果不佳，花费时间多，一不留神，主题、主旨会抓不准。因此，将第一、第二种方法结合，可以迅速准确地抓住学术论文的主题、主旨、中心思想。

那么，主题、主旨或中心思想究竟隐藏在哪些重要段、句之中？

首先，要理解什么是主题、主旨、中心思想。三者粗略地讲，就是一回事。中学课文里，我们常说文章的中心思想。机关应用文中，我们改用主题、宗旨。形成、确立主题，是撰写论文的核心。所谓主题或宗旨，就是从广泛的各类资料、材料中，经过分析归纳，揭示出来的事物内在的基本规律。由此可见，主题、主旨有这样两个特点：一方面，是在学术论文中具有统率材料的作用，体现了作者的思想认识水平，它用正确的观点统率繁杂纷纭的材料。另一方面，是在对诸多材料的概括中提炼形成的，带有方向性的正确观点，也就是说抓住了主要矛盾、抓住了事物的本质。

其次，要弄懂什么是重要的段、句。学术论文叙事性或记叙性的材料，与议论性的段落，一般是能分得清楚的，现在却有一种似乎是记叙，又似乎是议论的趋势，说明论文阅读的难度在增加。但万变不离其宗，承上启下的段落、议论或观点集中的段落，就是重要段落。在叙事为主的段落中的观点、看法；在段首或段尾或中间，带有统率全段意思的句子；在议论性自然段中揭示本质性的正确观点、看法的，往往就是我们所说的重要句子。

最后，就是不要平均用力，要有选择地阅读。学术论文中的重要段、句，要多读几次，强记在脑中，然后带着主题、主旨去阅读；叙事性的部分，可以略读、快读，因为它是为其中的段落、每则资料服务的，不是为所有材料的主题、主旨直接服务的。反过来，又可以丰富、印证、充实、完善、理解原先关于主题、主旨和中心思想的认识。

你可以找几篇学术论文，作一次上述阅读方法检查。看看如何才能做到阅读次数增加并快速找到重要断句，然后找出主题、主旨，准确理解论文作者的研究成果，既读懂了学术论文，又能为己所用，并有助于提高自己的思维能力。

今天就此搁笔。

（写于 2011 年 3 月 30 日）

怎样研读学术论文（下）

晚饭后散步回来，脑子里还想着前两封信给你梳理的内容，觉得意犹未尽，不吐不快，于是又去找了个别例子，想继续说说你的问题。

阅读学术论文，其实还有一个阅读并研究背景资料的问题。那么，平时阅读背景资料，应该注意点什么呢？看这些背景材料，先要在脑子里想想这些问题：以前看过、读过哪些内容；联系实际，我已知道哪些内容；现在我要注意哪些内容。只要把这些设问，在自己的脑子里回忆回忆就可以了，不太清楚的，再去翻阅一些相关资料看看。对提供的背景资料中好的句子，可以用红笔划一下，提醒自己，重点理解记忆。这种好的句子，一般分布在标题（大大小小的标题）中或者是段落的第一句话或者一些新颖的用词上，多画一些红线，下次看一下红线，你就会有自己的想法和理解了。这样做，既节约了时间，又把以前的积累联系起来了。能把以前的知识串起来，说明学活、学深了，而不是背诵出来的，是理解后的记忆，是能起到举一反三的作用的。

为加深你的理解，我把我曾看到过的一篇研究水资源的论文资料，大意复述给你。目的是想通过这则实例，让你看看如何才能快速读懂、全面领会学术论文的中心思想。

一是琢磨论文题目和摘要。首先是从题目和摘要中寻找，它往往隐含了主题。在有关大江大河的多则资料中，有的介绍了密西西比河、亚马孙河、尼罗河等区域出现的生态危机以及各国政府的治理举措，有的讲了江河健康生命的主要表现形式是"三善"，有的则介绍了汉代王景治理河患的思路和做法。让我们回头去看这些资料，发现每则资料的意思，已在题目中有所提示。对剩下的资料，再看讲了什么意思，如果注意到了段首句，则很快就能概括每则资料的"意思"。有的是讲江河的地位、重要性的历史变迁，有的则辩证地讲了存在的问题，有的讲江河问题的严重性和应对方法，还有的主要是讲如何保护江河。根据上述梳理，我们很快就可理出文章的框架：江河的重要地位及历史变迁；目前存在的问题；各国弘扬治河精神；世界上几大河流出现的生态危机及各国治理举措；古代治河经验；必须重视解决江河存在的问题；怎样保护江河。如果把这些内容、题目和摘要进行对照，马上会发现这篇论文，是一篇很好的研究水资源的文章。

二是比较常用文体的交叉使用。应用文的文体很多，应用公文格式，已有越来越多被重视的趋势。对各种文本格式，心中要略有所知。究竟怎样取舍论文资料，则要看阅读的要求。一般来说，文本格式的固有特征是明显的，比如讲演稿，就必须"生动"，除了"讲"之外，还有"演"的成分。应用文格式，不等于照抄照搬现行的行文格式。格式是形式，实质是要会概括、分析和综合。一篇学术论文，常常会出现多种常用文体交叉使用的情况。记得以前说到过，经验做法怎么写，问题如何发现，怎么解决，解决问题的办法建议怎样写，告知明白或指导性意见怎么写。顺此思路，我们来看看这篇论文，是怎样把几种文体混用的。论文中有五则资料讲治河的成功做法与经验，包括古今中外。同样，有三则资料从不同角度讲江河存在的种种问题，但都与生态破坏、生态危机有关。又有七则资料讲解决问题的思路与对策。关键是看题眼，如"江河的治理开发与管理保护"相结合、"重新认识江河"，这些题眼，往往有很浓厚的思想性，理解了题眼就抓住了主题。

三是梳理人物的角色、言语。特别是朴实的文风再现，即语言表述规范、简明、朴实。另外，内容又很丰实，既看到了问题，进行了综合分析，又提出了解决办法。还有就是引导读者，江河问题严峻，但我们有办法，提倡弘扬治河精神，传送出的是正能量，而不是负面消极的情绪。

可见，阅读学术论文，还是有方法可循的。同时，作为学生，特别是作为高年级的大学生，面对各种考试、测试，应该经常从论文作者角度，对论文的写作思路和阅读方法，经常做些比较分析，进一步提高研究能力。

不同类别的学术论文，要求是不同的。鉴于阅读者绝大部分都已读过大学，或快要大学毕业，所学专业虽各不相同，但共同点是，都有比较好的阅读理解能力。学术论文，顾名思义，就是研究成果的书面展示，一定程度上体现出作者的素质与能力，也会反映出作者潜在的素质及基本功，或者知识运用的能力。我们阅读时要注意发现其中的异同。一是字数。有的论文，篇幅不长，字数不多，但是蕴含的问题数量很多。每则资料中，古今中外、政治经济文化社会管理等，都可以涉及，看似没关联，但把隐藏其中的大小问题读懂，是有难度的。二是表述。绝大部分都是围绕归纳概括、综合分析、贯彻执行、提出对策和观点论述五个方面来演变的。"归纳""概括""综合"三词的意思相近，强调的是要把分散的集中起来；"分析"则强调的是对"点"上的东西作出解释、阐述、说明、演绎，是一个由浅入深的过程；"执行"强调的是主体接受指令后怎么去组织、去协调、去督促抓好落实；"对策"强调的是针对存在问题，相关者如何根据拟定的角色定位提出切实可行的解决思路、建议办法等。三是题意。对"大题套小题""题中题"和多个题意中的主次题意，要审精读懂。每个字、每句话都是有含义的，一般是无废话的，任何文字，都是有寓意和内涵要求的。

阅读学术论文，要有比较高的思维层次。学术论文的层次是比较高的，它要求学会观察与思考。观察周围的世界、社会，思考一些现象，要把学过的知识运用出来，因此，要有思辨的能力。若将共性作一个比较分析，还可以注意到两点。面对陌生题材，不太理解，怎么办？如对"人文素养"方面的题材，往往不太理解，若作一个分解，则不难看出它指的是人的文化修养、行为举止、共同的人文理念。不同国家、民族，同一地域不同地方，都有人文素养上的差异。它与个人、社会的发展有一定关系，可作辩证的分析，此其一。其二，从倾向上看，学术论文更突出强调怎样得到这些研究成果或推动研究进展。无论是摘要还是正文中，都集中突出作者怎样开展研究或取得了哪些研究成果，这样的明确指向、反复提醒是别的文章所没有的，它与科幻小说、故事新编、寓言、童话等体裁，截然不同。

以上所谈，供你阅读论文时参考。

（写于2011年4月11日）

在参加职业资格考试中提升自我

　　5日来信收到。你在信中提到，你和班里几个成绩较好的同学，已经陆续参加了注册会计师资格的有关课程考试。班里还有一些同学，正在准备行政事业单位的招录考试。你说你对各类考证，兴趣较浓，同时还比较倾向于读研。由于这个暑假一过，马上就要进入大四，职业选择迫在眉睫，所剩时间又不多，你要我帮你作些分析，你还说，想了解一下行测和申论这两门课的情况，做到心中有数也是好的。

　　对你目前正在努力的几个方面，我和你妈妈都是支持的。比如考证，对今后就业很有帮助。我在成家不久，曾参加过律师资格考试，但没考取。当时我买了专用的复习资料，还自费去省城参加考前培训，几乎把工作之余的时间和精力，都花在了应考上，结果并不如意，离合格线差了十多分，所以总觉得考证是一件比较难的事。没想到你利用课余时间，已有三门课程考试合格，看来知识学习方面比我强。所以我想，只要你精力有余，抓紧考证是一件好事，希望你不要放弃，能坚持早日考取注册会计师资格证书。

　　至于读研之类的事，我们也是尊重你个人的选择。你现在所读的，虽不是一流名校，但属985高校，各方面条件应该是好的。如能选择国内名校，挑选自己喜欢的专业继续深造，那是不错的选择。还有前几天，我去逛书店，发觉求职考试指导方面的书籍很多，有不少是往年行测和申论的介绍资料。我顺手买了本大纲和复习用书，花了些时间看了看，现学现卖，我就在信里给你作点简要介绍吧。

　　类似行测的考试，有五大模块，考试时五大模块的顺序会作调整，但一般是围绕五个模块出题的。

　　就常识判断而言，涵盖的学科知识很多，有社会科学方面、自然科学方面、时政热点等，这是从事行政管理职业需要掌握的知识，它需要的是一个通才。从书店买来的资料看，前几年比较侧重法学知识，这有一定的道理，因为行政机关依法行政的要求很高，不懂法学对工作开展不利，但仅有法学知识是不够的。如果过于侧重法学内容，那也是不公平的，所以在近几年的题目里，法学的题量在下降，其他各个学科的题量在增加。由此可见，这是要打破学科背景优势，让不同学科的人都在同一起跑线上，所以我们在准备这一模块时，要把本科和高中所学过的知识做一个回忆和组合，尽可能运用出来。

就言语理解表达这个模块而言，是选词填空和片段阅读两大题型。这部分实际是侧重于考查语言知识，过去比较多的是片段阅读。在片段阅读当中，内容有主旨概括、意图推断、语句排序等题型，前提是你要有较强的阅读能力。近年来，又增加了选词填空题型，侧重考查你对成语的理解情况。这一模块与你的语言基础有很大的关系。因为在行政管理人员里，许多人都离不开文案工作，对语言基础是有一定要求的。

就数量关系这个模块而言，主要包括数字推断和数字运用两大块。这也是行政管理人员所要求的。比如开个会，参加人数，报表数量统计、业绩判断，就需要运用数量关系，他不要求很深的数学知识，但要会运用，所以你要回过头去想，所学过的知识哪些可以运用。

就判断推理这个模块而言，实际上是在考查你的逻辑学知识。从历年的题型题量来看，这一模块主要涉及图形推理、类比推理、定义判断、逻辑判断。这实际上是一种思维运用方式，而这正是公务员所需要的知识，要学会推理和判断，由点到面，实际上要学会判断由表及里、由浅入深、由此及彼，这种能力是这个职业所需要的。

就资料分析这一模块而言，通常采用图形、表格、文字和综合。如果联系这个职业来看，日常工作要学会运用图表、文字以及它们的综合，要学会分析。

类似申论的考试，主要是考查你的写材料的能力。具体是四个方面：一是阅读理解能力。因为在大量的实务活动中，作为普通的管理人员，要接受大量的别人布置下来的任务，前提是要弄懂他的意图，所以申论题，主要是考察你能否读懂所给资料的内容，如果读不懂，这就是一种能力缺陷。二是提出和分析问题的能力。会不会分析问题，善不善于分析问题，这一点很重要。在行政事业单位从事工作，都会碰到各种问题，要是能提出问题那就更好，所以在考试中，要求能够发现问题、提出问题，并要求有分析能力。三是贯彻执行能力。对上级的重大决策部署或布置的任务，作为下级，有一个如何贯彻实施的问题。这是一条组织原则，作为一名行政管理人员当然也需要这种素质和能力。比如上级布置一项工作，你如何去贯彻落实，这也是一种能力的要求，所以在申论试题中，叫做贯彻执行题。四是文字表达能力。这种能力与你的作文能力有关联，但又是两回事。所谓文字表达能力，就是把你的想法用文字表达出来，分析问题是为了发现问题，当你发现存在的问题之后，你有什么样的对策，你所提出的对策是具有可操作性的，其文风要求是：思路要清晰、办法要是可行，这就和高中的作文不一样啦。所谓申论，"申"，就是陈述、表明、表达；"论"，则要表达你的观点，这个观点要是可行的，能落地的，"论"的要害就在这里。

讲完了类似行测和申论的题型框架之后，你就会明白什么叫难。难在其把这个职业的知识和能力要求，都贯彻在行测和申论的考查当中，不同于平时的学科知识考查，也不同于研究生试卷的专业考试。对大多数考生来讲，不太了解行政组织的运行情况，所以会觉得题目是难的。要说难确实很难，但还是有规律可循的。

如果要参加求职单位的招录考试，就要调整好心态。主要是克服两种倾向，一种是要克服畏难情绪，一种是要克服轻敌思想。初学行测和申论，特别是接触真题之后，产生一种畏难情绪，是很正常的心理，这是一种普遍心理。原因有四个方面：因为大部分人是自学，与学科考试、研究生考试不同；考入比例又比较低；模拟这一职业的身份及知识和能力，考生大部分无此经历，信息不对称；另外就是它的题量很大，题型很多，又要注重知识的运用。另一种倾向是自认为基础比较好，保研考研都比较容易，对付这类考试绰绰有余。其实这两种想法都是不对的。

（写于 2011 年 6 月 10 日）

"演""讲"并重与展示自我

接到你获得保研资格的来信，我和你妈妈都非常的开心。你在信中说，你们二级学院共有 21 个保研名额，你前三年的成绩，在年段和班级里的排名都非常的靠前，因而你获得了被推荐的资格，不过还要参加面试，面试通过了，才能正式确定录取。你还在信中问我，保研面试和论文答辩，有什么不同，怎样做会有助于提高面试的效果。

读信后，我沉思了很久。觉得有些事我没有经历过，比如研究生入学面试或者硕士、博士论文答辩等，因此可能不太了解实际情况，解答的针对性可能不太强。好在我曾在地方高校工作多年，对演讲类的才艺展示，有一些碎片化的了解。我利用空闲时间，作了一些梳理。记得你刚入大学时，参加了班干部、院学生会干部竞选，后又主持学生会干部培训班开班仪式，这都属演讲类活动。演讲或讲演，意思相同，侧重点不同，"演"强调的是用生动的方式呈现，"讲"则强调你表达的观点或者看法是什么。老师上课，讲演居多，以"讲"为主，你参加竞选，演讲的成分更浓。"演"的要求更多，在作自我介绍和回答师生提问时，更多的要考虑才艺展示的一面，面对的是带审视目光的评委或听众，可能会出现紧张到忘词的情况，而老师上课，所面对的是仰视的学生，故容易放得开。保研面试和论文答辩，我估计"演"与"讲"这两部分都要考虑，缺一不可。

其实，面试的类别很多。作为应试或应聘者，要给面试评委留下好的印象，因此，对面试是怎么回事，评委有什么要求，也应该有一个初步了解，做到心中有数。

面试，既是一种发现应试者的过程，又是一种双向沟通的过程。在这种相互交流的互动程序中，评委通过提问、倾听、观察等手段逐步认识和评价应试或应聘者。就评委来说，可能影响其面试效果的因素是多方面的。一要善于在倾听和观察中捕捉到有价值的信息，准确地把握应试或应聘者的特征。任何一个应试或应聘者一进入试场，就会传递出丰富的信息，一个好的面试评委，应该利用自身敏锐的感知力和观察力，根据面试过程中通过观察与言语问答所搜集到的信息，对应试或应聘人的素质特征及学识、动机、经验等作出客观准确的判断，对其实际能力水平与潜在能力进行正确的评估。二要坚持单项评分与综合评分相结合。应试或应聘者对主考评委提出的问题进行有针对性的回答，内容灵活多变，个性化较强。其他评委除了对应试或应聘者的仪表风度、表达能力、反应能力与应变能力等逐项作出评估外，更要以综合评分为主，根据应试或应聘者的综合表现作出判断，防止以偏概全。三要克服个人的主观喜好，力求客观公正。每个人对于他人的评价往往会因个人主观印象、情感、知识、经验等许多因素的影响而有差异。所以，在面试过程中，面试评委应将个人的感情色彩降至最低，避免自己的主观偏见，要从面试类别的特点出发，对应试或应聘者进行客观、准确的评价，判断应试或应聘者是否具备符合面试要求的素质和能力。四要平等待人，切忌盛气凌人。作为面试的主考评委，还应注意态度要和蔼，以缓解应试或应聘者的压力，防止产生人为的对立、紧张情绪。尽可能采用普通话，注意把握语速，注意面试时间节奏的控制等。

其实，作为应试或应聘者，功夫要下在自身素质的提高上。你在信中问我怎么应对，我只能泛泛而谈，下面的这些想法，供你参考选择。

参加面试时，衣着和言行要得体。很多人都会注意到这一点，衣服穿得精神，进出懂礼貌。但什么叫得体？比如现在大家都穿短袖衬衫，你却穿了深色西服，系了领带，其实效果并不好，因为天太热，还不到穿西装的时刻，你此时穿了西装，那就是穿着不得体；进入试场时，若能目光正视，面带微笑，就是好的，但有的考生一进去，大声或高声喊："老师好"，把老师给吓一跳，效果则不能算好。只有自然的言行、神态，才是最好的。

审题时，一定要吃透题意，有针对性地回答。许多考生考前都是作了充分准备的，这是好的，但进入面试考场后，一看题目，只要发觉其与事前准备的有关联，就马上把准备的东西原原本本地答上，其实效果是不好的。一定要看清题目是在问什么，要求回答什么，然后，你再针对性地回答，切不可答非所问，只有切题，才是最好的。

在回答时，最好能把你的想法提炼一下。有的题目可以从好几个方面来讲，你就可以先说一下，我从三个方面或四个方面来理解，然后逐点回答，这样给人的感觉是很有层次感，不是一个问题从头讲到尾，这样评委听起来也不吃力。

不能把面试当作笔试，面试要以腹稿为主。有的考生一进入试场，埋头写字，列出回答的提纲，让评委等很长时间，这实际上是犯了大忌，把面试当笔试了。面试就是要求考生在看了或听了题目之后，脑子能快速反应，迅速理出头绪并马上进行回答。写得太多，会占用宝贵的面试时间，如果看着面试评委，读着写好的提纲，效果是不好的，是念出来的。而脱稿，则是与评委的面对面沟通，侃侃而谈，效果最好。

给予的面试时间，一定要用足。有的人，平时很会说，但真正到了考场，话就不多了，20分钟的时间，10分钟就说完了，其实是可惜的。会答的题，可说得充分点，遇到不会答的，也不要紧张，要从题目中无话找话。关键是一个思维方式。大部分女生，多数是线性思维，而不是发散性或逆向性思维，学哲学、学法律，可以使自己的思维方式更多样，不单一，还能提高逻辑严密性。比如，任何事情都有正反两方面，可用两分法来观察、理解，当你不能正向理解题目时，反向或逆向作点思考，说不定思路就开阔了。更何况，一般面试，是没有什么绝对的参考答案的，只有相对的要点，只要言之有物、持之有故，有道理、有分析、有观点、有看法就可以了。

语言表达上尽可能抑扬顿挫，有轻重。为什么要训练这种表达方式？因为同一频率、音调易让听众疲劳。相反，说书的人，就能让人听了感觉好。当然，声音响亮，不能让人听了刺耳或吓一跳，轻又不能轻到别人听不见或听起来吃力，这个"度"的把握，要靠平时的训练。除了做到语调有轻重之外，如能在表达时注意一个层次一个层次地分析、讲话不重复，那效果更好。有的人，反复或多次表达同一意思，虽不冷场，但没有深度；有的则长时间讲述，但含义不同，内涵及其中寓意是递进、逐步深化的，这是高水平的。

和上面表达的意思差不多，我又作了这样的梳理，也供你参考。

首先，要作"类别比较"。目标是知己知彼。在"凡进必考"的指导思想下，各种招考应运而生，不同类型的面试也就产生了。类型不同，要求上的差异相对较大，因行业、岗位而异。面试，不同于平时的演讲。演讲，事先可以选定内容，是可测的，当然技巧上的要求较高；也不同于传媒界的新闻发布或接受记者采访、专访；也不同于辩论，辩论可以很放开，拘束较少；还不同于庭审中律师的辩护，庭审律师辩护，要持之有故、言之有理，主要是针对公诉人证词进行辩护。弄清了不同类型的面试，才能知道自己参加的是什么性质的面试，以便更好地应对。

其次，注意"仪表仪态"。目标是得体从容。它应该包括多方面的内容。一是衣着。以着正装为主，尽量不穿休闲装。大部分应试者都会注意这个问题。但要注意应试者的经济条件，比如参加公务员面试，多数是应届毕业生或刚参加工作不久，自身的经济实力，还不可能穿特别高档的正装，如穿上特别高档或华贵的正装，反而显得不真实；又比如，所穿衣服还要与天气相配、相宜，否则就不得体，这一点我在前信已讲清楚；还有头饰，要干净利落。总之，衣装得体，可以弥补相貌上的不足。二是举止。步子太快或太慢都不好；手势或肢体语言太多也不好；坐姿端正很重要。三是目光。眼睛是心灵的窗户，说得太对了。有时候眼神很要紧的，一般以与主考官正视为好，扫视、斜视、俯视或仰视都是不好的。四是微笑。绷着脸肯定不好，过于拘谨或放开都不好，自然的微笑为佳，当然也不是招牌式的微笑，不过这点我们的孩子是没问题的，我们孩子的微笑那是最自然了。五是语调、语速。语调过低，听不见，还给人自言自语的印象，是很不好的，必须避免；语调过高，太刺耳，也不好。语速太快或太慢，都不好。如能做到抑扬顿挫，可以调动考官的情绪，当然更好。

第三，要学会"把握时间"。目标是恰到好处。要学会有效利用时间。不管时间多长，对应试者来说，时间是极其宝贵的。我看到过许多应试者在时间把握上出了问题，导致面试惨败，太可惜了。归纳他们的教训，主要有这么几种情况：一是把面试当作笔试。一进入面试座位，就拿笔唰唰写起来，写好再答，既耽误时间，又给人念稿的感觉；答题时，重复题目，有时题目比较长，占用了不必要的时间；有偏题的现象，对熟悉的题目特别详细地回答，挤占了别的题目的答题时间，不能平均分配答题时间也是很可惜的，它的危害性与偏科是一样的；考虑过于周全、完美，沉思或腹稿时间过长。

第四，要懂得"回答思路"。目标是对答如流。做任何事情，思路决定出路。每一道题目，都有它的出题思路。同样，答题也有一个答题的思路问题。这一条太重要了。其一，审题要准。审题不准，容易跑题，它与笔试不同，笔试的审题错了，答题内容还可涂改，面试就不同了，出口难收啊。什么叫审题准？就是要抓住题目的关键点来思考。看了题目之后，要迅速捕捉关键词，牢记在心。不过这种本领要靠平时的训练和有意识地培养。其二，要针对性地回答问题。一方面，不要迷信老师的标准答案，只要能自圆其说就可以了；另一方面，一定要围绕题目来回答，离开题意，就不是针对性回答了。其三，要提炼出回答要点。从头讲到尾，给人感觉是没有层次的，如能提炼出几条来回答，那层次感就会比较分明，给人一种思路清晰的感觉。其四，考前准备的东西，要注意有机结合。所谓"有机结合"，就是不要给人事先背好的感觉，又不很切题，若押题不着，遇到不会答或无话可说的，容易紧张，出现这种状况的解决办法就是逆向思考一下，角度换一下，也许会有些思路。

最后，要力求"双向互动"。目标是默契呼应。要仔细听主考老师的导入语；学会揣测评委老师的心理，然后与之互动；同时，还要学会分析竞争对手可能会怎样回答，自己怎样回答才能避免雷同，又比竞争对手高出一筹。

总之，面试的成败对应试者来说，往往具有"一锤定音"的作用，成功的面试应把握以下几条原则：

一是胆大心细，沉着应对。要放开手脚，尽可能地施展自己的才华，充分展现自我，让面试官全方位了解自己。应避免急于求成，也不要将一次面试的得失看得太重。应该明白，自己紧张，你的竞争对手也不轻松，也有可能出现差错，甚至可能不如你。同样条件下，谁克服了紧张，谁镇定，谁从容地回答了提问，谁就会取得胜利。

二是反应敏捷，条理清晰。面试中回答问题反应要敏捷，思路要跟着考官走。要力求把握要点，精练准确，有条理，不走样。一般情况下回答问题要结论在先，议论在后，先将自己的中心意思表达清晰，然后再做叙述和论证。在回答问题时，应将答案归纳成几条几点，提炼出要点，使考官感觉到你的思路比较清晰、办事条理分明、作风严谨踏实。

三是随机应变，自圆其说。面试所提的一些问题并不一定有什么标准答案，只是要求面试者能回答得滴水不漏而已。应试者须能随着情况的变化掌握时机，灵活应对。回答问题切忌答非所问，要善于聆听，抓住提问的要领，考虑成熟后再作回答。针对性越强的回答，越能打动评委。内容要具有操作性，切不可偏离实际。

好了，就写这些，对以上各点，希你多悟，功夫要下在平时。

（写于 2011 年 12 月 30 日）

昔日学术管见

试论历史学的特点

历史学的特点问题,是史学本体论的核心问题,也是每位治史者都会遇到的一个问题。自古以来,人们对它的看法,仁者见仁,智者见智,从不同的角度对它进行了概括。

本文有感于"文史一家"这一学科发展变化现象,试图通过文学和史学异同点的比较,从史学内容、史学见解、史观表述、史学品德和史学功能五个方面,对历史学的特点,作点尝试性的探讨,以求教于各位同仁专家。

一

从学科内容来看,历史学的特点之一,就是内容异常丰富,无所不包。这一特点,与历史学的研究对象密切相关。

历史和历史学是两个不同的概念。历史是人类过去的客观存在;而历史学则以历史为研究对象,是一门研究人类客观存在的学问。

人类过去的客观存在,和当今的社会存在一样,内容极广。它至少应包括历史现象、历史事件和历史人物三大部分。这三大部分内容相互构成了一个整体。某一历史现象的出现,某一历史事件的发生,某一历史人物的活动,又都与一定的时间、地点和条件相联系。这些具体历史事件,人物活动以及政治、经济、文化艺术等现象交织在一起,便构成了某一阶段的历史面貌。

虽然,文学的内容也甚广。但历史学的容量远远大于文学。文学通俗地讲,就是"人学",它是以艺术的手法,来描写人类生活的片段点滴,有时文学也写事件、环境,但"文学"对事件、环境的描写,均为写人服务,文学是以写人、研究人为中心的。而历史学则不同。它除了研究过去的人,即历史人物之外,还要研究由人的活动构成的一切历史事件。历史人物和历史事件并重,两者的研究缺一不可。因此,从学科所包含的内容来看,历史学远比文学丰富。历史学的这一特色,对治史者提出的要求,就是应该学识渊博。

二

从史学见解（含历史见解）获得的途径和过程来看，历史学的特色之二，就是"史识"的间接性。

一般来讲，作家，一个优秀的作家，往往是通过体验生活而获得一种对人生、对社会的看法的。尽管作家在创作的过程中，可以想象，可以虚构情节，但作家所想，所虚构的东西，仍是以生活为源泉的，它最终还是来自作家所体验的生活实际。一是生活的积累，二是长期对生活的思考、思索，这种思索不是一种抽象的思索，而是带着对生活的全部感悟，对生活的一个片段的反复审视，从而发现更深邃更广阔的意义。思索、想象、虚构，始终离不开生活体验。

史学家和作家截然不同。史学家不可能像作家那样通过体验生活而获得一些"史识"。也就是说，史学家不可能去体验秦始皇或拿破仑时代的生活。因为历史是业已消逝的客观存在。

那么，史学家凭什么去获得一种"史识"？主要是通过对中介质——史料的接触而获得。而史料，不管是文字还是实物，虽然都是前人对过去人类社会生活的一种记录或保存，但它毕竟不同于作家所体验的活生生的生活。这一点，决定着史学家获得"史识"的途径方式不同于作家，有着鲜明的特征。

作家需要走出书斋，深入生活实际，去体验，去感受生活，从中获得看法或见解。而史学家则主要是通过史料的接触而获得"史识"。此其一。

作家从生活体验中所获得的看法，从根本上讲，是一种情感的体验，是为创作服务的。而史学家接触史料后而获得的一种"史识"，主要是一种理性的思想，是为恢复历史原貌服务的。此其二。

史学家接触的史料不同于作家所体验的实际生活。史料本身的特点，影响或制约着史学家"史识"的获得。史料的特点，概括言之，以下几点是明显的：第一，史料只是过去人类社会生活的一份记录，非全部。因为历史事实的海洋是无限广阔和无法穷尽的。第二，任何文字史料的准确性都是相对的。因为史料实际是人的思想结果的一种记录，不管史料制造者如何公正、客观，它必定包含着史料制造者的主观色彩的痕迹。这一点是无法克服的。第三，史料具有不同的"视界"。"视界"是一个哲学术语。就是说，史料为人们理解史料所提供的角度是多向的，内容是多层次、多方面的。史料本身的这三大特点，对史学家"史识"的获得的影响是深刻的，它规定着"史识"获得过程的特点。此其三。

三

从史观表述来看，史学和文学有极相似的地方。史学是研究人类的过去，讲述过去所发生的事情，一方面，它要描述过去的事情是怎样发生的；另一方面也要说明过去的事情为什么如此这般地发生。而要做到这一点，史学家有必要明辨细节，生动地把历史细节像讲故事一样叙述出来。这样，史学与文学就有极相似的地方，因为，文学也是叙述性的，文学家也是在讲人生的故事。所不同的是，文学家可以凭想象，凭虚构细节来讲故事，而史学家所讲的故事都必须是真实可靠的，不能是凭空编造出来的；文学家所提供的是生活真谛的写照，而史学家所提供的是生活真理本身；文学家所说的是可能会发生的事情，而史学家则告诉人们已经发生了的事情。

正是上述的异同点，决定着各自的表述内容和形式具有不同的特点。历史学的特点之三，就是其表述内容的真实性和表达的科学性。

作家在创作时，进行艺术加工是被允许的。他可以把甲、乙、丙、丁这几个不同的人身上所发生的言行和种种心理活动，汇集在某一个人身上，使他所写的这个人物具有典型性。就是说，只要不违背生活逻辑，不违背社会总趋向，一切艺术加工都是被允许的。而史学则不然，史学家在表达史观时，是不能对历史人物、历史事件的内容进行虚构，不能把拿破仑的言行及心理活动移植到秦始皇、孔子身上，一是一，二是二，其所提倡的是内容的真实性。史学家凭借史料，可以对各种个别性作出取舍，却不容许通过集中的手法去塑造典型，表达自己的史学观点。

在表达观点的语言运用上，史学讲究用词科学、严肃，而文学则较多的强调语言美。文学语言或者说作家的表述语言，大致有两类，一是辞藻华丽，二是语句平实。辞藻华丽与语句平实只要是真实情感的流露，均能给人以美感。因为，文学是一种艺术，是一种语言艺术，在表述文学家的观点时，它讲究含蓄，而不是平铺直叙。只有含蓄，才能给人回味，给人美感，才能成为真正的文学语言。史学则不同，它强调用词准确、严肃，更加注重表达的科学性。

当然，这并不是说史学家在表达"史识"时可以不讲究语言美。恰恰相反，一个好的治史者，能否较好地使用语言的修辞也是至关重要的。做到这一点尽管很难，但并不是高不可攀的。史学家表述史观的语言美，可使所写人物像文学家笔下塑造的人物那样形象生动，这方面司马迁为我们作出了榜样。《史记》中的历史人物写得极活，司马迁对表达自己"史识"的语言运用极其熟练，达到了炉火纯青的境界。日本学者斋藤正谦说："子长同叙智者，子房有子房风姿，陈平有陈平风姿；同叙勇者，廉颇有廉颇面目，樊哙有樊哙面目；同叙刺客，豫让之与专诸，聂政之与荆轲，才出一语，乃觉口气各不同。《高祖本纪》，见宽仁之气动于纸上，《项羽本纪》，觉暗恶叱咤来薄人。读一部《史记》，如直接当时人，亲睹其事，亲闻其语，使人乍喜乍愕，乍惧乍泣，不能自止。"鲁迅也说，《史记》是"史家之绝唱，无韵之《离骚》"，从史学和文学的角度高度评价了《史记》这部不朽的文史名著。

四

从品德的内涵和要求来看，史学和文学一样都有一个如何处理主客体关系的问题，也都是在处理主客体关系时体现史学家的"史德"或文学家的"文德"，但"史德"与"文德"相比有着不同的内涵和要求。

什么是"史德"？从古到今，不少史学家都对此进行了思考，并提出了种种见解。其中，以章学诚的观点最为精辟。他在《文史通义》一书中明确指出，所谓"史德"，"著书者之心术也"。何谓"心术"？章学诚解释道："盖欲良史者，当慎辨于天人之际，尽其天而不益以人也。尽其天而不益以人，虽未能至，苟允知之，亦足以称著书者之心术矣。"这段话含义深刻，包含的内容也十分丰富。章学诚认为，治史者在处理史料，提出"史识"时，一定要忠实于客观事实，真实地反映历史本来面目，尽可能"摆脱"历史撰述中主体意识的参与。做到这一点，尽管很难，但如果能朝这个目标努力，就可以说治史者的"史德"是高尚的，具备了成为良史的素质。

历史学的价值在于真实，真实性是历史学的精髓。作为一名治史者，应努力真实地记录或反映历史本来面目，这就是史学对治史者的"史德"要求。它构成了历史学的特点之四。

而"文德"的内涵和要求，显然不同于"史德"。"文德"包括两方面的内容，一方面是指"实录"生活；另一方面是指真实情感的流露。西方文学强调前者，中国的传统文学则强调后者。实际上，这两者是统一的。"实录"生活，是真实情感流露的基础和前提，反过来，如果不是真情实感的流露，要做到"实录"生活，同样不可能。既然文学的"文德"要求作家流露真情实感，就是说，作家在创作时，可以也应该把自己的全部情感注入作品，使人物、事件有血有肉，带有鲜明的个性和情感色彩。文学作品正是靠这一点，即以情动人来发挥文学功能的。

五

从功能效果看，史学和文学具有多功能性。

思考学科的功能，首先应确定一个参照系。单就文学而言，参照系不同，文学的功能也就不尽相同。如果史学与文学相比，在功能效果上，它们都有认识性功能和教育性功能。所不同的是，文学的认识性功能和教育性功能是以娱乐性功能为前提的。文学作品之所以比史学著作更具魅力，有着更广泛的读者群，是因为文学是一种艺术。文学作品寓教于乐，它能激发人的阅读的自觉性。作家是用艺术的手法来描写人类生活的片段、点滴。既然是用艺术的手法来写人、研究人，那文学就允许作家进行艺术加工，创造出引人入胜的情节，并用艺术的语言进行场景描写和心理描写，创造出一种身临其境，如见其人、如闻其声的艺术效果。这是"文德"所允许的。因此，文学作品更吸引读者，文学正是在给人以美感、给人以美的艺术享受的同时，实现它的认识性功能和教育性功能的。

而史学，由于"史德"的要求，治史者不允许虚构史实，不能凭想象来重构历史人物或复原历史事件，在语言表述上讲究用词科学、严肃，因此，史学著作要达到像文学作品那样对读者有极大的吸引力是比较困难的。史学的认识性功能和教育性功能是在人们非自觉的学习或研究中完成的。这可以看作是历史学的特点之五。

  以上所谈五点，构成了历史学的特点，是在同其他学科相比较中显现出来和存在的。历史学的特点，正是史学之所以成为史学的内因，也正是史学在漫长的学科发展变化中经久不衰，始终不为其他邻近社会学科如文学、哲学所取代的根本原因。

参考文献：

[1] 泷川资言. 史记会注考证 [M]. 上海：上海古籍出版社，1986.

（刊载于《绍兴师专学报》1992年第1期）

睁眼看世界的新起点
——鸦片战争前中英两国的相互认识

探讨鸦片战争的起因及其战争过程,离不开分析鸦片战争前的中英关系。而对于鸦片战争前的中英关系,以往人们往往忽略了贸易关系得以发生和展开的一个重要环节,鸦片战争前中英两国相互是怎么认识的?相互之间认识的差异及其原因又是什么?对这两个问题作些思考分析,无疑有助于深入理解第一次鸦片战争的历史原貌,也有助于启发当代中国人对"世情"和"国情"的认识,增强我们的开放意识。

一、鸦片战争前中国对英国的认识

鸦片战争前的中英交往,如果从康熙二十四年(1685年)开关贸易算起,至少有一个半世纪之久。在150多年的接触过程中,中国对英国的认识,大体上可概括为以下几点:

英国人的外貌特征不同于中国人。英国人"赤发""面粉绿眼""长身高鼻"。清朝人从"华夷之辨"的旧观念出发,把人种学上的不同特征,看作是人与动物、文明与野蛮的差异。这一观念,突出反映在对英国人的称呼上。在中国古代,"夷"可泛指一切异族。中国人往往把夷人看成禽兽,认为夷族是尚未开化的野蛮民族。所以当英国人来华,清朝人则视其为茹毛饮血之族,称其为"红毛夷"。既然英国人为"夷",那在同英国来华官方使团的接触中,双方之间就无平等外交礼仪可言。因此,在中英交往中,为礼仪问题频频发生争执。其根源就在于华夷宗藩秩序的传统观念已在清朝官员心中根深蒂固了。

英国是一个海上大国,其强大威力在于"船坚炮利"。英国"系外洋大国","英吉利恃其船炮,渐横海上,识者多以为忧","迩年以来,有英吉利贸易夷人,自恃富强,动违禁令。而其余各国,遂亦相率效尤,日形狂诞"。很显然,清朝看到了英国在世界各国中的地位,但这一看法是基于自身在当时世界中地位与作用的认识而得出的。乾隆帝说，"方今国力全盛"。不错，康乾时期，清朝国力强盛，出现了封建盛世的局面，但到了嘉道年间，清朝国力开始衰败，已非世界发展的中心。同时期的英国，随着资本主义制度的确立和经济的发展，随着对各国殖民掠夺的进一步扩展，日益强盛，成为海上头号强国。但是，包括皇帝在内的清朝官员却不了解中英力量正朝着不利于中国方面发展的新动向，不了解英国之所以强盛的原因，当然，也就不可能了解英国资本主义的性质和活动方式，更不可能了解英国对外殖民侵略活动的历史和现状。清政府中个别有识之士，虽然感受到了英国对我国沿海的安全有一种潜在的威胁。如龚自珍比较早地注意到了英国人"实乃巨诈，拒之则叩关，狎之则蠹国"，并揭露其"环伺澳门，以窥禹服"的侵略野心；葛云飞在定海任职时，察觉到英国图谋窜犯浙海，曾上书曰"广东禁鸦片令方急，外夷阴狡，恐为变，波及浙江，宜事先定谋"；包世臣在致友人的一封信中曾对英国侵占新加坡的后果产生过忧虑，指出"英夷去国五六万里，与中华争，势难相及。而新埔则近在时液，易为遭退"，"数十年后，虽求如目前之苟安而不能"。但是，鸦片战争前清朝官员很少有人发出过英国将会对中国采取战争行动的警告，朝野上下，绝大多数清朝官员对英国侵华的野心缺乏足够的认识。他们总认为，英国远离中国，再加上中国的强大，英国难以对华发动战争。即使是像林则徐那样出色的政治家，在中英战争前夕还认为，英国"万不敢以侵凌他国之术，窥伺中华"。总之，对英国侵华野心认识上的不足和偏差，导致中国放松了对英国的警惕，影响了备战的思想准备。

  至于中英通商贸易，清政府常将其看成是一种清对英的恩赐。乾隆帝在给英王的"敕谕"中说，"天朝物产丰盈，无所不有，原不藉外夷货物以通有无"。嘉庆帝认为："天朝富有四海，岂需尔小国（指英国）些微货物哉。"奉命前往广州查禁鸦片的林则徐到广州时也说："我中原数万里版舆，百产丰盈，并不藉资夷货。"林则徐所言，与数十年前乾隆帝答马戛尔尼请求通商时是同一腔调，他们都认为中英通商对中国来说可有可无，而英国却离不开中英贸易，否则就有生存危机。"因思茶叶、大黄、湖丝皆内地宝贵之物，而外洋不可一日无者。"林则徐在给外商的信中说，"茶叶一物，尔得之则生，不得则亡"。可贵的是，林则徐在对"英夷"情况有所了解之后，逐渐改变了初到广州时对中英通商贸易的看法。

他认识到中英贸易是一种历史发展的趋势。他说："利之所在，谁不争趋，既使此国不来，彼国岂肯不至？纵令一年偶少，次年总必加多。且闻华民惯见夷商获利之厚，莫不歆羡垂涎，以为内地人格于定例，不准赴各国贸易以致利薮转归外夷。此固市共之谈，不足以宗大义，然就此察看，则其不患无人经商，亦已明甚矣。"顺此思路，林则徐提出两点主张，一是要积极开展对外贸易，允许外商来华；二是要正确区分正当贸易和各种非法活动，实行"奉法者来之，抗法者去之"的开明政策。应当承认，林则徐的对外贸易观能随形势的变化而有所发展，这是不简单的。但需要指出的是，第一，整个朝野上下，像林则徐那样，从变化发展的角度去认识中英贸易的人极少，多数人是以恩赐的眼光去看待中英通商。第二，林则徐虽然看到了鸦片走私等非法贸易活动与正当贸易的不同，并主张加以区别对待。但在实际工作中，把来华英商都看作是"素性桀骜"的英夷，看不到英商之间的差异，在当时，主要表现在看不清东印度公司（即公班卫）与散商（即港脚商人）之间的差异。东印度公司与散商，既有相互利用的一面，也有利害冲突的一面。东印度公司的主要业务是来华茶叶贸易，而散商主要经营贩运印度棉花和鸦片，鸦片又主要是走私而来，其侵略性比东印度公司强。遗憾的是，林则徐等人对此缺乏认识，当然也就谈不上制定区别对待的有效对策了。

对英国在华的非法活动有一定程度的认识，并采取了相应的防范措施。但其效果不尽人意，这是由于认识上的缺陷所造成。英国在华的种种非法活动，战前最主要的是鸦片走私贸易和掠夺中国领土这两项。鸦片大量进入中国，主要是在19世纪30年代。清政府对鸦片泛滥的危害性早有认识，自雍正朝开始，历朝颁布了一次又一次的禁烟令，其禁烟的严厉性一次甚于一次，禁烟措施从内禁为主到内外禁结合，日趋完备。平心而论，清政府的禁烟也有一定成效。其中，1839年林则徐在广州查禁鸦片最有声势。但总体而言，鸦片之害愈演愈烈，屡禁不止。这主要归咎于清政府对鸦片问题认识不足。清政府没有把鸦片问题放到整个中英贸易关系中去考察，认识不到英政府保护鸦片走私是作为平衡中英贸易的一种手段，是作为打开中国商品市场大门的工具；认识不到英属印度政府财政来源与鸦片贸易的关系；认识不到鸦片贩子及英国资产阶级纺织利益集团与鸦片走私的密切关系。总之，由于认识不到鸦片走私与英国极为密切的利益关系，清政府难以认清英国为何不惜动用武力来保护鸦片走私、迫使中国屈服的真实原因。再看"掠夺中国领土"。英国对华,很早就有领土要求。英国派遣的来华官方使团,如马戛尔尼使团、阿美士德使团等,在所提各项要求中,均有领土要求这一项内容。此外,英国兵舰曾多次来华挑衅示威,甚至武力强占,非常无理地要求在中国取得一个所谓的"独立的居留地"。对于英国向中国所提的领土要求,清政府始终抱有警惕,并断然予以拒绝。鸦片战争前的中国人,虽然对英国在世界各地的所作所为,知之甚少,但因英国人而来到中国的葡萄牙人、西班牙人、荷兰人的海盗行径,早已激起了中国人的"仇恨和憎恶"。在清朝人眼里,英国人跟葡萄牙人和荷兰人一样,都是尚未开化的"白夷",具有同样的侵略性。英国所提领土要求,已不是商业贸易上的平等互利的开埠通商,而是要强占中国的领土,并以此为据点,进一步扩大对华侵略活动,把中国纳入英国的殖民体系中去。因此,清政府拒绝英国领土要求,具有维护中国主权的正义性。

视西方科学技术成果为"奇技淫巧"而不屑一顾。17~18世纪,英国是世界上科学技术最发达的国家。对于利用传教士的科技知识为封建统治服务,乾隆、嘉庆、道光三朝,远不如康熙帝那样热心。自乾隆以后,随着教禁日严、来华传教士锐减,西方科学技术知识的传入媒介消失,再加上大兴文字狱,造成了朝野上下极少有人问津科学技术的局面,大多数人视西方科技成果为"奇技淫巧"。如乾隆帝,虽然是一位颇有作为的封建君主,但他始终对西方科技采取藐视的态度。1793年,马戛尔尼使团来华,带来了大批科学仪器赠送给乾隆帝。乾隆帝在给英王的"敕谕"中说:"其实天朝德威远被,万国来王,种种贵重之物,梯航毕集,无所不有。尔之正使等所亲见。然从不贵奇巧,并无更需尔国制办物件。"由于朝野上下鄙视西方科技,当然谈不上引进西方科技了。其结果,就是使一度曾居于世界前列的我国科技落后英国近二百年之久。科技的落后,在当时集中表现在武器上。以火炮为例,明末清初,中英两国制炮技术接近。由于乾隆、嘉庆、道光三朝中断了西方科技的引进,当1840年鸦片战争爆发时,清军所拥有的主要是大刀、长矛等冷兵器,少量的火炮都是康熙、雍正年间遗留下的,已破旧不堪,而英国,在17世纪西洋火炮的基础上,有了较大的改进,"船坚炮利"颇有威力。结果,中国终因科技落后而挨打。

二、鸦片战争前英国对中国的认识

以英国官方代表团来华为界,英国对中国的认识,大体上可分为两个阶段。中英两国正式接触前,为第一阶段;正式接触至第一次鸦片战争的爆发,为第二阶段。

第一阶段,在众多英国人眼里,中国是一个令人神往的东方古国。这主要是《马可·波罗游记》的广泛影响及西方传教士来华之后带回去的信息传播所至。

第二阶段,马戛尔尼、阿美士德等官方使团来华后,英国认识到,中国是一个停滞不前的落后国家,并给予否定的评价。形成这种对华认识的原因,主要有两方面。一方面,18~19世纪,随着英国资本主义经济的飞速发展,带来了英国人观念上的一系列变化。他们要求自由贸易,反对专制。换句话说,如果从更广泛的意义上来理解,当时的英国人在生活的各个领域都把自己与各种进步、各种新观念相联系,愈来愈多的人把这种对世界的新看法等同于思想上的启蒙。而同时期的中国,却仍然在人为地限制自由贸易,推行闭关政策,坚持君主制,拒绝接受外界的新事物。因此,在许多英国人眼里,中国简直就像一个过时的社会。另一方面,马戛尔尼、阿美士德使团来华,对清政府进行了各方面的观察,特别是胡夏米乘"阿美士德"号间谍船对中国东南沿海清廷虚实窥探之后,终于形成了中国已经衰败落后、不堪一击的总体评价。

应当指出,在第二阶段,英国对华认识是多方面的,但主要集中在三方面。其中,有些符合中国实际,有些却是错误的。

区别看待中国的"民"与"官"。首先,英国人认识到应把中国的"民"与"官"区别开来。1825年胡夏米在给英国外交大臣巴麦尊的信中谈到了他对中国"民"的看法。他说:"尽管卑怯如中国人,但是如果我们激起他们民族的反抗精神,他们就可能,并且必然会证明他们乃是出乎我们想象之外的可怕人物。因此,我们的政策就应该避免激怒人民,在一切场合不对他们怀抱任何敌对的情绪。"应当承认,胡夏米的观察不无道理。中国人民一向富有反抗外族侵略和统治的爱国传统,这一点已为历次反侵略战争所证实。但英国在对华侵略的实际过程中,是不可能做到"在一切场合不对他们怀抱任何敌对的情绪"的。事实上,英国殖民者来华后，残杀了无数中国百姓。其次，英国把中国的"官"划分为京官和地方官。英国人来华，最初接触到的是广州地方官。由于清朝高度集权，"人臣无外交"，在处理对外事务中，广州地方官没有多大的主动性和灵活性可言，再加上英国人对广州一口通商制度的不满，他们认为，广州地方官迂腐无能，但这与北京朝廷没有多大关系。马戛尔尼、阿美士德都希望由北京皇帝来纠正广州的陋规，从而达到他们的目的。直到1834年律劳卑来华，他还把广州制度与北京朝廷分开来考虑。后来，英国驻广州几任商务监督同中国官员的多次接触之后，他们才认识到京官与广州地方官并无实质差别，对外界的"世情"同样愚昧无知，英国终于不把北京朝廷当作交涉对象而是视作打击对象。

对中国市场潜力的认识过于乐观。英国看到了中国的生产工具落后于英国。"中国每年从印度输入棉花二十五万包，并出产大量棉花以供自己消费。所有这些棉花都经妇女纺成棉纱，不用任何机械去帮助体力劳动，纱布品质恶劣；尽管中国人勤劳耐苦，劳动价格低廉，其成本总远在我们所能用的供应他们的成本之上。因为我们是用机械技巧帮助劳动的。"据此，英国认为，由于英国采用机器生产，生产能力大，产品价廉物美，因而在中国市场上潜力广阔。"如果把那个国家（指中国）的市场开放给自由贸易商人，则英国货在那个市场上的销量将比其余全部国家的总销量还要大。"但是，英国对中国市场潜力推断过于乐观。长期以来，英国的棉纺织品在中国缺乏广阔的市场。中英贸易中，英国处于入超的不利地位。英国人把原因归结为：第一，中国海关关税过重和公行垄断贸易；第二，风俗习惯不同；第三，中国人"对于一切新奇的东西总是抗拒的"这一国民性所致。英国商人只好叹息道："很明显，销售英国棉制品的时代还没有到来。"其实，英国棉纺织品不能迅速在中国开拓广阔市场的根本原因在于中国自给自足的自然经济结构具有顽强抵抗力。"自给自足"，听起来充满"诗情画意"，但说穿了，就是一个"缺"字。当时人不是不喜欢工业品，而是因为无钱购买。鸦片战争前，英国人对中国封建社会的自然经济的实质缺乏真正的了解。直到19世纪40年代末，即鸦片战争之后若干年，英国在对中国市场作了广泛调查之后，才发现，英国棉纺织品之所以未能在中国畅销，是由于中国农业与手工业相结合的自然经济对洋货具有顽强的抵抗力的缘故。为了摧毁中国原有的经济结构，打开中国的市场大门，英国再一次用武力发动了侵华战争。

清朝海防形同虚设不堪一击。马戛尔尼使团来华，对中国进行了极为仔细的实地观察。作家刘半农在他译述的《乾隆英使觐见记》一书序言中说："英使马戛尔尼自述。凡纯皇（指乾隆帝）之政见起居，内廷服御之侈靡，朝臣之庸聩，有司百僚之趋跄奔走，酬应供张之繁缛，编户齐民之活计疾苦，罔不按其目击耳食所及，一一记之。盖自有此书，而吾国内情；向之闭关自守不以示人者，甚今乃尽为英人所烛。彼其尺进寸益，穷日之见，各有形无形以谋吾者，未始非此书为其先导也。"马戛尔尼根据观察所得，认为"英国只要动用少许兵船就能胜中华帝国的整个海军，在不到一个夏季的时间里，破坏中国海岸的整个航运。"到胡夏米来华之后，英国则更轻视中国的海防。1832年胡夏米乘"阿美士德"号间谍船自南向北，从澳门北上厦门、福州、舟山、宁波、上海、威海卫等多个中国港口，多方刺探中国情报，窥探中国的海防力量。根据这次"侦察"所得，胡夏米得出两点认识：第一，中国沿海地理有利于英国的军事行动；第二，中国的海防力量极弱，不堪一击。为此，胡夏米向巴麦尊提供了一个具体的侵华作战方案。英国在之后的鸦片战争中基本上采纳了这套作战方案。由此可见，英国发动侵华鸦片战争是蓄谋已久，早有准备的。

三、两国相互认识的巨大差异及其原因

认识动机的差异。英国认识中国，是为了打开中国市场的大门。为了进一步在中国扩展倾销英国工业品市场，掠夺廉价原料，英国不惜用武力发动侵华战争，以实现其目的。英国了解中国的目的和动机都很明确。18～19世纪的英国，处于资本主义发展的鼎盛时期，恰如马克思在《共产党宣言》中所概括的那样，它的时代特征是，"要用自己的面貌去改变世界"。对中国来说，这就意味着要把中国纳入英国殖民体系中去，使整个"东方从属于西方"。英国殖民主义者了解中国的本质在于侵略和掠夺。"资本主义如果不经常扩大其统治范围，如果不开发新的地方并把非资本主义的古老国家卷入世界经济旋涡，它就不能存在和发展"。英国正是从这样的目的和动机出发来审视和认识中国的。因此，在了解认识中国的过程中，始终抱着积极主动的态度。马戛尔尼使团、阿美士德使团以及

后来的胡夏米等来华,对中国的一动一静,事无巨细加以搜罗分析,并能迅速做出适当反应。第一次鸦片战争中,英国对华的作战计划,就是根据胡夏米的建议计划制订的。

中国了解英国,是迫于外界压力,缺乏内在动力。根据史书记载,古代中国曾同许多国家或民族有过联系和往来,其中同中国有特殊交往关系(即"朝贡"关外)的国家,交往更为密切。但长期以来,中国一般都以"天朝"的眼光,将生活在其他地区的人们视为蛮夷。中国认识域外各国、各民族的基本出发点,往往是为了满足大国虚荣,出于怀柔远夷的基本动机去猎奇外域的奇风异俗。当英国人来华时,清政府视其为蛮夷之人,对他们也采用经常用来对付亚洲腹地夷狄的"羁縻"政策。一方面,在商业和私人交往方面让步,用贸易特权和友谊去收买英国的好战分子;另一方面,用中国文明的等级礼制来设置各种限制。上文所述马戛尔尼、阿美士德代表团来华觐见中国皇帝时的礼仪之争,颇能说明这一点。因此,中国在了解和认识英国时,往往显得消极被动。当外部压力来临之际,一部分优秀分子开始主动了解英国,但当威胁一过或形势趋向缓和时,大多数中国人,则立刻复归于旧,不思进一步了解和认识。鸦片战争前中国对英国的认识历程大致如此。

认识程度的差异。如果把中英相互认识,放到东西方相互认识的大环境中考察,我们会发现,西方殖民势力东来以前,东西方互不了解。哥伦布把古巴误认为中国,把海地误认为日本。东方则不辨英国和荷兰,统称"红毛夷"。但殖民主义东侵后,西方通过传教士及官方使团,研究了东方,但东方对西方的了解却相形见绌。

英国通过派遣使臣来华和整理分析鸦片贩子及商人提供的中国情报,战前对中国的了解,主要是上述三方面。其中比较深入具体的,是关于通商贸易和清朝海防实力两方面。英国看到中国地广人多,生产工具又很落后,但对中国市场潜力的认识显然过于乐观,他们不了解中国封建经济结构的实质,当然更不可能对建立于封建经济基础之上的中国政治和文化有一个基本认识。英国虽然也看到了清朝内部腐败,软弱可欺,特别是海防力量的薄弱,但他们低估了中国人对异族入侵的顽强抵抗力,看不到在爱国主义熏陶下的广大中国官兵的高昂斗志。因此，就总体而言，战前英国对中国虽有了解，但知之不多。

中国对英国的认识，就大多数中国人来说，处于"无知"状态。但少数先进的知识分子，即道光年间提倡"经世之学"的官僚士大夫，如林则徐、包世臣、龚自珍、魏源等，对英国还是有不少正确认识的。战前林则徐诸人的正确认识，主要体现在：一是比较主动去了解"夷情"，对英国"素性桀骜"的特点有所认识；二是区别对待中英正当贸易和非法活动；三是看到了英国"船坚炮利"的"夷之长技"。

造成战前大多数中国人对英国"无知"或"少知"的原因何在？有的学者从文化心态上进行分析，认为根源在于"天朝自大"的盲目优越感。那么，深藏在中国传统的文化优越感背后，影响或制约中国人自给自足的文化心理的因素又是什么？我们认为，至少可以从以下三个角度去挖掘。

第一，与中国人基本的人生观有关。

知足常乐是中国人基本的人生观。从古到今，有关知足常乐这一人生观的格言警句颇多。俗话所说"见好就收"，言简意赅地表达了适可而止的知足思想。费孝通分析说："知足常乐是对匮乏经济高度适应的人生观。"他说："在资源有限的匮乏经济里有不知道安分的人，而且对于物质享受的爱好，本是人性之常，但是这种精神并不能使人在这种处境中获得满足，于是有知足安分的观念产生。这种观念把人安置在这种环境里。"费老的分析，精辟而深刻地点出了知足常乐人生观产生的社会经济根源。很显然，知足常乐的人生观，使中国人安于现状，缺乏冒险精神，同西方人在生活中追求狂欢刺激的人生，形成了两种截然不同的人格特点。英国人来华，本质是为了侵略和掠夺，但这与英国人富有冒险进取的人生观有关，而中国人由于安于现状，陶醉在传统的文化优越感之中，不屑于了解"世情"。中国知识分子在治学上虽然标榜以"穷天人之际，通古今之变"为理想境界，然而这一宗旨在探索域外时却常常是不适用的。战前，没有清朝官员到过英国，对英国的认识缺乏第一手情报。

第二，与"贵义轻利"的传统价值观有关。

"贵义轻利"，通俗言之，就是表现为强烈的精神需要，渴求心理满足及相对淡薄的功利要求。在对外关系中，则往往表现为过于看重外交礼节，把礼仪看得高于一切。如清政府在接待英使马戛尔尼时，就觐见乾隆帝礼节一事与英商反复磋商。《掌故丛编》从军机处档案中汇辑有关英国使团的八十二件文件中，涉及交涉觐见礼节的就有二十件之多。包括皇帝在内的满朝官员，沉醉于传统文化的优越感之中，不肯在外交礼仪方面作出让步。他们所热衷的是没有多大实际利益的礼仪尊严，而对双方均可获利的通商贸易则毫无兴趣。因为平等的通商就不能满足自大心理。

第三，与知识分子的传统学问观有关。

一千多年来，中国的知识分子形成了一种不为功名不读书的坏传统。这种不为功名不读书的传统社会心理，抑制了知识分子努力了解域外世界愿望的萌发。因为，在科举取士制度中，科举考试科目，不过是儒家经典诗文，八股试帖而已，并没有了解中国之外各国情况的内容要求。在当时的士大夫眼里，似乎世间一切学问，均被经学囊括无遗。这就是士大夫的学问观。清人姚鼐说："余尝论学问之事，有三端焉，曰：义理也，考证也，文章也。"汉学家戴震也把做学问的路子分为义理、制数、文章三种。总之，在中国知识分子眼里，唯有儒家经典才是真正的学问。这种狭隘的学问观，贻害了一代又一代读书人，使得中国人在英国人到来之后仍然无意去了解和认识西方。

参考文献：

[1] 张之毅．清代闭关自守政策问题辨析 [J]．历史研究，1988 (5)：48-63．

[2] 中山大学历史系中国近代现代史教研组、研究室．林则徐集：奏稿（中）[M]．北京：中华书局，1965：640，677．

[3] 中山大学历史系中国近代现代史教研组研究室．林则徐集：公牍 [M]．北京：中华书局，1963：59．

[4] 张寄谦．中国通史讲稿（下）[M]．北京：北京大学出版社，1984：27-36．

[5] 中国第一历史档案馆．鸦片战争档案史料：第一册 [M]．上海：上海人民出版社，1987．

[6] 姚贤镐．中国近代对外贸易史资料：第一册 [M]．北京：中华书局，1962：339-340．

[7] 严中平．科学研究方法十讲 [M]．北京：人民出版社，1986：188．

[8] 冯尔康．雍正传 [M]．北京：人民出版社，1985：405．

[9] 严中平. 英国资产阶级纺织利益集团与两次鸦片战争史料（上）[J]. 经济研究，1955（1）：64-72.

[10] 严中平. 英国资产阶级纺织利益集团与两次鸦片战争的史料（下）[J]. 经济研究，1955（2）：107-128.

[11] 中共中央马克思恩格斯列宁斯大林著作编译局. 马克思恩格斯选集：第一卷[M]. 北京：人民出版社，1972：251.

[12] 中共中央马克思恩格斯列宁斯大林著作编译局. 列宁全集：第三卷[M]. 北京：人民出版社，1984：545.

[13] 严中平. 殖民主义海盗哥伦布[J]. 历史研究，1977年（1）：130-144.

[14] 费孝通. 乡土重建[M]. 上海：上海观察社，1948：6.

（刊载于《绍兴师专学报》1992年第3期）

略论王金发督绍

1911年11月10日至1912年8月1日，王金发在担任绍兴军政分府都督期间，果断地推行了一系列改革措施，给古城绍兴带来新的变化。对于王金发督绍的历史，半个多世纪以来，评价很不一致。其中有一种意见认为王金发督绍是"祸绍"。其历史面目究竟如何呢？我们以历史的公正的角度评价王金发的督绍，不仅有助于全面地评价王金发的一生，而且也有利于正确对待革命党人所建政权的评价问题。本文围绕这个问题，谈一点肤浅的看法。不当之处，敬请同志们批评指正。

（一）王金发赴绍的主导思想

1911年10月10日，震惊中外的武昌起义爆发了。起义的胜利，振奋了全国人心，极大地鼓舞了革命党人的斗志，他们在全国各地展开了猛烈的革命攻势。

1911年11月5日，省城杭州光复。接着全省各地闻风响应，纷纷宣布独立或反正。绍兴的旧官僚旧乡绅匆匆组织了以前清知府程赞清（绰号程长毛）和章介眉（系前清浙江巡抚衙门刑名师爷，杀害秋瑾的主谋之一，武昌起义后，匿居绍兴）等人为首的绍兴军政府。但是，广大人民群众，特别是鲁迅和越社的进步青年对这个"内骨子依旧"的军政府极为愤怒。他们派代表赴省要求浙江军政府派员来绍督理。1911年11月10日，王金发率部抵绍，立即解散绍兴军政府，另建绍兴军政分府，自任绍兴军政分府都督。

王金发对汤寿潜出任第一任浙江军政府都督极为不满。他说："秋瑾被害，喧传汤寿潜曾赞一词，不应举为都督，予等拚生命，炸军库，而汤某坐火车来，为现成都督，奈何坐视不管？"由于他的意见得不到多数人的支持，即与蒋介石赶往上海找陈其美论理。不料陈其美也主张由汤寿潜出任都督，但为了缓和矛盾，陈其美让蒋介石担任沪军第一师副师长兼第一团团长，任命王金发为浙江实业部长。蒋介石有了高官也就默不作声了。王金发则当面拒绝任实业部长，不愿与汤寿潜合作。

王金发回到杭州，在绍兴革命党人的邀请下，他带兵去绍兴，来了个真光复。这时杭州、上海虽已光复，南京的张勋却负隅顽抗。浙江军政府组织了援宁浙军支队北上，当时，汤寿潜对于王金发去绍自封都督也感到无可奈何。一则王金发为光复杭州立下了汗马功劳，在革命党人之间有一定影响；二则王金发掌握一定的武装力量。鉴于这样的情况，汤寿潜曾想将王金发调离绍兴，叫他去攻打南京。浙江军政府曾经有这样的决定："军政府攻宁之兵虽称极盛，然张勋冥顽不灵，非厚集兵力，仍恐未能奏效，军政府以绍兴分府王季高为光复军中之健将，请其督队出援，予以精锐，给予厚糈，带领义勇队星夜赴援。"不过，这是一种调虎离山之计，因为所谓"予以精锐、给予厚糈"，始终是一句空话，只是想让王金发率领手下有限的队伍去援宁。而王金发却以大局为重，甘愿参加北伐。于是，他在绍兴招兵买马，扩编军队，购买枪械子弹，加紧训练。不久，南京光复，但是他没有放弃革命武装力量，为了将革命进行到底，随时准备率师北伐（渡江北上，与清军交战），摧毁清朝。

1911年12月25日，孙中山先生从国外回到上海。经陈其美的介绍，王金发在辛亥年底到上海谒见孙中山。孙中山得知王金发不愿在杭州当高官而要去绍兴，曾面询其故。王金发称"为要直捣黄龙"。王金发认为，要使革命彻底胜利，须北伐；为了北伐，必须编练军队；无论练军或北伐，首先要经费。绍郡地方虽小，锡箔和老酒却远销全球。两项捐税，可供练军及北伐的经费。孙中山听后，很称赞王金发的想法，高兴地称王金发为"东南一英杰"，并嘱王金发以绍郡为基地，加紧练兵，准备北伐。不久，南京临时政府黄兴总长奉总统命令编练北伐国民军，委任"……王金发为副司令。定宁波、绍兴为练兵地。"由于孙中山先生的大力支持，王金发对北伐就更有信心了。为了不辜负孙中山先生的殷切期望，并实现自己的北伐反清夙愿，王金发就把主要的精力和工作都放在筹饷、练兵等北伐准备工作上面。

1912年2月15日，袁世凯登上了大总统的宝座，政治形势明显逆转。拥袁反孙的浪潮嚣张，但是王金发还是坚定地站在孙中山一边，对袁世凯有所警惕。他在部队内宣布"诫兵士书"，要求"愿我诸兵存心吃苦"，提出遵守纪律，勤加操练的六条"戒律"。王金发强调指出，"胡虏心不死，今已在北（京）煽动，各国进兵干涉，后事未可知，请速练训戒备，至祷。"王金发为之"昕日训练，目不交睫者累月。"袁世凯上台后，就勒令各地军政分府一律取消，当绍兴军政分府被迫取消时，王金发仍然留下一团，交由俞丹屏率领赴宁波暂驻，内河水师亦保留了一部分，仍由何悲夫率领。王金发不愿把部队遣散，目的是保存革命力量，继续革命。

从上可见，王金发的言行处处表现出不与旧势力妥协，要将革命进行到底的精神。练兵北伐，这是王金发督绍全过程的主导思想。正是在这种主导思想的指导下，他在政治、军事、经济、文化教育等各个方面陆续推行了一系列的改革措施。

（二）王金发督绍期间的措施

首先在政治方面。他下令镇压了一批反动人物，其中有恶霸地主宗社党人，反革命者，共五十多人。没收最反动的地主的田产，拨作秋社、徐祠祭产。如对章介眉，王金发则"籍没其家。……因于入官之产，拨出二十亩，为先姐（指秋瑾）永久祀产，交由大侄负责保管，永久为例。"还隆重公祭徐锡麟、秋瑾等先烈。果断拘捕杀害秋瑾的谋犯章介眉，并调集卷案，准备公审。由于章的社会关系很复杂，最后王金发释放了章介眉，留下了后患，这是他的过失。此外，他还下令打开监狱，释放被清政府关押的狱犯。

在军事方面。王金发来绍时，临时从杭州招募了三百新兵。到了绍兴，立即遣散了清朝的地方军队，同时成立了一个团，其后扩充成旅，拟成立一个师，派何悲夫为水师管带，负责编练水师，由魏峰和尚组织僧兵团，日夜练兵，准备北伐。他的兵力在浙江几个军政分府中是最强的。

这支军队是采用什么方法组织起来的？成分、来源如何？《越铎日报》曾经议论过，兵制大约有三种：募兵制、征兵制、民兵制，权衡利弊，以征兵制为宜。募兵制，以钱雇佣军人，军人之"目的在金钱，其希望在避死，惟其然焉，遇敌则效鼠窜，对良民则显虎威"，是以"戚族鄙之，社会贱之"。民兵制，无强制服役之规定，"则兵少，财乏，内外交迫之秋，将何法以救之乎？""为保全主权，永谋和平计"，应实行征兵制。鲁迅曾经说过，这些军队是"各自筹费，各自招兵"。由于没有直接的文献记载，根据以上间接的原始资料，我们是否可以认为，王金发的这些军队是应用募兵制而临时组织起来的呢？正因为军队是临时招募来的，所以成分极为复杂，素质也差。王金发对此也很重视，曾经严厉地处分了一些扰乱社会秩序的士兵。他还每星期向各营演说一次，"于智、情、意三字，反复譬解，以诱进军人道德，颇见功效"。因而"对于减饷裁兵及迁调军队之际，都无如何反动。且各处兵变，时有所闻，而绍兴始终未罹此勘"。

经济方面。王金发贴出告示，蠲免田赋一年。大力整顿茶盐两税。"盐税积弊素深，私枭充斥。王金发过去从事地下活动时，与此辈中人，本有联络，洞悉其中情况，至是乃将其中互魁邀来，给以虚衔，羁縻幕下，派胡士俊为盐场知事，对多年积弊大刀阔斧，加以削除。"而"绍兴盐查局，管理皖浙五省盐税，岁收约七八十万元。"所以盐税改革的效果比较大。兴办实业，"在绍时发起'越中习艺所'，由政府拨款二万元作开办费，又发起'杭州贫民女工厂'，由绍兴分府拨款万余元"。

为了保证编练军队的经费需要，王金发积极筹饷。岑梦楼在《王金发》一书中记载："（王金发）借助饷为名，擅自没收制造局长总办张梦宝财产，约值三千元"……东关景某，以沙地致富，城区胡某，以开设××致富，前后均为所剥削。其余绅富之家，集为册，按户而诛之，或扣执某人而搜虐之，若胡匪绑票之所为，不罄其囊不止……"岑梦楼用贬王的态度来记载的，但它反映出王金发筹饷的主要对象是大户大家。所以，他的筹饷行动，对当地地主乡绅的冲击是比较厉害的，其结果势必引起这些反动分子的咒骂和痛恨。

文化教育方面。整顿中小学教育，团结进步人士，任命鲁迅为山会学堂堂长。曾一度资助兴办《越铎日报》，倾听正当言论。王金发对越社、秋社的各种事业和活动也曾积极支持。此外，王金发在移风易俗方面也做了一些工作，比如严禁鸦片。"王于鸦片，素所深恨，当欲一月禁绝。后经众议，允以年终为限。"

王金发督绍的各种措施，体现了登上政治舞台的资产阶级革命派力图实行的新政和改革。这些措施虽不够完善，但它能顺应历史发展的趋势，是符合国家和民众利益的，因而具有进步性和革命性。

（三）"祸绍"之说的由来

1912年1月3日，《越铎日报》创刊。在早初的一个月中，报纸曾经勇敢地嘲讽了混入新政府的旧官绅们的腐败，坚决地揭发了章介眉等人的罪行。当时报纸对于王金发并没有谩骂，有时则提出一点建议和希望。《越铎日报》和王金发之间的关系还不坏，而人民对王金发没有恶感。但是1912年2月3日的《越铎日报》突然刊登了"敬告绍兴军政分府""军政分府之大发财"等几篇长文，对王金发及其军政分府进行诽谤、攻击。从这以后，报纸发表了章介眉痛骂王金发的长文，并连续发表社论，宣布王金发"祸绍"的"十大罪状"，指责王金发是"祸绍"罪首，同时攻击黄伯卿、黄介卿、黄竞白，并派人向浙江军政府控告"三黄"。其他各地报纸也都吠影吠声，于是，"王金发祸绍殃民"的名声，也就传播全国了。

绍兴的地方乡绅为什么在这个时候突然大肆攻击王金发"祸绍"呢？这并不是偶然的，是有其深刻的社会原因的。

首先，是因为绍兴的地方反动势力特别猖獗。由于王金发比较迅速地实行了一系列改革措施，特别是镇压反革命，逮捕章介眉，没收反动地主田产充作先烈祭产，强迫官绅富户承担军饷。这就极大地损害了地主士绅的利益。他们自然不甘心失败。我们也知道，辛亥革命虽然推翻了清王朝封建皇帝，但要清除中国大地上盘根错节的封建势力，绝非易事。鲁迅在武昌起义不久后曾说："专制永长，昭苏非易"，"桎梏顿解，卷挚尚多"。他早就意识到这场斗争的艰巨性。而实际上，从绍兴光复到军政分府取消为止，顽固的封建势力同资产阶级革命派之间的一场场争权斗争始终都是相当尖锐的。请看下列事实：

绍兴一得到杭州光复的消息，当地的旧士绅就抢先宣布成立绍兴分府。从1911年11月6日至11月10日，这个假光复政府存在的短短几天内，新旧势力之间就展开了一场复杂的斗争。据项强所记："杭垣光复时，绍郡新旧两派之暗潮，均恐惧特甚。表面虽已遍插白旗，而里面无意识之竞争亦达顶点。时南北尚相持不下，绍郡执军政者又系前清知府程赞清，新派既力主易帜，尚虑满人死灰复燃，倘一旦重执省权，己等必大不利；而与秋案有关者，尤栗栗危惧。旧派虽同附和，帷前曾痛诋徐、秋，闻徐、秋死党王金发近颇得势，惧其来绍报复，恐慌比新派尤甚。然卒为新派所捷足，由钱某潜赴杭垣，迎王金发来绍。"（这里所谓"新派"，是指刘大白、陈子英、杜梅生等人；所谓"旧派"，是指章介眉、傅励臣等辈。）尽管记事作者的观点和文中所谓"新"和"旧"的概念等都存在问题，但所谈各点也多少反映了当时的一些客观情况，说明当时的斗争是尖锐的。

1911年11月10日，王金发来绍，旧的绍兴分府垮台。王金发镇压了一批反革命分子，但他留用了程赞清，后来又释放了章介眉，至于所辖各县的行政司法权仍然由地主士绅胥吏操纵。所以，千百年来封建传统势力，并没有受到真正的猛烈冲击。由于种种原因，王金发对一些不很明显的反动分子还是宽容的，而这些反动分子也正因如此，才得以在后来进行反扑。他们想尽一切明的暗的办法要把尚未巩固起来的政权搞垮。鲁迅在《这个与那个》这篇杂文中指出了"捧"与"挖"是他们惯用的两种反革命手段。事实上，他们也正用这两面派手段，一方面，他们对王金发群起而捧之，这个拜会，那个恭维，今天送衣料，明天送翅席，捧得王金发忘乎所以，大做王都督；另一方面，他们又千方百计地分化瓦解革命队伍。《越铎日报》后期的分化就说明了这一点。我们知道，20世纪初，在阶级矛盾日益尖锐的条件下，一部分地主阶级开明人士也参加革命，进行反清活动。当时的孙德卿、沈定一、徐叔荪都是这一类人物。他们曾同情和支持过革命。但是，该报总编辑宋紫佩等人却不愿为他们所用。这样，他们就不择手段地趁宋等人不在报社时，强行改组报社，由孙德卿任总经理，挤掉了宋紫佩等人，控制了《越铎日报》，接着，在报刊上发表文章，大肆攻击王金发军政分府。

其次，袁世凯上台后，全国革命形势的恶化，助长了绍兴地方反动势力攻击王金发的气焰。1912年2月以后，孙中山提出辞职的事件表明，全国以帝国主义为后台，袁世凯为中心人物的各种反动势力已结成相当强大的联盟，全国形势急骤逆转，在这样的政治背景下，绍兴的地主乡绅更是肆无忌惮了。他们在报上接二连三地发表了大量骂王金发是"祸绍"，为章介眉呼冤的文章。到后来，对支持王金发的孙中山先生进行人身攻击，斥责孙中山是"怪诞悖谬"，称袁世凯是"偃兵息戈""统一山河"的"民国功臣"。

当然，我们也要看到王金发本人也有不少缺陷和弊端，使地主乡绅的攻击有了可乘之机。地主乡绅为了进行反革命报复，搞垮王金发政府，往往抓住一点，不及其余，甚至无中生有，恶毒攻击。我们应有清醒的认识，不能因此而否定王金发督绍的历史功绩，同时，我们也必须看到王金发在督绍期间，的确犯了不少错误，主要表现在下面几点：

一是王金发富有革命的热情，但他缺少革命理论的修养。诚如他亲密战友谢震指出："王逸之为人，天性豪迈，而卞急少涵养，又无远虑，故其行亦瑕瑜互见。""做事任其天然之性，喜笑怒骂，皆露本质。"所以在处理问题的时候，有时比较粗暴、任性。比如，他对违法犯纪兵员的处罚，往往出于个人之冲动，而不能制定有效的制度来教育士兵，提高士兵的思想觉悟，再加上军队成分复杂，导致士兵扰乱社会秩序的事常常发生。鲁迅在《军界痛言》一文中指出，"今也吾绍之军人，其自待为何如乎？成群闲游者有之，互相斗殴者有之，宿娼寻欢者有之，捉赌私罚者有之……"这样的军队，老百姓自然是讨厌的。

二是用人不当。王金发原为会党的头目，在徐锡麟的引导下，他走上了真正的革命道路。但是不久，徐锡麟壮烈牺牲，这对王金发的成长是极为不利的。1907年至1911年，王金发主要是在嵊县从事秘密反清活动。因而在他的身上还保留着比较浓厚的会党色彩。比如讲义气。这种会党习气，对他用人产生很深的影响。由于重义气，目光势必比较狭小，往往考虑到小集团的利益得失，一旦当了官，大权在握时，就容易凭个人的好恶来用人。比如，黄伯卿任财政科长，黄介卿任总务科长，王金发之舅父徐献琛任盐税局长，金发之表弟沈守鉴委之为酒税局长，何悲夫、胡竞思、胡士俊、吴乘之、俞景朗、应卫击等嵊县同乡，"分别担任都督分府军事、政治，财政税收各项要职"。

王金发所选用的一大批新人中，有的确实是很能干的革命志士，如谢震等；但是，有的却很狡猾，如"三黄"。当地的士绅为了达到打倒王金发的目的，曾买通当地讼棍孙杰控告"三黄"，这当然是别有用心的。"三黄"对革命是有功的，并不像地主乡绅所控告的那样可恶，但这三个人的确干过不少坏事，未及三月搜刮民财八十万。周作人曾说，人民倒不大怪王金发，大家都责备"三黄"，鲁迅也说"三黄弄权，混蛋透顶"。另外一部分人却是平庸无能之辈，这些人大都来自嵊县深山老林，一旦革命成功，当了官之后，小农经济的狭隘思想和谋求个人出路的动机很快就暴露无遗了。鲁迅在杂文《这个与那个》中写道："在衙门里的人物，不上十天也大概换上了皮袍子，天气并不冷。"这批人很快蜕变成新官僚，号称人民公仆的政府人员成了骑在人民头上作威作福的新老爷。如在禁查鸦片中,他们自己则"燃灯呼息,毫无顾忌,只许州官放火,不许百姓点灯"。所以"纵观全局,则官威如故,民瘼未苏"。

此外,王金发没有很好地将原来的旧官僚清除出去,比如留用了程赞清,这也可以看成是王金发用人不当的一个表现。

王金发用人的失误,对他督绍产生了极为不利的影响,危害性尤大。因为在当时,革命刚刚胜利,政权还没有巩固,各项规章制度尚未健全。在很大程度上,政策的推行要靠执行者灵活掌握。而用人不当,就让那批人有机可乘,借机搜刮。结果,政策往往走了样。如禁烟,本是一件有益于民的好事,但许多官员却以禁烟为名,私抄家室,敲诈勒索。据说某次搜查某户人家时,搜出一包陈年"阿胶",亦当作烟膏处理,更有不肖吏警,自带烟土,在搜查时暗纳箱箧栽赃,据为佐证,使不少无辜受害。这种行动,必然会招致许多怨尤。

当然,造成王金发的用人不当,也有一定的客观原因和阶级的局限性。为了将革命进行到底,他把主要精力集中在北伐的准备上,对于用人的重要性认识不足。加上时间短促,在他手下尚未形成一大批既有知识又对革命抱有坚定信念的志士,所以,恐怕他一时也很难物色到更合适的人才。

三是王金发颁布的政策,有的也是不合实际的。如:蠲免田赋而不减租,其实只有利于富农地主,贫苦农民租田耕种,免赋对他们并无实惠。北伐筹饷的主要对象是大户人家,但也向普通百姓征税,征收各种杂税,甚至对猎户亦征鸟枪税。这样一来,普通劳动者的生活没有因革命成功而得到真正的改善,所以,他们对王金发也感到失望。要知道,北伐,在当时是人心所向,如果王金发政府能够在适当改善群众物质生活的前提下筹饷北伐,那么,群众是会支持的。可惜他没有这样做。当时民间流传着这样一首歌谣:"同胞、同胞,何时吃饱,都督告示多,日子过不了。"这是群众对王金发政府的一个极大的讽刺。

四是王金发当了都督后,进取心有所减退,开始逐渐追求生活上的享受。他在嵊县原有一个名叫徐桂姑的原配夫人,到绍兴后又娶了东浦的沈雄卿作为小老婆。他的小老婆回东浦娘家,还组织了一支庞大的卫队,骑着高头大马,一路上吹吹打打,到了东浦,还大摆筵席。他还组织了一支庞大的卫队,专为他"前呼后拥,招摇过市"服务。这样一来,一些地主乡绅的攻击就更加振振有词了。

通过上述分析，可以看到：王金发在督绍过程中是犯有错误的，但这是中国资产阶级革命派第一次执掌政权的体现，就其功与过来看，功大于过，而绝不是"祸绍"。

（四）沉痛的教训

王金发在督绍初期，曾经推行了一系列改革措施，确实是想有作为的。1912年2月以后，随着袁世凯的上台，整个革命党人对封建顽固势力的妥协退让，王金发被当地乡绅所制造的"舆论"搞得声名狼藉，终于在"祸绍"的罪名下愤然离开了绍兴。这是一幕历史的悲剧。

我们认为，有三点教训是应该吸取的：

其一，革命党人掌握政权以后，对于反革命凶手要给予严厉的镇压，绝对不可心慈手软。但是，王金发认为革命已经成功，在《安民告示》中宣称"光复之愿已偿，共和之局已定，断无再有人反对之"，要求大家"不修旧怨"。结果，一大批应该打倒的反动分子却没有被镇压；有的人还混入了军政分府的各级机关。正因为绍兴的地方反动势力没有受到沉重的打击，所以一旦革命形势逆转时，他们就卷土重来，搞垮了革命政府，成为扼杀革命者的凶手。其中典型的例子是王金发捉放章介眉。王金发逮捕了章介眉后，却迟迟不下手，后因陈其美致书求情，章介眉又"捐田赎罪"，黄兴再派"杨韵琴参议到绍"，王金发终于在1912年2月释放了章介眉，还派了十六名卫队"肩舆送归"。然而章介眉一出狱，就暗中勾结孙德卿等人，大肆攻击王金发。后来，他当上了袁世凯总统府秘书的时候，就竭力为袁世凯杀王而出谋划策，成了杀害王金发的谋主，同时还收回了被绍兴军政分府没收的田产。

其二，要取得民主革命的胜利，巩固已经取得的政权，就必须发动广大农民群众。辛亥革命前夕，绍兴一带农民的抗租抗税斗争经常发生。而王金发到了绍兴之后，并没有满足减免租税和得到土地的要求，结果各地农民的抗租斗争仍然此起彼伏。当地主士绅出兵镇压时，王金发采取了置之不理的态度，这实际上是默认了地主对农民反抗的镇压。相反，他一进绍城，贴出《安民告示》，却要求大家"缴出军械"，即要求农民放下武器。这就表明资产阶级哪怕暂时掌握了政权，也会抛弃农民，甚至站在它的对立面。由于王金发没有（其实也不可能）发动群众，所以当革命党人与旧势力进行生死决斗的时候，广大人民群众成了旁观者。这样一来，革命党人势必孤军作战，而当地的封建势力极强，因此，革命政权自然也无法巩固。

其三，当革命成功，革命者执掌政权后，要防止被胜利冲昏头脑。王金发"家本小康"，但为了反清革命，他把家中的田产都卖光，还负了很多债。他做了都督后，时常叫人用洋油箱挑着银圆，到嵊县各债主家还债。家乡的亲戚到绍兴去看他，王金发总要送他们一些钱，以示慷慨。他对部下要求比较严厉，但是部队"小有胜利，便陶醉在凯歌声中"，兵骄将横，军纪涣散，经常发生敲诈勒索的事件。以上这些情况都说明王金发一旦得势，就志满气骄。这样一来，他部下的那批人就更加肆无忌惮，为非作歹了。这对王金发的施政是很不利的。

从王金发督绍的悲剧中，我们应该吸取的教训确实是深刻而又沉痛的。

注：《越铎日报》1912年1月由绍兴早期革命文学团体"越社"创办。1927年4月，改组为《绍兴民国日报》。

(刊载于《嵊县文史资料》第2辑：1985年王金发学术讨论会暨殉难七十周年纪念会资料专辑)

越地古景梳掠

山·石

"聚会诸侯，计功行赏"之会稽山

位于市境中部。在绍兴、诸暨、嵊州之间，是西侧浦阳江和东侧曹娥江的分水岭，属浙中山脉仙霞岭的分支。呈西南向东北走向，境内长约90公里，宽约30公里。千米以上的山峰，都在主脉南部，主峰东白山在诸暨，海拔1194米，是绍兴最高山峰，另外两座超过千米的山峰西白山、棕榈尖在嵊州西部，从东白山沿主脉向东北延伸，山势变低，渐渐没入水网平原，出露的山峰，则成为平原上的孤丘，如府山、塔山、蕺山等。

会稽山支脉，大致可分四路。自东白山起，依诸暨、东阳、义乌市界西行的山峰，20余座；自东白山起，依嵊州、东阳市界东行的山峰，约5座；自诸暨、嵊州、绍兴三地交界的龙头顶起，依诸暨、绍兴市界北行的山峰，约12座；自龙头顶起，依嵊州、绍兴、上虞县界东行的山峰，约14座，这些山峰的海拔，大致在200米到1000米之间不等。会稽山山峦起伏，连绵不断，在绍兴市境内的五百岗，海拔692米，向北伸展，尽于绍兴市郊的香炉峰一带。香炉峰海拔虽仅354米，但悬崖陡壁，雄峙平原，是绍兴著名的山峰之一。绍兴城南较有名的山头，约有十处之多，其中宛委山、香炉山、石帆山、秦望山等特别出名。

会稽山原名茅山，亦名苗山。相传大禹治水成功，东巡苗山，在此聚会诸侯，计功行赏。因"会稽"即含"会计"之意，后来人们把这座山叫做会稽山。《史记·夏本纪》《竹书纪年》等古籍文献也有记载。山麓古迹较多，禹陵、禹庙为古建筑，位于会稽山脉北麓。

特别值得一提的是南镇殿。殿址虽不复存在，但古时却是当地人奉祀会稽山山神的主要场所。绍兴民间习俗，每年农历二月初一到二月十九为游南镇时节，称为"嬉南镇市"。鲁迅先生对南镇庙有深刻印象，在他的著作中，曾提到过南镇庙。

峰顶形似香炉的巨石——香炉峰

在绍兴市东南约6公里处。又称天柱山、宛委山、石匮山、玉笥山等。是会稽山的主峰之一，海拔354米。山峰之顶实际上是一块巨大的岩石，形似香炉，香炉峰由此得名。由南镇庙遗址向上攀登，山势渐高，今辟有一条宽约4米的水泥路。至半山腰，拾级而上，过"瘦牛背"，就到了峰顶。

据记载，香炉峰之巅原有天柱山寺。蔡元培先生曾为该寺题写"慈云广被"四字横额。20世纪80年代，由华侨出资，在天柱山寺旧址上修建了炉峰禅寺。每年农历二月十九、六月十九、九月十九三天，俗称炉峰香市，上香炉峰烧香拜佛的人极多。

游人从峰顶向北俯视，古城绍兴全貌，一览无遗。每逢云雨天气，山顶雨雾迷蒙，烟雾缭绕，人在其上，常给人一种心旷神怡之感。香炉峰是一处佛教寺院与风景名胜兼有的游览胜地。

远古虞舜曾游憩于此的舜王庙

在绍兴市东南43公里的两溪乡双溪村的舜王山。又称大舜庙。相传远古虞舜曾游憩于此。后人便在此建庙奉祀以示纪念。庙初建于清咸丰年间，同治年间重修。庙坐北朝南，居高临下，前瞰双溪江，后临旷野。有石阶百余级，从江边导上庙门。门前有巨樟一株，荫可亩余。入门即戏台，面对正殿。戏台宽4.7米，长5米。戏台三面的眉梁和两厢侧屋的门窗上刻有构思巧妙、姿态各异的古典小说人物、故事等。总高12米，大殿宽13米，进深23米。殿前立石柱四根，中间两根刻云龙，旁边两根刻舜凤。两侧山墙的前端，有石刻西湖十景图。为市级文保单位。

庙宇所有建筑构件上，遍布砖雕、木雕、石雕，造型精致，形象生动，对研究清代建筑艺术有一定参考价值。

一组宫殿式建筑的绍兴禹庙

在绍兴市东南约4公里的会稽山脉北麓。大禹陵右侧。禹庙是后人祭祀夏禹的主要场所。据历史文献记载，夏启和少康都曾建立禹庙，但已难考。今庙始建于南朝梁初，历代屡修屡毁。现存大殿建筑于1934年重建，其他部分大都是清代重建的。

庙坐北朝南，是一组宫殿式的建筑。庙内主要有岣嵝碑、棂星门、大殿、窆石等建筑和文物古迹。明代翻刻的岣嵝碑，文字奇古，记述大禹治水经过、功绩，相传为大禹治水时所书，现碑外面有很结实的石栅保护着。棂星门和祭厅面间均为三间。祭厅是历代祭祀大禹的地方。大殿高24米，宽24米，进深22米。殿前铺设石阶。殿内有大禹立像，高2.85米，神情肃穆。塑像背后壁上，绘有9把斧头，象征大禹治平九州洪水的伟绩。像前楹柱上书"江淮河汉思明德，精一危微见道心"一联。大殿屋脊上塑有游龙、逆龙、凤凰，系用绍兴特有的石灰堆砌工艺。窆石亭在大殿东南小坡上，窆石状若秤锤，高2.06米，顶端有圆孔，相传是禹下葬时所用的工具，又据说是下葬后镇石，石上刻汉以来的铭文多种。窆石亭旁有石碑两方，上书"石纽""禹穴"，传说大禹生在西羌石纽村，葬于会稽，故有此两碑。为省级文保单位。

空中看禹庙，四周红墙环绕，庙外群山逶迤，庙内殿宇飞檐，实属浙东最负盛名的古迹之一。

出自李斯手笔的秦望山会稽刻石

在绍兴市南12公里的秦望山。相传公元前210年，秦始皇东巡会稽，命丞相李斯刻石记功，以宣扬他统一中国的功业。这块出自李斯手笔的会稽刻石，自晋以来，完好无损，到了南宋，刻石字迹磨灭殆尽。元至正元年（1341年），绍兴路总管府推官申屠駉以家藏摹刻成碑。清康熙年间，碑被石工磨损。清乾隆五十七年（1792年），绍兴知府李亨特以申氏本重刻。碑高2.20米，宽1.05米，用小篆撰写，共289字。此外，石碑上还有隶书撰写的题记三行，共60字。现碑藏于绍兴市文物管理处。

原碑石不存，甚为可惜！

市内现存最古的摩崖石刻：建初买地刻石

在绍兴市东南约20公里的富盛镇跳山东坡上。又名大吉碑。岩高5米。刻于东汉建初元年（76年），系浙江省现存的最古的摩崖石刻。刻石高3米，长2.3米，共22字，隶书书写。布局为上下两列，上列一行为题额，直书"大吉"两字；下列五行，每行四字。文曰："昆弟六人，共买山地，建初元年，（造）此冢地，直（值）三万钱。"据专家考证，刻石是当时的买地券文。刻石北端，有清道光三年（1823年）山阴金石家杜春生等人的《获石同观题记》："后一千七百四十八年，道光癸未，南海吴荣光偕仁和赵魏、武进陆耀遹、山阴杜煦、杜春生获石同观"。为省级文保单位。

该刻石对研究汉代的社会经济发展有一定的参考价值。

摩崖题刻中的珍品——《龙瑞宫记》刻石

在绍兴市东南8公里的宛委山南坡飞来石上。石高4米，宽8.8米，不规则。题刻高0.76米，宽0.69米。贺知章撰并书。贺知章（约659年—744年）字季真，越州人，唐代诗人、书法家。龙瑞宫是道教所说的十八洞之一。《龙瑞宫记》系他晚年所作，是记述道院龙瑞宫界至的文字。全文共12行，每行15字，径一寸八分，楷书。内有文曰："宫记，秘书监贺知章。宫自黄帝建侯神馆，宋尚书孔灵产入道，奏改怀仙馆，神龙元年再置。开元二年，敕叶天师醮龙现，敕改龙瑞宫。"《龙瑞宫记》其余文字的内容为管山界至，记载道院龙瑞宫神灵管辖的范围。为省级文保单位。

《龙瑞宫记》结字疏密匀称，端庄中寓俊秀，雄浑间透姿媚，是古代摩崖题刻中的珍品。

构思奇妙的诸暨枫桥紫薇山小天竺

在诸暨市东北约23公里的枫桥镇紫薇山西麓。原为明代处士骆骋仿杭州天竺胜迹而建的别墅，故有"小天竺"之名。小天竺在明代规模较大，是一个包括自在亭、詹成堂、爱日堂、万一楼、绩亭、此中轩、见大亭、枫水名贤坊等亭台楼阁的建筑群。但这些古建筑大都已湮没，只剩下"见大亭"。见大亭建于明嘉靖年间，清咸丰时毁于兵乱，后里人集资重修，1984年当地政府重修，1986年2月，竣工开放。

小天竺建筑，构思奇妙，造型雅致。见大亭的地面、门槛、阶沿，室内外的四个大小水池，以及石级、石窟、石洞等，都是在同一块巨大的岩石上凿出来的。这种凿磐石为基础的房子，在中外古建筑史上较为罕见。磐石上的房子，小巧玲珑，布局得体。特别是小回廊，极为精巧，就像精雕细刻出来的笼子一样。四个连串的小水池，更引人入胜。见大亭正厅后头的小水池在最高处，它的水满到一定程度后，会通过缺口自然流入观音堂边的小水池，观音堂小水池满到一定高度，会注入水天一色池，水天一色池又流向海眼，而海眼的四壁渗水，水永远不会满入石窟。小天竺还保留着一批名人墨宝。在见大亭正厅两侧壁面上镶刻着陈洪绶、祝枝山、文徵明、董其昌、王守仁等人的书法帖石。为市级文保单位。

石窟南崖"海眼"两字，系明代重臣海瑞手笔，十分珍贵。

因山势如两狮相斗而得名的斗子岩

在诸暨市南约18公里的牌头王家宅村。因山势如两狮相斗而得名。主峰高500米。斗子岩奇峰突兀，山涧有茂林修竹，淙淙水泉。主要景点有白云禅院、龙王殿、龙潭等。白云禅院是佛教禅宗曹洞宗的禅空之地。院落深藏于怪石嶙峋、古木虬结的穹岩巨谷内。位于半山腰的龙王殿，据史书记载，此处为朱元璋大败元兵之地，故被御封为"金井龙王殿"。内有佛像和彩绘。

龙潭在白云禅寺之下，泉水自石缝经雕凿有姿的龙口溢出。潭水清澈见底，水面似有沙雾漂浮其间，夏日给人清凉之感。

横镌"乐善好施"楷书大字的诸暨斯宅摩崖石刻

在诸暨市斯宅螽斯畈村山路岭西南面。摩崖上的文字，系清道光、宣统年间，后人为追念"义士"斯元儒而相继镌刻之遗迹。崖壁陡削，高5.50米，宽

6.20米。石壁上方用浮刻线条勾勒,形似匾额,横镌"乐善好施"楷书大字。其右侧直刻"闽浙总督浙江巡抚富具奏",左侧有"道光十二年建"小楷字一行。石壁中间的横线框内,镌楷书"为义士登仕郎斯元儒立"十字。石壁下方的线框内,有小楷字40行,共480字,为宣统二年所刻。石壁的左右采用线条形式,刻凿成高165厘米,面宽25厘米的石柱分设两侧,与中间的三个线框相接,使崖面呈一石亭。石亭左右柱面镌刻对联,上联正书"活十万户饥民不让义田种德",下联是"庇廿四乡学士允称广厦树功"。为县级文保单位。

"乐善好施"四个大字,体现了当地淳朴的民风。

对研究宋塔有较高参考价值的诸暨东化成寺塔

又称元祐塔。在诸暨市东北约25公里的枫桥镇钟瑛村的紫薇山上。山上原有寺院,初名紫岩院,后改名化成寺。据传,当时安徽九华山也有化成寺,为示区别,更名东化成寺。宋元祐七年(1092年),在寺后建塔,以寺名塔。塔系砖木结构。塔身平面呈正方形,原高七层,现残存四层。用长方形砖砌筑,底边边长3.85米,壁厚1.10米,每层转角处设方形角柱,四面开门,门的位置对称。塔身的所有砖块上都刻有塔的建筑年代"壬申元祐七年"六字和塔身、塔刹的图形。为省级文保单位。

该塔在古塔建筑中极为罕见,对研究宋塔有较高的参考价值。

著名浙东抗日根据地——四明山

位于市境东部。位于嵊州东部、新昌东北部、上虞东南部,为曹娥江和甬江的分水岭,属浙中山脉仙霞岭的分支。呈西南向东北走向,东西长约40公里,大小山峰共有200余座。四明山主峰在嵊州的东北部,海拔1012米。山体平均海拔500米以上,自西南向东北绵亘于新昌、嵊州、上虞、余姚、慈溪、奉化、鄞州之间,南路山峰,约8座;中路山峰,约15座,其中覆卮山海拔861米;北路山峰,约5座。

四明山,历来为军事要冲。又称四窗岩,因余姚之四窗岩,山顶岩高数十丈，悬崖四方形，有天然石室，中界三石，宛如四个明窗，故名。四明山是著名的浙东抗战根据地，在余姚梁弄有"中共浙东区委旧址"和"四明山革命烈士纪念碑"。

四明山近曹娥江一段，山峰连绵，形成一线，山坡陡峻，气势雄伟，山麓线边界较整齐、清晰，伸曲变化较小。远看四明山，宛如一道耸立在河谷平原边缘的绿色屏障。

东汉青瓷窑遗址之一：上虞小仙坛青瓷窑遗址

在上虞西南的上浦镇石浦村。系东汉青瓷窑址。出土的器物以罍居多，罂、洗次之。从小仙坛青瓷窑遗址中发现的瓷器来看，瓷器胎质细腻，质量甚高，吸水率在 0.5%～0.7% 之间，表面拍印几何形印纹，里外施釉，制作十分精细。由此可证明，东汉时浙江已开始生产青瓷。为省级文保单位。

上虞近年发现东汉青瓷窑遗址多处，其中以小仙坛窑址最为典型。

"东山再起"典故及由此而来的上虞东山

在上虞南约 15 公里的章镇上浦境内。位于曹娥江东畔。东晋政治家谢安曾在此山隐居。谢安（320年—385年），字安石，陈郡阳夏（今河南太康）人，士族出身，年四十余始出仕。谢安曾任司徒府著作郎。因不满朝廷昏庸，托病辞官到东山隐居。淝水之战时，谢安再度出仕，位至宰相。"东山再起"的典故即由此而来。循山麓前行数步，有一块巨石兀立江边，传为谢安垂钓之处。由山麓拾级而上，半山平地处，原有国庆寺。此寺规模甚大，有屋宇多间。当年谢安常在此与主持法师品茗弈棋，纵论古今。再向上攀登，有一池，池水澄碧，久旱不竭，名为洗屐池。相传谢安曾在此洗屐。再往上，又有一池，旁立石碑一块，刻"始宁泉"三字。始宁泉附近原有南朝山水派诗人谢灵运别墅，今已不复存在。山巅之北有谢安墓。墓是圆形，前立石碑，高 2.34 米，宽 0.48 米，上镌"晋太傅谢公之墓"几个大字。

东山依山傍水，景色秀丽。东山的景色曾吸引了不少文人墨客在此登高吟诗。陆游游东山后，写诗一首，咏东山胜景："绝顶松风透胆清，谢公曾此养高情（按：情应为'僧'）。山横两眺暮云碧，江浸一天秋月明。林下有僧敲锡响，石边无客听棋声。蔷薇洞口庭前水，留得当年洗屐名。"

登上东山山巅远眺，山光水色，江湖奇景，尽收眼底。

其实只是山崖上一道巨大裂缝的凤鸣洞

在上虞丰惠凤鸣山的半山腰上。凤鸣石洞，其实只是山崖上的一道巨大的裂缝。它是由山体的变动和流水的长期冲刷而逐渐形成的。凤鸣洞石洞独特，石洞两岸陡峭，洞顶横亘着几块巨石，抬头望去，似摇摇欲坠，巨石遮住了大部分射进洞内的光线，如果从狭窄的洞口进去，则给人一种幽寒而神秘之感。正如清代诗人褚维厚《凤鸣山观瀑》诗云："白日忽风雨，洞中别有天。两山空一隙，百道落飞泉。怒起喧如鼓，抛空散作烟。桃源何处觅，到此亦神仙。"

洞内一股山泉从十多米高的洞顶飞泻而下，雨雾迷蒙，形成瀑布。飞泉喷瀑，如珠如雾如帘，形状多变。

双笋石耸立的上虞钓台山

在上虞东南陈溪与达溪汇合的陈溪溪口。钓台山最引人注目的自然景观，就是双笋石。今日所见石笋，一高一低。高笋石，约30余米，周长数10米，巍峨耸立，直接云天，石峰陡峭，不能攀登；低笋石，高度则不到高笋石的一半。据说，早时双笋石石顶有异花，花开灿若霞。明王守仁曾赋诗《咏钓台石笋》咏两石："云根奇怪起双峰，惯历风霜千万冬。春至并无斑箨落（按："至并"应为"去已"），雨余唯见碧苔封。不随众卉生枝节，却笑繁花惹蝶蜂。借使放梢成翠竹，等闲应得化为龙（按："为"应为"虬"）。"可惜现在的双笋不仅低矮了许多，巅上亦不见花，只有几棵古松展枝吟风。在双笋石不远处，有一条突起的山梁，形如象鼻。山梁中间有一石洞，面积达20余平方米，称"象鼻洞"。

晶莹湛蓝的陈溪和达溪缓缓地从山前流过，汇合到此山山脚下，长长的"象鼻"伸向溪中，似酣饮状。

布满"浙东唐诗之路"景点的绍兴境内天台山

位于市境东南部。位于新昌县东部和南部、嵊州南部，是曹娥江、甬江和灵江的分水岭，属浙中山脉仙霞岭的分支。天台山与四明山之间，以新昌县沙溪为界；天台山与会稽山之间，以嵊州的剡溪为界。山脉呈西南向东北走向，平均海拔 500 米以上，主峰华顶山在天台境内，海拔 1098 米。主脉沿东北方向延伸，经新昌、宁海、奉化三个县界，折转至鄞州东南部到穿山半岛，入海后形成舟山群岛。境内西路山峰，约 9 座；中路山峰，约 21 座；东路山峰，约 17 座。在中路诸山峰中，菩提峰为境内最高峰，海拔 996 米；天姥山主峰拔云尖，又名笔架山，海拔 818 米；穿岩十九峰海拔 317 米。嵊州南山，也有天台山部分支脉分布。

天台山山体连绵，并受曹娥江上游的长乐、新昌、澄潭、黄泽、沙溪等支流的穿插切割，故旅游资源丰富，有众多"浙东唐诗之路"的景点。

因李白《梦游天姥吟留别》而闻名的新昌天姥山

在新昌县南约 25 公里的儒岙、报国乡境内。天姥山自括苍山盘亘数百里，经天台入新昌县界。山北端为会墅岭，南端是关岭，方圆 30 平方公里。主峰为拔云尖，海拔 818 米。次峰为大尖、细尖等峰。

山因李白《梦游天姥吟留别》而闻名。其实，最早涉足此山的，是南北朝山水派诗人谢灵运。据《南史·谢灵运传》记载，谢任永嘉太守期间，曾率领数百人，从上虞东山伐木开道，直到临海。途径天姥山麓，仰望其苍然天表，内心发出由衷的赞叹，并写下了《登临海峤初发疆中作与从弟惠连可见羊何共和之》一诗，诗中云："暝投剡中宿，明登天姥岑。高高入云霓，还期那可寻。"天姥山盛名，缘自此始。至唐代，大诗人李白、杜甫等追慕名贤之雅兴，步其后尘，接踵而至。李白在《梦游天姥吟留别》一诗中，以夸张、渲染的笔调，描写了天姥山的巍巍雄姿："天姥连天向天横，势拔五岳掩赤城。天台四万八千丈，对此欲倒东南倾。"杜甫在《壮游》一诗中，极言天姥山之险、胜、奇、美。他写道："剡溪蕴秀异，欲罢不能忘。归帆拂天姥，中岁贡旧乡。"此后，登游天姥山，并写诗歌咏天姥山之士，络绎不绝。

天姥山境内有古驿道、太平庵、万马渡、天姥寺、司马悔桥、仙人洞、采药径、惆怅溪、刘阮庙、刘门坞等名胜古迹。

天姥山山岭广袤，层峦叠嶂，千姿百态，是浙东名山之一。

近 50 首唐诗咏及的新昌沃洲山

在新昌县东南约 25 公里处。沃洲山东临东柳山，南靠天姥山，西并刘门山，系天台山余脉。相传东晋成帝时，高僧竺潜至东柳山隐居。不久，另一高僧支遁来游。支遁（约 314 年－366 年），字道林，陈留（今河南开封市）人。与谢安、王羲之等交游，好谈玄理，是佛教般若学派六大家之一。支遁羡沃洲清幽绝伦，遣人向竺潜买沃洲。竺潜答以"欲来当给，未闻巢由买山而隐。"这段故事，一时传为佳话。唐刘长卿有"莫买沃洲山，时人已知处"的诗句。"买山而隐"，则成了诗人喜欢引用的典故。支遁爱沃洲，曾在沃洲养马、放鹤。沃洲山亦因支遁传下了许多胜迹。如支遁岭、养马坡、上马石、放鹤峰和真君殿等。真君殿初建于晋，称沃洲精舍。唐代重建沃洲禅院，宋代改名真觉寺，明代称它为石真人庙。现仅存大殿，大殿双龙蟠柱，有较高的艺术价值。

唐时，游历沃洲山的文人颇多，唐诗中咏及沃洲的诗近 50 首。李白有"五松何清幽，胜境美沃洲"的赞词。白居易应侄子之请，写了《沃洲山禅院记》，盛称"东南山水越为首，剡为面，天姥、沃洲为眉目"。

20 世纪 70 年代末，在沃洲山山脚下，修建了长诏水库。长诏水库又称沃洲湖，是目前绍兴市的大型蓄水工程之一。

享有"小桂林""赛阳朔"美誉的新昌穿岩十九峰

在新昌县西南约 25 公里的镜岭乡境内，共有十九座山峰，是红色砂岩经河流长期侵蚀而形成的，海拔 317 米。山峰峰峰相连，横亘 2.5 公里，山上林木青翠，山下溪涧碧澄见底。其中两峰有山洞贯穿，故名"穿岩十九峰"。中峰山洞，成新穿岩，深广可容千人。但此洞洞口隐藏于崖壁之间，若无人指点，虽在洞侧，仍不得其门而入。尾峰马鞍峰两侧的悬崖上，有一长约 30 米，宽约 15 米，东西相通的岩洞，称老穿岩。老穿岩东侧有一小道，可直抵洞穴；西侧洞下则是深不见底的峭壁幽谷。

穿岩十九峰，峰峰有特色。"横看成岭侧成峰，远近高低各不同。"人们多从不同角度来欣赏穿岩十九峰的秀丽景色。遥遥群峰，层峦叠翠，绵亘数里，穿岩石洞高挂崖壁间，有如圭上圆孔；近观悬崖峭壁，绚丽多彩；仰瞻奇岩突兀，宏伟壮丽；俯视则峰峰倒映碧水，摇曳出姿。因此，早在唐宋时期，穿岩十九峰就已闻名。宋理宗时左丞相王爚曾作诗，描绘穿岩十九峰的秀丽风光，并在狮子峰上建造了一座穿岩庵。明代诗人张汝威在一首七律诗中写道："十九峰头云作巾，峰峰都是玉嶙峋。半天高插万余丈，一洞可容千数人。"极言穿岩十九峰之美。

人在其中，宛如身临桂林、阳朔，心旷神怡，乐而忘返。故穿岩十九峰又有"小桂林""赛阳朔"的美誉。

奇在洞口的新昌沃洲山水帘洞

在新昌县东南约 25 公里的沃洲山上，有一洞高约 30 米，宽约 9 米。水帘洞之奇，奇在洞口的一帘瀑布。它从山顶一块巨石上凌空而下，直落进洞口的潭内。山潭名"雪潭"。飞瀑落下，碧云似的雪潭顿时溅起雪花般的飞浪，山谷里"哗哗"之声不绝于耳。从远处遥望，那飞瀑很像一块塑料布，走近看又像一张银制门帘。南宋理学家朱熹当年游水帘洞，欲进不能时，也曾望瀑兴叹："水濂幽谷我来游，拂面飞泉最醒眸。一片水帘遮洞口，何人捲得上帘钩。"洞内石壁上镌一副对联："洞飞秋瀑一帘雨，窍滴天浆六月冰。"相传此联为朱熹所题。洞顶有一块朱石，石口流泉。另外，水帘洞附近的余粮石亦颇为神奇。在洞周围，随处可见馒头般大小的石头，敲碎后，有的像豆沙，有的像肉馅、萝卜丝。据说这石馒头，是大禹治水时，把吃剩的馒头遗留在山上变的。

余粮石的传说，虽不大可信，但也增添了此处的神奇。

有些神秘的新昌元岙屏风幽谷

在新昌县西约10公里的元岙村。从元岙村西行数步，便进了"幽谷之门"。只见那里群嶂林立，天地幽秘。谷间崎岖的山路边，有一条小溪，斗折蛇行，时隐时现。这条小溪乃山缝中一股小细流汇集而成。每逢雨季，山洪奔泻，小溪即成大河，咆哮喧哗，浩浩荡荡，流向澄潭江汇合。往幽谷渐进，游人不时可发现两旁的奇峰异石。或悬崖壁立，或孤峰插天。其中有一座巨石，酷似慈眉善目的僧人，对着大山面壁而立，人称"面壁岩"。到了谷底，即是一线飞瀑，又称百丈岩。据明万历《新昌县志》记载："两山壁立，上合下开，中露天光一线，有玉华峰、瀑布泉，盖奇景也。"游人至百丈岩，可见高约40米的两座峭壁，似"八"字状。

百丈岩岩顶露一线天光，有瀑自顶飞泻，撞击一侧岩壁，溅出白雾状水珠，散发出阵阵凉意。因峭壁上葛藤攀附，苔藓流翠，峭壁间又有水帘相隔，往里看幽洞，有些神秘，故称"屏风幽谷"。

创建于东晋永和初年的新昌大佛寺

在新昌县西南1.5公里的南明山。寺院创建于东晋永和初年（345年—356年），距今已1600多年历史。原名宝相寺，又称隐岳寺、石城寺。因寺内有石雕弥勒大佛像而得名。据文献记载，高僧昙光投居石城山，就崖结庐，久而成寺。寺内大殿始建于唐会昌五年（845年），为五层7楹。此殿1978年重建。寺中石佛始雕于南齐永明四年（486年），至梁天监十五年（516年）完成。主持者历护、淑、祐三僧，世称三生石佛。像作全跏坐式，像高13.23米，头长4.87米，耳长2.70米，目长1.30米，两手心向上交置膝间，掌心站十余人尚见宽余。

像原为立像，元元统二年（1334年）用条石砖块砌成双膝，改作现状。寺附近有纪念我国佛教天台宗祖师智者大师圆寂处等古迹和狻猊石、隐鹤洞、濯缨石、锯开岩、石棋坪等风景点。为省级文保单位。

巨型石雕弥勒大佛像，较为罕见，佛相庄严，直击人心。

颇增嵊城山色之美的艇湖山

在嵊州东北约 1.5 公里处。属孤丘，海拔 140 米。东晋学者戴逵曾隐居此山。山下有湖，湖畔原有子猷桥、访戴亭等古迹。现桥、亭均废。据《世说新语·任诞》记载："王子猷居山阴，夜大雪。眠觉，开室，命酌酒。四望皎然，因起彷徨，咏左思《招隐》诗。忽忆戴安道，时戴在剡，即便夜乘小船就之。经宿方至，造门不前而返。人问其故，王曰：'吾本乘兴而行，兴尽而返，何必见戴？'"后此故事演变为"乘兴而行，兴尽而返"的成语。山上有塔，叫"艇湖塔"。该塔系明嘉靖年间知县谭潜所建。明天启年间圮，明崇祯年间由知县方叔壮重建。塔六面七层，为砖木结构，楼阁式，通高约 30 米，与东南方谢幕山上的天章塔遥遥对峙，颇增嵊城山色之美。

艇湖山成就了"乘兴而行"的佳话，道出了一种顺其自然的情致。

朱熹题词命楼的嵊州溪山第一楼

在嵊州城关镇鹿胎山麓。南宋大学者朱熹以嵊州"地多名山"慕名而来，登临鹿胎山，观此胜景，遂题"溪山第一"四字。清嘉庆九年（1804 年），在此建楼，并以朱熹题词命楼。楼坐北朝南，明间正中墙上草书"溪山第一楼"。为县级文保单位。

登楼俯视，山城全貌尽收眼底。

是鹿胎山和剡山总称的嵊州城隍山

在嵊州城关镇北隅。是鹿胎山和剡山的总称，东与艇湖山相连。属孤丘，海拔 147 米。山麓有城隍庙。庙建于何时，已无从查考，但庙的修葺则始于元，至晚清，先后共修十一次。庙建筑规模宏伟，原分前楼、大殿、后殿。大殿之外，东西两侧各有廊庑，供祀乡主。大殿之前近前楼一边有万年台，两边有厢房。每逢庙会，这里是祈神演戏之处。前楼之前，又有一楼，名"溪山第一楼"。为县级文保单位。

城隍庙整个建筑，雕梁画栋，砖、木、石、雕均精美，因白蚁蛀蚀，大部分已毁。今只存万年台、前楼、溪山第一楼等，甚为可惜！

朱熹曾讲学的嵊州贵门更楼

在嵊州新山贵门村北麓门山，古称"鹿门"。南宋大学者朱熹曾拜访鹿门，改"鹿门"为"贵门更楼"。今更楼洞上石刻"贵门"两字，系朱熹手笔。更楼位于贵门东西两峰之间，叠石为洞，洞上架楼，其下为人娄往来通衢。其上，右为鹿门书院，宋吕规叔创建，朱熹曾在此书院讲学。左即为更楼。楼前平地为演武场。山阴王瘦山曾赋诗一首："竹柝响深宵，搀入更楼鼓。凉风袭九秋，炎曦忘夏五。两军对堡排，疑是肃军伍。"现存建筑清嘉庆年间重修，为县级文保单位。

河·湖

绍兴境内最大的河流——曹娥江

位于四明山、天台山和会稽山之间。是绍兴最大的河流，浙江省第三条大河，属典型的树枝状水系。

曹娥江发源于磐安尖公岭（一说发源于东阳市境内的兵工岭），自南向北流经新昌、嵊州、上虞，于绍兴三江口附近注入杭州湾，全长193公里，流域面积6046平方公里。其中，在上虞境内69公里，流经龙浦、章镇、上浦、百官、崧厦、沥海等乡镇，流域面积649平方公里。

嵊州以上为曹娥江上游，嵊州至百官为中游，百官以下为下游。上游的澄潭江和左岸的长乐江、右岸的新昌江都流经山地丘陵，比降大，水流急，水力资源丰富。建有新昌长诏水库和嵊州南山水库等大型蓄水工程。

曹娥江干支流上游，属山溪性河流，两侧多以山为屏。曹娥江江道比较曲窄，河口受钱塘江水流、潮汐影响较大。

曹娥江山清水秀，沿岸有不少名胜古迹。蜿蜒曲折，江流浅时为滩，深而为渊；江水或泻或漾，起伏徐疾，处处各异。顺江游览，别有一番情趣。

湖畔建有春晖中学的上虞白马湖

在绍兴市上虞区驿亭镇，旧名渔浦湖。周长20余公里，三面环山，现有湖面700余亩。湖中有癸己山、羊山、月山等。渔村农舍，风景如画。相传公元1127年金兵南侵，康王赵构逃难，有白马负之过河之事，白马湖由此得名。湖畔建有一所中学，即春晖中学。春晖中学是1920年由经亨颐先生创立。经亨颐任校长期间，曾聘请了一批博学有识之士，如夏丏尊、匡互生、朱自清、丰子恺、刘薰宇、朱光潜、王任叔等数十人来此任教。湖滨一座小山岗上，还有一座墓，是为夏丏尊墓。夏丏尊，上虞人，1921年从长沙到春晖中学任教，一生致力于我国的民主教育。夏先生的墓较小，用黄土堆成，径不足二米，高不到一米，墓前立一石碑，叶圣陶所书碑名，上镌马叙伦写的墓志铭。

经亨颐任春晖中学校长期间，改革教育制度，率先实行男女同学，影响颇大。

系后人祭祠表彰东汉孝女曹娥而建的上虞曹娥孝女庙

在上虞西南约2公里的曹娥江西岸南侧。系后人祭祠表彰孝女曹娥而建。据文献记载，东汉汉安二年（143年）五月初五，上虞人曹盱失足堕江溺死。其女曹娥，年方十四，寻找父尸，十七日不得，投江而死。时人以为孝女。汉元嘉元年（151年），上虞县长度尚改葬曹娥于江南道旁，并为立碑。碑系邯郸淳所书，有蔡邕题识，早已不存。北宋建曹娥庙正殿，以后历代屡次修缮和扩建。现存主体建筑系1934年重建。庙坐西朝东。占地总面积约6亩。庙宇按山门、戏台、前殿、正殿依次而建，布局精当，气势雄伟。正殿通高约15米，面阔20米，中立曹娥塑像，旁以朱娥、诸娥配享。正殿雕梁画栋，金碧辉煌。庙左侧尚有曹娥墓、曹娥碑、双桧亭等古迹。为省级文保单位。

庙正殿内有许多名家撰写的楹联，其中多为颂扬之辞，但徐渭所撰"事父未能，入庙倾诚皆末节；悦亲有道，见吾不拜也无妨"一联，醒世脱俗，发人深省。

钱塘江、钱清江、曹娥江汇集入海处的绍兴三江闸

在杭州湾南岸，绍兴市北约5公里处的斗门三江村西。设28孔，以所谓"应星宿数"，闸眼用星宿名称编号，故又称应宿闸或星宿闸。

"三江"，指钱塘江、钱清江、曹娥江汇集入海之处。三江闸是绍兴古代大型水利工程之一，明嘉靖十五年（1536年）绍兴知府汤绍恩为排泄山阴、会稽、萧山三县的内涝和防御海潮倒灌而建。闸用巨石砌成，筑于两座小山之间。闸长103.5米，阔16.47米，有闸眼28个，闸上可以行人。石缝初用灰秣胶合，后又熔锡弥实缝隙。钱塘、钱清、曹娥三江平宽处设立"水则牌"，上凿金、木、水、火、土五字，作为测量水位标高的符号。如内河水位涨至"木"字脚下（高约4.34米），就开16洞，若涨至"金"字脚下（高4.50米），则各洞尽开。为了比

较正确地掌握水性，以便及时蓄泄，在三江闸内亦立有一块水则碑。但这块珍贵的水文标记，在"文革"时期被当作"四旧"破坏了。

几百年来，这个闸先后于1633年、1682年、1795年、1833年和1933年进行了五次较大规模的整修。新中国成立以来，政府对旧三江闸又进行全面改造。将闸中间的宝、壁、奎、娄、胃五孔六墩，改为二孔三大墩，便利舟船出入。闸上建有一排平顶机房，钢筋混凝土结构，起迄大闸两端。全部闸门均改成电力自动启闭。为省级文保单位。

20世纪60年代末，三江闸的排洪能力已不能满足当地农业生产的需要，1977年，在旧闸东北约1.5公里处，又新建了一座三江闸，称新三江闸。

库面深入沃洲山谷十余里而建成的新昌长诏水库

长诏水库在沃洲山山脚下，坝址位于新昌县东南的拔茅长诏村约1公里处。1958年始建，原设计为土坝，后停建，1972年复工，1979年建成。是目前绍兴市的大型水库之一，从设计到施工都采用了现代工程技术。用混凝土砌石的水库大坝，坝顶高程140米，宽12米，长211米，最大坝高68米。长诏水库以灌溉或防洪为主，结合发电、养鱼等，开展综合利用，效果显著。

库区依山傍水，库面深入沃洲山谷十余里，形成的库中有山、山中有库的奇丽风景，是节假日人们游览和垂钓的好去处。

森林旅游资源丰富的嵊州南山水库

在嵊州西约30公里的长乐镇砩前村，有一大坝，坝址位于长乐镇以南4公里的南山江上。1958年始建，1973年建成，是曹娥江水系的大型蓄水工程之一。大坝高72米，坝顶长242米，由混凝土砌成，总库容量10300万立方米，发电装机3×1250千瓦，灌区总面积约8.15万亩。水库以灌溉或防洪为主，结合发电、养鱼，开展综合利用，效果显著。为避免水土流失，发展库区森林景观，当地政府坚持不断开展治山和治水相结合的综合治理。南山林场曾多次被上级评为水土保持先进集体。

今日的南山水库，库区古树参天，松竹交翠。林为景添色，山为景增姿，山林交相辉映，蕴藏着极为丰富的森林旅游资源。

东汉会稽太守马臻创筑的古鉴湖

又称镜湖、南湖、长湖、大湖、贺监湖等。位于古代山阴、会稽两县境内，由东汉会稽太守马臻创筑。鉴湖工程分两大部分：一部分，指筑起了一条长约57公里的长堤，鉴湖堤坝东起蒿口斗门（今上虞蒿坝），往北，又折西，环绍兴城东、南、西，再至龙山村以南，转南，西至广陵斗门（今绍兴市南钱清）；另一部分为斗门、闸堰、阴沟等几种排灌设施。湖面面积约190平方公里，其中水面面积173平方公里。由现稽山门至禹陵的夹堤分为东西两湖，水面面积分别为88平方公里与85平方公里。

鉴湖建成后，使山会平原的水利面貌发生了一个转折性的变化。"水少则泄湖灌田，如水多则闭湖泄田生水入池"。山阴、会稽两县百姓大得其利。鉴湖面积之大，堤坡之长，泄水建筑之多，属当时江南最大的蓄水灌溉工程。但此举得罪当地豪绅，马臻竟遭诬陷致死。鉴湖在北宋熙宁以后逐渐淤积，豪强在湖中建筑堤堰，盗湖为田，湖面大蹙。此后，绍兴平原的蓄水为纵横交错的河网所取代。今湖塘、容山湖、白塔洋等均为古鉴湖遗迹。沿湖有众多名胜古迹，如陆游的故里三山、马臻墓、太守庙、泗龙桥和柯岩等。

鉴湖是我国东南地区最古老的水利工程之一。至今，古鉴湖残留河网水面面积约为30平方公里，故可视古鉴湖为一个水系。

拥有酿造绍兴黄酒得天独厚水质的绍兴鉴湖

在绍兴市西南约1.5公里处。现在的鉴湖，范围比古鉴湖要小，是古鉴湖的残余部分，通常是指城西偏门东跨湖桥至湖塘、西跨湖桥一带水域，河道长约23公里。

鉴湖因湖水清可鉴人而得名。湖面宽阔，水势浩渺。湖上堤桥随设，渔舟时见，别有一番雅致。堪称江南水乡的典型。古往今来，不少文人墨客为之倾倒。"书圣"王羲之的"山阴道上行，如在镜中游"、李白的"我欲因之梦吴越，一夜飞度镜湖月"、杜甫的"越女天下白，鉴湖五月凉"、陆游的"千金不须买画图，听我长歌歌镜湖"等等，均表达了他们对鉴湖秀丽景色的由衷赞叹。

鉴湖水源自林木葱郁的会稽山，共有大小 36 条溪流，由南向北蜿蜒流入鉴湖，沿途经过砂砾岩石层层过滤净化，缓缓注入湖中。因此，鉴湖水不仅清澈洁净，而且还含有益于酿造微生物繁育的多种矿物质。鉴湖水质极佳，驰名中外的绍兴酒，即用此湖水酿造。清代学者梁章钜在《浪迹续谈》中写道，"今绍兴酒通行海内，可谓酒之正宗……盖山阴、会稽之间，水最宜酒，易地则不能为良，故他府皆有绍兴人如法制酿，而水既不同，味即远逊"。

鉴湖不仅仅是一个自然风景区，鉴湖水，还是绍兴极为宝贵的水资源，拥有酿造绍兴黄酒得天独厚的优越条件。

乡民祭扫东汉会稽郡太守马臻的太守庙

在鉴湖的跨湖桥以南，马臻墓东侧。马太守，系指东汉会稽郡太守马臻。马臻任会稽郡太守期间，发动民众修筑鉴湖，使当地百姓大得其利，但豪绅因沿湖庐墓田地受损，联名诬告马臻。马臻蒙冤被刑于市。马臻死后，乡民建墓立庙，永久祭扫。太守庙始建于唐开元年间（713 年—741 年）。唐元和十年（815 年）扩建。宋代以后，庙多次修葺。现存马太守庙的前殿、大殿和左右厢，为清代晚期建筑。坐北朝南，前殿、正殿均三间开，通面阔 11.62 米，通进深 11.98 米。

南宋王十朋有诗云："会稽疏凿自东郡，太守功从禹后无。能使越人怀旧德，至今庙食贺家湖"，表达了作者对先贤的崇敬之情。

今仅存葫芦形水池的陆游故居遗址

在绍兴市西 5 公里的鉴湖乡行宫山村。陆游（1125 年—1210 年），字务观，号放翁，越州山阴（今浙江省绍兴市）人，南宋爱国诗人。据史书记载，陆游原居山阴鲁墟，后曾居云门山草堂，乾道二年（1166 年）迁居鉴湖行宫西村。村在行宫、韩家、石堰三山环抱之中。《嘉泰会稽志》载："三山，在县西九里……与卧龙山岗势相连，今陆氏居之。"陆游《怀镜中故庐》云："临水依山偶占家，数间茆屋半欹斜。云边腰斧入秦望，雨外舞蓑归若耶。"陆游《居室记》载："陆子治室于所居堂之北，其南北二十有八尺，东西十有七尺。东、西、北皆为窗，窗皆设帘障，视晦暝寒燠为舒卷启闭之节。南为大门，西南为小门。"惜故居今仅存葫芦形水池，人称陆家池。

陆游的诗，仅现存的就有 9300 多首，内容几乎涉及南宋前期社会生活的所有方面。其中最突出的部分，是反映民族矛盾的爱国诗歌，在我国文学史上占有很高的地位。

绍兴著名石景——柯岩云骨

在绍兴市西约 12 公里的柯山脚下。柯岩是绍兴著名的石景。它与东湖、吼山、下方桥石佛寺，有绍兴"四大奇观"之称。柯山原是一座石山，由隋唐以来，人工开采不息，逐渐形成奇异的峭壁和石宕，故名"柯岩"，占地约 11 公顷。柯岩石景以"云骨"最为奇绝。云骨在柯山东南麓，周围田畴林舍，中间孤岩兀立，上宽下窄，高 30 余米，巅若戴笠，足如立锥，故名"云骨"。

除"云骨"外，柯山还有"石佛""蚕花洞""七星岩"等景点。石佛距云骨约百余米。昔有晋永和年间依岩兴建的柯山寺，石佛在寺内。相传石佛是经几代能工巧匠雕凿而成，高约 10 米。现寺已废，但石佛犹存，端坐在石壁之中。石佛面目慈祥，雕琢精美。石佛西侧有"蚕花洞"。因形如春蚕而得名。洞内两边悬崖，陡壁如削，于此仰视天空，只见一线天色。蚕花洞右侧，在一方巨大的峭壁上刻有篆书"柯岩"两字。绕过峭壁，为"七星岩"。七星岩是七个大小不同的岩穴。其中最大的一个叫老人洞。洞口右侧摩崖上，凿有历代名人题刻多方，真草隶篆各件皆备。老人洞洞内尽头有一深潭，深不可测。

岩顶"云骨"两个大字，传系清光绪初年镌刻的隶书。字上方枝藤倒垂，古柏苍翠。游人到此，莫不叹为奇观！

凿山采石而成的绍兴东湖

在绍兴市东约 5 公里的绕门山下。东湖原是一座青石山（东湖石是当地一种质量很好的建材），汉代开始采石，日久凿成湖泊。清末，绍兴士绅陶浚宣在此筑堤数百丈，堤外为河，堤内为湖。因湖在绍兴城之东，故名。

湖呈东西向长条形。南依一座高数十米、长约数百米的石崖，北面由两座精致的人工石桥——"秦桥"和"霞川桥"分成三片,湖水明净。

湖中有洞。著名的"仙桃洞",是由两个相通的岩洞合成。其间有一片岩壁相隔,但岩壁中却有一窟窿,形似桃子,可容小船从中穿行,蔚为壮观。洞深数十米,阴凉袭人,前人把这个洞看得很神秘,说其内深不可测,还传说洞顶有仙桃树。至今洞口还有一副对联:"洞五百尺不见底,桃三千年一开花。"由仙桃洞向西拐弯就到了"陶公洞"。陶公洞洞形曲折,水色深黛且极清冷,轻声耳语就能引生嗡嗡不绝的回音。洞口摩崖有1962年郭沫若先生游东湖时所写的《东湖》一诗:"箬簣东湖,凿自人工。壁立千尺,路隘难通。大舟入洞,坐井观空。勿谓湖小,天在其中。"它生动地概括了陶公洞的奇景。

出陶公洞,拾级登上绕门山。俯瞰东湖,只见水碧岩奇,湖河相连,水石相融,整个东湖宛如一座布置精巧的盆景。东湖的一些景色实为其他湖泊所少见。此外,湖畔还修有"樱寿楼""杨帆舫""绍兴画廊""听秋亭""饮绿亭""积香亭""小稽轩""万柳桥"等点缀景观。

这是一个小湖泊,是由人工凿山而成的,面积不到0.5平方公里。但风光殊异,甚是奇特。因此,此湖和杭州西湖、嘉兴南湖并称浙江三大名湖。

悬挂孙中山题写"气壮山河"四字横匾的绍兴东湖陶社

在绍兴市东约5公里的东湖公园内,是一处纪念景物。陶成章(1878年—1912年),字焕卿,会稽人。辛亥革命时期的资产阶级民主革命家,光复会的主要负责人之一,一生从事资产阶级民主革命运动,1912年1月14日,在上海广慈医院被人暗杀。陶成章著有《浙案纪略》等书。1914年,绍兴各界人士为纪念辛亥革命烈士陶成章,把原东湖通艺学堂改作烈士祠,命名"陶社"。1916年8月,孙中山先生曾莅临陶社致祭,并摄影留念。抗日战争时期,绍兴沦陷,陶社亦被日伪拆毁。1981年,人民政府拨款择地重建陶社。重建的陶社,坐北朝南,粉墙黛瓦。面阔三间,进深三间。

今陶社在东湖西首。正中悬挂着孙中山先生为陶成章先生题写的"气壮山河"四字横匾。室内陈列陶成章的事迹,展示了陶成章虽短暂却有意义的一生。

两岸风光秀丽的绍兴若耶溪

在绍兴市南约20公里处。平水江之古称。若耶溪源头在若耶山,自南向北,流经平水镇、大禹陵乡,然后分两支,一支西折经稽山桥注入鉴湖,一支向北出三江闸入海。全长约百里。

源头若耶山下,有一深潭,郦道元称之为"樵岘麻潭",1964年,深潭扩建成平水江水库。水库大坝为黏土心墙沙壳坝,高30.5米,坝顶长240米,总库容3960万立方米,装机发电能力900千瓦,库区总面积1076万亩。平水江水库是绍兴市较大的蓄水工程之一,库区依山傍水,风景秀丽。

若耶溪流经平水镇,这一带以盛产珠茶闻名于世,新中国成立后又新建了平水铜矿。史书记载,早在春秋时期,薛烛曾向勾践献策:"若耶之溪涸而铜出"。此后,欧冶子曾在此铸剑。现在的平水铜矿附近,尚有铸铺山和欧冶大井遗址。

若耶溪沿岸风景如画,山光水色,旖旎动人,历代文人对它的赞词颇多。梁王籍《入若耶溪》诗中的"蝉噪林逾静,鸟鸣山更幽",唐孟浩然的"白首垂钓翁,新妆浣纱女",李白的"若耶溪畔采莲女,笑隔荷花共人语",丘为的"一川草长绿,四时那得辨",綦毋潜的"晚风吹行舟,花路入溪口。际夜转西壑,隔山望南斗。潭烟飞溶溶,林月低向后。"等诗句,都生动地描绘了若耶溪两岸的秀丽风光。

有人说,要真正寻觅绍兴的自然风光,深入若耶溪,乃是不错的选择。此话不假!

因山地中河流发生袭夺现象造成的著名景观——诸暨五泄

在诸暨西北约23公里的五泄乡境内。五泄是山地中河流发生袭夺现象造成的一处自然景观。位于诸暨西部的龙门山,为浙西北天目山脉的分支,是富春江和浦阳江的分水岭。呈西南向东北走向,山脉自西南向东北绵亘于桐庐、浦江、富阳、诸暨之间,最后没入萧绍平原,诸暨城关的陶朱山(海拔261米)、白阳山(海拔324米)、金鸡山(海拔85米),属平原上的孤丘。龙门山地东侧,平均海拔在500米以上,主要由泥岩、薄层的不纯灰岩组成。在龙门山的白龙岗处，浦阳江上游对本流入富阳壶源江支流的五泄溪造成袭夺，造成一段约20公里的河流改道流入浦阳江，又由于地面断层、基面比降、河流溯源、切穿分水岭等多因素长期作用，进而在河床纵剖面上形成裂点、峡谷，最终形成了五泄风景区。主要景观有东、西龙潭。景观特点是"瀑飞峰奇"。

东龙潭以五级瀑布著称。瀑从五泄山巅的崇崖峻壁间飞流而下，气势蔚为壮观。五级瀑布，景色各异。一、二两泄位置最高，水流平缓。三泄沿口小腹大的峡谷腾跃而出，形成一条面宽10至20米、高约50米的"川"字形飞瀑。三泄之下，瀑布突然跌入宽仅1米的狭沟，这便是四泄。瀑布紧贴壁立的岩石，沿七、八十度陡坡，成"之"字形直泻而下，高达15米。明代文学家王思任见状，脱口而出："声怒，势怒，色怒。"由于岩壁遮挡，游人很难看到四泄全貌。五泄则是积聚了前四泄之水，从高约30米处直冲而下，正如清代文学家周师濂所称赞的那样："龙湫泻下第五泄，横空飞出千山雪。"特别是水满涨时，奔腾飞跃的五泄瀑布，更显神奇。

西龙潭以峰峦称奇，奇峰异岩与东龙潭热烈飞动的瀑布相映成趣。古人言："东潭胜在外，溪山同襟带；西溪窈然浮，万象包其内。"明初文学家宋濂在《游五泄山水志》中说，五泄有"七十二峰焉"。七十二峰分布在整个风景区，而奇特的峰峦多在西龙潭两壁。比较著名的有西壁的朝阳、天柱，东壁的石屏、香炉等峰。

此外，五泄还有"三十六坪"，点缀在溪流两岸或峰崖脚下。这"三十六坪"，"一坪一奇景，坪坪可耕作"。景区内海拔280米处，有唐代古刹"五泄禅寺"。抗战时寺被毁，20世纪80年代重修。寺左壁有徐渭《七十二峰深处》题词。寺院门有明代书画家陈洪绶"三摩地"手迹。

五泄也是森林公园。景区内有400余种植物，其中香果树、天竺桂、天目木兰、浙江楠等为国家保护树种。

古往今来，无数文人学士为五泄的奇妙自然景观所吸引。如杨万里、王十朋、杨维桢、陈洪绶、徐渭、袁宏道、宋濂、刘埠、郁达夫等，先后到过五泄，并吟诗、作画、题词，为之赞叹不绝。袁宏道赞美五泄是"天造风光地设奇，泄风光石总相宜"，郁达夫称赞五泄山水之秀为其经历山水之魁，并用"尖削、奇特、深幽、灵巧"八字概括五泄峰峦之神奇！

　　五泄风景区，1985年被命名为省级风景名胜区，现为国家级风景名胜区，如欲入画，请访五泄！

浦阳江畔的诸暨城关艮塔

　　在诸暨市城关镇东北面的浦阳江畔。因位于艮方（东方），故名。又因此处曾是娄姓宗族的湖荡沼泽地，又名娄家荡塔。建于明万历十三年（1585年）。塔为砖木结构，平面呈方边形，六角七层。塔顶盖有铜幅。菱角牙子，叠砌出檐。檐有生起，翼角微翘。平座为平砖叠砌，挑出甚浅，不施斗拱。各层皆辟券门或开有拱窗。为县级文保单位。

　　这是一座保存较好且对研究明塔有较高价值的古塔。

古桥

因两桥相对而斜、状如"八"字而得名的绍兴八字桥

在绍兴市八字桥直街东端,因两桥相对而斜,状如"八"字而得名,是绍兴最古老的石桥。重建于1256年,至今已有700多年历史。

主桥东西向,跨南北流向的主河稽山河。桥面系条石铺成,长4.85米,宽3.2米,高约5米,桥洞呈方形,净跨4.5米。主河两侧有两条东西流向的小河。主桥东端沿河岸向北、南两个方向落坡,西端沿河岸向南方向有个落坡,分别跨一条小河,两条沿主河岸南北向的踏道下设纤道。桥上置石块栏板,望柱头雕作覆莲,寻杖下用云拱斗子。省级文保单位。

这是我国罕见的一座梁式古石板桥。古代匠师在设计时解决了当时比较复杂的交通问题,是研究我国桥梁史的重要实物例证。

建于稽山河与运河交汇处的绍兴广宁桥

在绍兴市广宁桥直街。桥架于稽山河与运河交汇处,南北向,是一座七折边型的单孔石拱桥。据传,此处本无桥,过往百姓须摆渡过河,乡人集资建桥,以利往来百姓广受安宁,故名。《嘉泰会稽志》载:"绍兴中,有乡先生韩有功为士子领袖。暑夜多与诸生纳凉桥上。"由此可见,桥应建于南宋之前。明万历二年(1574年)重修。

桥全长60米,宽5米,高约5米。桥上置石块栏板,望柱头雕作覆莲或石狮,寻杖下用云拱斗子。拱券纵联分节并列砌置,桥下设纤道。为市级文保单位。

在古代,广宁桥是当地人观景的处所之一。如有越谚为证:"大善塔,塔顶尖,尖如笔,笔写五湖四海;广宁桥,桥洞圆,圆如镜,镜照山会两县。"

一幅绝妙的江南水乡风景画——绍兴古纤道

在浙东运河绍兴段的河面上。纤道,初名"运道塘",俗称"纤塘路"。系古人架设在水面上,由一座座石桥连接而成的水上通道。旧时古纤道西起钱清江,途经湖塘、阮社、柯桥、东湖、皋埠、陶堰、东关等集镇,东至曹娥江。今保存最完整的是柯桥至钱清段。其中,阮社段古纤道,突兀水面,全长 7160 米,由 1285 孔石梁桥组成。这一段纤道建于清同治年间。

纤道的路基,全用青石垒砌上铺石板而成。每隔里许,就有一座造型古朴的单拱石桥相连接,或用多孔平板桥相连。由于古纤道贴水而过,上可行人背纤,遭较大风浪时,小船还可在纤道旁浅水区躲避,故又有"避塘"之称。

绍兴古纤道不仅构思奇特,建筑精巧,而且造型优美,经济实用,是国内罕见的一处古迹。纤道两边,碧水漾波,飞帆击浪;岸上沃野叠翠,烟村掩映。为全国文保单位。

凌空俯视,绍兴古纤道便是一幅绝妙的江南水乡风景画,因而备受中外游客和影视工作者的青睐。一批以鲁迅作品为题材和反映绍兴风土人情的影片,如《阿Q正传》《祝福》《九斤姑娘》等,都曾在此拍摄外景。

横跨老城河的绍兴光相桥

在绍兴市西北隅,因桥畔原有光相寺而得名。是一座圆弧单孔石拱桥。重建于元朝至正元年(1341年),明隆庆元年(1567年)重修。桥南北向,横跨老城河。全长 30 米,宽约 7 米,高 4.3 米。拱券纵联分节并列砌置。桥两旁置垂带,长设工字形坐栏。每边坐栏均以 6 尺覆莲相隔,末端置石鼓。两边各设踏步 23 级。圆拱内、石柱上分别刻有元建桥及明修桥的题记。为省级文保单位。

该桥为绍兴保存较好的古石板桥之一,对研究水乡石桥有一定参考价值。

《晋书·王羲之传》里有故事的绍兴题扇桥

在绍兴市蕺山街东侧。据《晋书王羲之传》记载,王羲之"尝在蕺山见一老姥,持六角竹扇卖之。羲之书其扇,各为五字。姥初有愠色。羲之因谓姥曰:

'但言王右军书,以求百钱耳。'姥如其言,人竞买之。他日,姥复见羲之,求其书之,羲之笑而不答。"桥由此得名。相传以后老姥常在题扇桥旁等候王羲之题扇,王羲之不胜其烦,只好躲进桥旁的一条小弄堂绕道走。后来,人们形象地称这条小弄堂为"躲婆弄"。题扇桥是清道光八年(1828年)重修。桥东西向,是单孔半圆石拱桥,全长约19米,宽约4米。桥上置石块栏板,望柱头雕作覆莲,拱券横联分节并列砌置。为市级文保单位。

观赏"小桥流水人家"极佳处的绍兴宝珠桥

在绍兴市区西红旗路与光明路连接处,原名火珠桥。清乾隆《绍兴府志》:"宏济桥,即火珠桥"。《山阴县志》:"本名火珠桥,嘉靖时郡守南大吉名宝珠,知府汤绍恩重修,改今名。"清乾隆十四年(1749年)重修。桥东西向,为七边折单孔石拱桥。全长30米,宽约4米,高3米。拱券纵联分节并列砌置。实体栏,两边浮雕云龙。桥龙门石中刻仙桃浮雕图案。桥下有纤道。南北向的城市内河两侧,为绍兴古城名居外墙,故桥上成为观赏的极佳处。

"小桥流水人家",多么诗情画意啊!

分主、副桥两部分的太平桥

在绍兴市西北约20公里的阮社、管墅两乡交界处。桥南北向,横跨萧绍古运河。建于明天启二年(1622年)。今桥为清咸丰八年(1858年)重修。

桥分主、副桥两部分。主桥为单孔石拱桥,桥约长21米,高7米,宽3.5米,净跨度10米,可通大舟,桥上置石块栏板,望柱头雕作覆莲,拱券横联分节并列砌置。北端有8孔跨石板搭成的平桥,长40米,供脚踏手划小舟穿行,为副桥。南端落坡中设平台,经平台折东、西两面下桥。为省级文保单位。

太平桥桥身造型美观古朴,周围颇具水乡特色,人行桥上,犹如乘龙扶摇直上青天,似一幅美妙的江南水乡风光画。

建在鉴湖水面开阔之处的越城泗龙桥

在绍兴市东浦镇鲁东村。建于清代。因有孔20个,故俗称"廿眼桥"。系一座梁拱结合的石桥。桥南北向，全长 96 米，宽约 3 米。南为 17 孔梁式石桥，北系 3 孔拱式石桥，中有桥亭连接。这种桥多建在河面开阔之处。为县级文保单位。

泗龙桥跨鉴湖之上，宛如束腰彩带，不仅方便了交通，而且因桥成趣，丰富了水乡风光的特色和韵味，赢得了古今文人墨客的吟咏。明代李贤《芦沟晓月》中的诗句"横桥远亘如游龙，明珠影落长河中"，便是该桥风光的真实写照。

系三孔石拱的越城新桥

在绍兴市东浦镇。建于清代。系三孔石拱"酒联"桥。桥面宽 2 米，中孔跨径 4 米，两侧石孔净跨 2 米，全长约 15 米。中孔两侧，置两根横锁石，其顶端伸出桥外，琢成兽头，怒目圆睁，咧嘴卷舌。横锁石下配有长条形的间壁，上面阴刻两副大楷对联。东边对联："新建桥成在越浦，桥横镜影便齐民"，西边对联："浦北中心为酒国，桥西出口是鹅池"。西对联中的"酒国"，指绍兴东浦。

东浦是近一二百年来，绍兴老酒配制最集中的地方，故人称"酒国"。

拱圈两壁上镌一副酒联的柯桥荫毓桥

在绍兴市柯桥镇阮社村。系单孔石拱桥。建桥年代不详。清光绪年间曾重修。全长 14.45 米，桥面宽 3.4 米，拱圈呈马蹄形，近似中国古典园林中的月洞门，最宽处约 4.5 米，两拱脚净距 4 米，可通大舟。拱圈两壁上镌一副酒联，尤为引人瞩目。"一声渔笛忆中郎，几处村酤祭两阮。"上联中的"中郎"，指东汉文学家、书法家蔡邕。相传蔡邕曾流浪柯桥、阮社一带，曾创作《柯亭笛》一曲。下联中的"酤"，即"酒"，"两阮"系"竹林七贤"中的阮籍、阮咸叔侄。阮社村，原名竹村，盛产翠竹，盛酿佳酒。

相传阮氏叔侄曾在这一带居住，纵酒谈玄，品酒吟诗。后人怀念先贤，故有"渔笛忆中郎""村酤祭两阮"之说。可见，荫毓桥是绍兴的一座"酒联"桥。

园林

绍兴历史文化名城的一个缩影——府山

在绍兴市区西北隅。属孤丘,海拔74米,面积22公顷。山势若卧龙,称卧龙山。文种葬于此山,又称种山。康熙曾来此,又称兴龙山。后以府衙在其东麓,故称府山。府山与城内塔山、蕺山鼎足而立。

府山有春秋时期的越国遗址,因此古迹极多。它集中了从春秋到现代两千多年丰富多彩的历史遗迹。据记载,在宋代的全盛时期,山上共有70多处楼台亭阁。现主峰前有石柱古亭,名望海亭,始建于唐代。亭下有春秋时越国大夫文种墓及唐宋摩崖题刻。南麓有越王台和越王殿。西南山峰上有风雨亭,1930年为纪念近代民主革命烈士秋瑾而建。东南山麓还有解放战争革命烈士墓及纪念碑。可以说,府山是绍兴历史文化名城的一个缩影。

此外,府山还有非常秀美的自然景观。植被浓郁,气韵幽微。古人早有"天下山川越为先""佳气龙山冠越州"之说。1948年鲁迅夫人许广平来绍兴游府山时曾说:"府山,一名龙山,在城里比塔山高,纪念秋瑾女士的风雨亭在其下。山上有望海亭,游人至此,绍兴全境,尽入眼底,襟山带湖,居宅田畴,交错其下,风景远近,各有佳趣。"她对这里的景致十分推崇。

现在的府山,已经被辟为一座规模较大的公园,是目前市区著名的游览胜地。

《越绝书》有记载的"越王宫台"——府山越王台

在绍兴市府山东南麓。越王台始建于何时,现已难查考。但据《越绝书》记载"越王宫台":"周六百二十步,柱长三丈五尺三寸,霤高丈六尺。宫有百户,高丈二尺五寸。"可见规模较大,后废。唐李白诗云"越王勾践破吴归,义士还家尽锦衣。宫女如花满春殿,只今惟有鹧鸪飞。"历史上,越王台屡废屡建。现在的越王台是1980年在原址上按原貌重建的。主体建筑300多平方米,为钢筋混凝土仿古结构，歇山顶，五开间，四周置围廊。通面宽23米，通进深12.34米。全部柱均为方形。

越王台古称点将台，是绍兴的一处游览胜地。登越王台远眺，古城绍兴新貌尽收眼底。近年来，绍兴人民不定期在这里举行颂扬越中先贤和讴歌当今的书画展与兰花、菊花等花展。为市级文保单位。

台后有一宋代枯柏，主干挺拔刚劲，突兀插天，令人仰首却步，树形似龙头，故又名龙头古柏。现列为重点保护古树。

系越国纪念性建筑物的府山越王殿

在绍兴府山半山腰。系越国纪念性建筑物。初建于1938年。抗日战争爆发，绍兴人民在府山内建筑此殿，以示杀敌抗日之决心。不久毁于日机轰炸。1982年，按原状重建。

殿坐北朝南，依山而筑。总面积300多平方米。殿前平地上，有两座竹亭，安置着一对古松、柏树化石，高约1米，距今约亿万年。有石级导上殿门。殿门上方正中悬挂着当代书法家沙孟海书"越王殿"三字巨匾一块。大殿内雕梁画壁，宫灯彩饰，中供越王勾践、大夫文种、范蠡的三尊石刻塑像。上方悬"卧薪尝胆"匾额一方。两旁墙上有四副大型壁画，有描绘越王勾践卧薪尝胆、不忘国耻的动人情景；有十年生聚，越王亲率军士犒劳民众的画面；还有十年教训、越王亲自教练越国军队的场面；以及投醪河畔越国民众扶老携幼，欢送越王和将士出征等历史场景。

越王殿前左侧有"清白泉记碑"，系1982年府山东侧原府治附近出土。碑高1.36米，宽0.73米，行书。清顺治年间绍兴知府施肇元撰文，后又作跋。此碑镌宋范仲淹为清白泉所作记，追述此泉来历。

在飞翼楼遗址上改建的府山望海亭

在绍兴市府山之北巅。相传春秋吴越交战时，越国大夫范蠡曾在此建造飞翼楼。飞翼楼实为瞭望塔。后废。唐时在飞翼楼的遗址上改建望海亭。"望海亭"名称的由来，有两种说法。一说由于古时这里离海不远，从亭上可以北望杭州湾，故名。另一说，在此亭上，可以俯瞰绍兴城西的北海，望海亭由此得名。随着岁月的流逝，此亭屡废屡建。现在的望海亭是1981年按原址重建的。望海亭是石柱古亭，高21米，共五层，典雅壮观。为市级文保单位。

登亭而望，稽山镜水扑面而来，人烟城廓一览无遗，曾被称为"一郡登临之胜"。

柱上镌着孙中山致祭秋瑾那副名联的府山风雨亭

在绍兴市府山西巅。这是一处纪念秋瑾的景物。建于1930年。因传先烈就义前绝笔"秋风秋雨愁煞人"而得名。1981年重修。亭为八角攒尖顶。正面上方悬辛亥老人田桓手书"风雨亭"匾。两面石柱上镌着孙中山致祭秋瑾的那副名联："江户矢丹忱，感君首赞同盟会；轩亭洒碧血，愧我今招侠女魂。"为市级文保单位。

风雨亭居高临下，可瞰当年秋瑾被关押的县衙。

相传为范蠡养鱼的绍兴南池

在绍兴市南约10公里的南池街。传为越国大夫范蠡养鱼的下池。范蠡，字少伯，楚国宛（今河南南阳）人。越为吴所败时曾赴吴为质二年。回越后，助越王勾践刻苦图强，灭亡吴国。后功成隐退，游至齐国，称鸱夷子皮。到陶（今山东定陶西北），改名陶朱公，以经商致富。据《嘉泰会稽志》记载，勾践败吴后，曾对范蠡说："孤在高山上，不享鱼肉之味久矣。"范蠡回答说："臣闻水居不乏干燋之物，陆居不绝深涧之宝。"于是修筑了上下两所鱼池。上池坡塘，在绍兴市东北约18公里处，今已不复存在。下池南池，至今犹存。池南北向，略呈腰圆形，全长约160米，最宽处约7米，终年不涸。

范蠡留世著作有《养鱼经》一书，《旧唐书·经籍志》和《新唐书·艺文志》对范蠡《养鱼经》有著录。

又称劳师泽的投醪河

原名箪醪河，又称劳师泽。在绍兴市南的鲍家桥至稽山中学。全长250余米，宽约 7 米。《嘉泰会稽志》载："勾践谋霸，拊存国人，与共甘苦。师行之日，有献壶浆。跪受之，覆流水上，士卒承流而饮之，人百其勇，一战而有吴国也。"河由此得名。唐时重浚。

宋诗人徐天祐有《箪醪河》诗云："往事悠悠逝水知，临流尚想报吴时。一壶能遣三军醉，不比商家酒作池。"

传说西施习步的宫台遗址——西施山

在绍兴市五云门外。亦称土城山，美人宫。传为春秋战国时越国美女西施习步处。据《越绝书》《吴越春秋》等史书记载，越王勾践为乱吴国政，君臣商讨复国大计，大夫文种进献"灭吴九术"，其中第四术是"往献美女"。在送给吴王夫差的诸美女中，西施最著名。因西施来自诸暨苎萝山鬻薪之家，越王"恐其朴鄙"，于是筑起宫台，"饰以罗縠，教以容步，习于土城，临于都巷，三年学服"，派范蠡送去。西施山是传说西施习步的宫台遗址。为省级文保单位。

1959 年以来，西施山出土了大量越国青铜器，有犁型器、锄、镬、刀、削、锯、剑和矛等，还有原始青瓷、印纹硬陶和泥质灰陶等文物。这说明，西施山一带是重要的越国遗址。

绍兴著名石景之一——吼山

在绍兴市东约 13 公里的樊江乡境内。属孤丘，海拔 105 米。相传春秋时越国大夫范蠡，为复兴社稷，于此山养狗、猎白鹿等以献吴王，因名狗山，日久讹为吼山。

吼山是绍兴著名石景之一。主要景点有"棋盘石""烟萝洞""云泉""云石"和"万寂庵"。"棋盘石"呈椭圆形，方圆数丈，顶宽阔数尺一盖在一块底小顶大的巨石上，系历代凿山采石残留下来的岩石。民间传说，有南斗和北斗两位神仙曾在此对弈，棋盘石由此得名。明代袁宏道《吼山观石壁》有诗云："知不是天造，良工匠意成。千年云气老，七日浑沌生。精祟虚无出，猿猱叹息行。道傍因借问，恐是越王城。"烟萝洞四周陡壁峭然，中间一片开阔地，上面林木葱郁。旧壁悬崖上，苔藓满布，终年滴水不绝。壁下有洞穴数处，最大为"一洞天"，内有水潭数穴，整个洞穴清幽凉爽。云泉位于烟萝洞东上方，为尺许见方的泉池。此泉水晶莹清澈，味甚甘冽，盛夏不涸。云石在云泉西上方，此石周围 10 余米，高 30 余米，底小顶大，险怪有趣。万寂庵今已毁，但庵址内尚有彩绘壁画数幅。吼山的山以险峻多奇石而著称。清人平度在《吼山云石》一诗中写道："狮子林开峭壁前，吼来惊倒野狐禅。盘陀削就凝双碧，仿佛飞云落九天。"从中可见吼山峻险壮观的景象。

人站在巨石下，仰望"棋盘石"，似有摇摇欲坠之险，游人见之，无不惊叹！

西施浣纱处——诸暨浣纱石

在诸暨市南约 1 公里的浣纱溪畔的苎萝山下。传为春秋战国时越国美女西施浣纱处。西施名夷光，苎萝山下有东西两村，夷光居西，称西施。唐李白《送祝八之江东赋得浣沙石》诗云："西施越溪女，明艳光云海。未入吴王宫殿时，浣纱古石今犹在。"崖石高 60 米，宽 5.7 米，上刻"浣纱"两字，径一尺六寸，笔势飞骞，传为东晋大书法家王羲之当年寻游西施古迹时所书。1965 年，《人民日报》社社长范长江先生游此，激情抒写了一首赞诗："苎萝山下一女郎，受命吞吴倚红装。夫差暗中糖衣弹，子胥枉死血眼张。郑旦柔情迷越路，西施卓识乱吴疆。浣纱石上留踪迹，越女英名传四方。"为县级文保单位。

今浣纱石旁建有"浣纱亭"，亭内立碑石一块。碑石上是当代书法家沙孟海题写的"西施浣纱处"五个笔力遒劲的大字。

以西施为主题的建筑群——西施殿

在诸暨市南约 1 公里的浣纱溪畔的苎萝山下。这是一个以春秋越国美女西施为主题的建筑群。据古文献记载，西施殿在元、明时规模较大。历代名流如李白、秦少游、王十朋、郁达夫等，都曾先后到此凭吊。1986 年，当地政府重修西施殿。其主要建筑有西施殿正殿、范相亭、古越台、郑旦小塔等。大殿上方悬挂的"西施殿"三字横额，系当代著名画家刘海粟先生题写。

西施殿造型古朴，规模颇为壮观。

因山上有晋代应天塔而得名的塔山

在绍兴市南门内。属孤丘,海拔约 30 米。因山上有晋末创建、历代重修的应天塔,故名塔山,又称飞来山或怪山或龟山。

《水经注》《吴越春秋》《越绝书》等古文献对塔山均有文字记载。1984 年,当地政府按园林格局对塔山进行了较大规模的整修,并恢复了许多遭到毁坏的古迹点。山门造型典雅,朴素大方。山巅重建清凉寺,并在应天塔周围新设回廊。寺前广场右侧置"灵鳗古井"。这一口古井的变迁,颇有点神话色彩。

整修后的塔山,已成了一座风景秀丽的封闭式塔院。游人至此,绝纱之处乃是登上塔顶环视绍兴全景。其中的感受,在登塔山时有人曾作《逍遥楼记》所描述的那样:"楼凡三楹,与浮屠东西犄角,十里之外,视而见之,环楼皆扁,环扁皆城,环城皆湖,环湖皆山,开扁四顾,则万堞之形,蜿蜒如带,鉴湖八百错汇於田畴间,如练浮境。"此言不虚。

平地起峰,盘踞闹市,自古以来,人们利用它的自然环境,在山上筑路、建屋、植树、莳花,使塔山成了"山捧亭台郭绕山,遥盘苍翠到山巅"的风景胜地。

依塔山而筑的全国重点文保单位——秋瑾故居

在绍兴市和畅堂。曾为明代大学士朱赓的住所,坐北朝南,依塔山而筑。1890 年,秋瑾祖父携家自闽返绍,典居此屋。

故居共五进。第一进为门厅,门楣上悬何香凝女士手书"秋瑾故居"匾额。第二进是秋瑾生前使用的客堂、餐室、卧室。1907 年,秋瑾曾在此进行革命活动。客堂是秋瑾与革命党人商讨革命大计的地方;卧室内现照原样布置,古式木床和书桌以及书桌上陈列的文房四宝、印章及遗墨,均为秋瑾用过的原物;卧室后壁有一暗室,是秋瑾密藏文件和武器的地方。第三进为其兄住处,秋瑾年少时亦曾住过。第四进为其父母住处。第五进是厨房。现东侧第三、四、五进已辟为秋瑾史迹陈列室。共分四室,第一室介绍秋瑾诞生的时代背景及其青少年时期的情况。第二室陈列秋瑾留日时的诗词、文稿、信札、照片和生前用过的物品。第三室反映回国后从事革命活动的业绩。第四室陈列着周恩来、孙中山、宋庆龄等名人纪念秋瑾的题词等。故居为全国重点文保单位。

新中国成立前，秋瑾故居数易其主，原状亦有所变动。新中国成立后，政府十分重视故居的保护，几经修葺。1979年基本修复原貌。

可登顶观赏越城胜景的应天塔

在绍兴市解放南路塔山之巅。始建于晋末。唐时，因塔山的宝林寺改名应天寺，故名应天塔。宋、明、清各代多次重修。砖木结构，平面作六角形。共七层，高30余米。塔顶盖铸铁覆盆，刻有明嘉靖十三年（1534年）建塔题记。原可缘梯而上，登顶观赏越城胜景。1910年中元节，上塔烧香的信女们不慎失火，塔内楼板楼梯均付之一炬，仅剩塔身。1984年，重修。现塔高37.91米，比原塔增高7米多。六角七层，翼角悬铃，巍巍壮观。塔内有楼梯。塔顶饰有7米高的塔刹，底部的覆盆，仍为明嘉靖年间铸造的原物。为市级文保单位。

塔内尚存明嘉靖十二年（1533年）砖雕21方，其中有2方为佛像，线条流畅清晰，是研究雕刻艺术和佛教史的可贵资料。

古迹甚多的绍兴蕺山

在绍兴市东北昌安门内。属孤丘，海拔约51米。古时该山多产蕺。因越王勾践为报仇雪耻，常在此采食蕺草以自励而得名。山南麓东晋王羲之别业所在，故又称王家山。又因王羲之曾失明珠，疑为一老僧所窃，老僧因之含冤而死。后发现为白鹅误吞，王羲之逐舍宅为寺，并亲题"戒珠寺"匾额，以后戒绝玩珠之癖，故此山又名"戒珠山"。

蕺山古迹甚多。从南麓的戒珠寺东侧登山，有蕺山书院旧址。蕺山书院即证人书院，是明末学者刘宗周讲学的地方。刘宗周，字起东，山阴人，进士出身，富有民族气节，官至礼部主事。为官清廉，敢于犯颜直谏，连遭宦官魏忠贤等人排斥而告归，遂建书院讲学，人尊称"念台先生"或"蕺山先生"。清兵陷杭州、绍兴后，刘宗周坚贞不屈，最后绝食23天而死。清朝末年，在蕺山书院旧址创办了山阴县学堂，著名革命党人徐锡麟曾任学堂堂长，当代历史学家范文澜、数学家陈建功等，也都曾在此就读。自蕺山书院旧址东行数百步，有唐代摩崖石刻"董昌生祠题记"。属市级文保单位。刻石高1.5米，宽3.3米，正书六行大字，记述董昌生祠兴建年月。题记刻于唐景福元年（892年），字迹苍劲有力，大多可辨，对研究唐代书法艺术与历史有一定价值。蕺山之巅，清代建有五层古塔，称文笔塔，因王羲之故居在山脚，故又名王家塔，后被毁，抗战时期日军入侵时，曾在塔址上建碉堡，新中国成立后被拆除，现塔基上建有一座绍兴电视台的电视发射塔。

就海拔而言，同属孤丘的府山、蕺山、塔山，虽都不超过百米，建于"三山"之巅的古塔，却成了人们登高望远的绝佳处，鸟瞰"三塔鼎立"，古城、古韵，美不胜收！如果把环城河内的老城区，比作鉴湖水系中永不沉没的一艘航船，那么，蕺山上的文笔塔或塔山上的应天塔，就形似船头的桅杆。

一组纪念书圣王羲之的古建筑群——兰亭

在绍兴市西南约13公里的兰渚山下。是一组纪念书圣王羲之的古建筑群。据《越绝书》记载，这里最早是越王勾践种兰花的地方，汉代又曾在此设驿亭，"兰亭"之名由此而来。

东晋穆帝永和九年（353年）三月初三，王羲之邀集名士孙统、孙绰、谢安等40余人，在兰亭修禊。所谓"修禊"，是指古代的一种风俗，此日临水为祭，以清除不祥。这次聚会共有26人作诗31首，王羲之即兴为这些诗作序。此序即为古今称道的书法精品《兰亭序》。兰亭由此成为我国的书法圣地。

兰亭在历史上几经迁址。晋时兰亭在东北隅的石壁山下，宋时又移至西南方石壁山天章寺前。现在的兰亭是明嘉靖二十七年（1548年）迁建的。1980年全面整修。

兰亭建筑群分兰亭和右军祠两大部分。东部为兰亭，前有鹅池，池后曲水蜿蜒，临溪有流觞亭。亭后有御碑亭，亭内的御碑，高6.80米，宽2.6米，厚0.4米，正面镌康熙所书的《兰亭序》全文；碑阴刻乾隆题《兰亭即事》诗。御碑亭西侧，近年来又新辟了兰亭碑林。西部为王右军祠，祠中有墨池，池中建亭。其后为正殿。池两旁回廊壁上，嵌有后人临摹王羲之书法的石刻和国内外名家的书法作品。西北过兰亭江为石壁山，山上有天章寺，山下为古兰亭遗址。1989 年，在兰亭天章寺旧址新建了兰亭书法博物馆。馆前为敞厅、门厅，系二层楼房。这座以收藏、展出古今书法精品为宗旨的书法博物馆，占地 10 余亩，内设大、小书法展览厅，大小书艺交流厅以及其他附属设施，使兰亭又添一景。为国家级文保单位。

兰亭景色秀美，遍地茂林修竹，江中流清激湍。近年来，每逢三月初三，当代中外书法家云集兰亭，举行临流觞咏交流书艺的"兰亭书会"。

舍宅为寺的绍兴王羲之故宅

在绍兴市蕺山南麓西街。又称右军别业，戒珠寺等。王羲之，字逸少，琅琊临沂（今山东临沂市）人，西晋之后，王羲之随北方士族南迁。东晋著名书法家。王羲之任右军将军、会稽内史，人称"王右军"。

王羲之故宅，系王羲之舍宅为寺处。相传王羲之曾怀疑一位相处甚密的老僧偷了他的一颗珍珠，从此就不再和老僧来往，老僧含冤莫辩，不久竟抑郁而死，几天后王羲之的一只白鹅也不食而死，宰时才发现这颗珠子原来被白鹅误吞。王羲之追悔莫及，遂舍宅为寺，并亲题"戒珠寺"匾额，以示戒绝物欲之癖。

据文献记载，戒珠寺前旧有洗砚池、养鹅池，寺内有上方院、卧佛殿、竹堂、雪轩、宇秦阁等。该寺建筑几经兴废。现尚存山门、大殿、东厢，均为清代建筑。南宋朱熹《右军宅》有诗云："因山盛启浮屠舍，遗像仍留内史祠。笔冢近应为塔冢，墨地今已化莲池。书楼观在人随远，兰渚亭存世几移。数纸黄庭谁不重，退之犹笑博鹅诗。"1983 年，重修山门、大殿和墨池。大殿面阔约 19 米，进深约 12 米，殿内存有清咸丰、光绪年间捐资修寺石碑几方。为市级文保单位。

"戒珠"是佛教用语，意为"戒律洁白，犹如珠玉"。游王羲之古宅，可感受东晋名士遗风。

久负盛名的绍兴沈园

在绍兴市延安路洋河弄。原为沈氏私家花园，故名。

相传陆游与表妹唐琬相爱成婚，后因陆母的偏见导致夫妻被迫分离。数年后，俩人在沈园相遇，陆游百感交集，在园壁题《钗头凤》词一首："红酥手，黄縢酒，满城春色宫墙柳。东风恶，欢情薄。一怀愁绪，几年离索。错，错，错！春如旧，人空瘦，泪痕红浥鲛绡透。桃花落，闲池阁。山盟虽在，锦书难托。莫，莫，莫！"极言离索之痛。相传唐琬见后也作词一首："世情薄，人情恶，雨送黄昏花易落。晓风干，泪痕残。欲笺心事，独语斜阑。难，难，难！人成各，今非昨，病魂常似秋千索。角声寒，夜阑珊。怕人寻问，咽泪装欢。瞒，瞒，瞒！"情意凄绝，不久抑郁而死。40年后，陆游重游沈园，又题过两诗。沈园由此而久负盛名。

宋以后，园渐颓。1949年，仅存故园一角。1984年，扩建沈园，征用故园部分旧址，在先行考古发掘之后，按宋代园林要求，规划布局，重建沈园。1988年扩建后的沈园，占地面积约11.8亩，新建具有宋代建筑风格的亭台楼阁八座，植名贵树木约400余株。今日的沈园，主要景区分东、中、西三部分。东区为古朴典雅的"双桂堂"，内辟陆游纪念馆；中为宋代遗物区，有葫芦形水池和古井，井用长方砖横向交叠砌筑；园西为沈园遗迹区，保存着考古发现的六朝、唐、宋、明、清各个时期的遗址和遗物。为省级文保单位。

这里有南宋爱国诗人陆游活动的重要遗迹，现为绍兴城内名园之一，陆游与唐琬的爱情故事，吸引了无数游客慕名而来，到此一游。

陆游晚年常饮酒作诗之处——鉴湖快阁

在绍兴市西约2.5公里的鉴湖之畔。相传是南宋爱国诗人陆游所建的一处园林。陆游晚年常在此饮酒作诗。清乾隆年间重建。清同治八年（1869年）为书法家姚振宗购得，成为藏书之所，故人称"姚家花园"。园面积不大，但山、水、亭、楼一应俱全。阁内悬石刻拓本陆游像，各室四壁多名流诗词、书画。阁旁有小庭院，前垒假山，后凿小池，中间矮墙相隔。阁后有花园。园外小河环绕。整个园林布置得宜，别具风格。有诗曾云："快阁登临兴未穷，森严门禁幸能通。不嫌冒雨淋漓苦，为访诗人陆放翁。放翁一去已千载，老屋还留香火缘。小隐鉴湖原不恶，那堪挥泪望中原。"

园林在抗日战争时期被毁坏，甚为可惜，现仅存清代建筑数间和几方清代碑刻，部分清代记事碑已移置府山越王台。

秋瑾被捕之地——绍兴大通学堂

在绍兴市胜利西路。全称大通师范学堂。旧址原为宋代的贡院，清代改作山阴、会稽两县的官仓。19世纪末，绍郡中西学堂借用此仓开办，后中西学堂改为绍兴府学堂，徐锡麟曾来学堂当过教习、副督办。1905年9月，徐锡麟、陶成章等人为联络、培养军事骨干而在此创建该校。为掩清廷耳目，取名"大通师范学堂"。由徐锡麟任督办，内分设体育、师范两科，有国文、英文、日语、历史、地理、理化等课程。1907年初，在上海创办《中国女报》的秋瑾回到绍兴，接替徐、陶两人，为学堂督办。学生大都是浙江绍兴、金华、丽水三地的光复会骨干，因而成为当时光复会在浙江的活动中心。同年7月，由秋瑾主持的浙江光复军起义失败后，清兵包围大通学堂，秋瑾在此被捕。学堂亦遭查封。

临街的大通学堂，有高大灰墙，外形看似"台门"。台门有不大的一扇门，上方悬着赵朴初题写的"大通学堂"横匾。中轴线上为一幢三进五间的平房。第一进东侧第二间，是秋瑾当年的办公室。第二进是大礼堂，是当年的礼堂，通面宽18.50米。第三进原为教员办公室。四周回廊相通。两侧有长廊，长47.32米，宽1.57米，为学生雨天操练的地方。东西两侧轴线上，原各有四进平房，每进五开间，东西对称，今仅存部分。1980年重修。

在第一进西侧，1982年辟作"光复会史迹"陈列，共三部分，展线共约35米。大礼堂院中有一方亭和大厅，厅内木柱上镌着对联"石破天惊，光复风云越地起；披肝沥胆，辛亥英杰侠魂归"，横匾为"浩然正气"。中间立有秋瑾等塑像，还有介绍大通学堂情况的图片、实物等。在第三进，1982年辟作"徐锡麟史迹"陈列，共三部分，展线共约49米，现已为"徐社"，用以纪念徐锡麟烈士的"祠堂"，社厅正中悬挂田桓手书"徐社"匾额，东梢间后壁嵌蔡元培撰《徐烈士祠堂碑记》。现为省级文保单位。

有资料记载，学堂原有房屋50余间。其主体建筑坐北朝南，东、北、西三面为操场，颇具规模。这里是徐锡麟、秋瑾、王金发等辛亥英杰从事反清革命的重要基地，也是相互间结下深厚战斗友谊的活动场所。

《从百草园到三味书屋》中的百草园

在绍兴市区都昌坊口周家新台门后。原来这里是周家新台门内十来户人家共有的一个菜园,平时种菜,秋后有的地块用作晒场。占地约 2000 平方米。园虽无明显的界限,却有大小园之分。北面园小,南面园较大,西边有一垛仅一米多高的矮泥墙,权当与西邻梁家园子的分界线。在低矮泥墙南端,与周家后门墙角接壤处,有一块界石,上刻"梁界"两字。

百草园是鲁迅童年时代常去玩耍的乐园,也是鲁迅最早接触大自然的场所,它在鲁迅的心灵里留下了深刻而又无比美好的印象。1926 年鲁迅在《莽原》半月刊上发表了一篇题为《从百草园到三味书屋》的散文,在文中以亲切动人的抒情笔调,回忆了他对百草园的美好印象。

原称"三余书屋"的三味书屋

在绍兴市区都昌坊口,鲁迅故居斜对面,距故居约百米远处。坐东朝西,三开间,清代建筑,私塾。三味书屋,原称"三余书屋",意思是人们应当利用一切空余时间努力学习。后引苏轼"此生有味在三余"的诗句,将"余"改为"味",故名。

该书屋是清末绍兴城里有名的私塾。是鲁迅少年时(1892 年－1897 年)求学的地方。塾师寿怀鉴是一位方正质朴的博学之士,对少年鲁迅的成长产生过一定的影响。书屋正中悬挂"三味书屋"的匾额和《松鹿图》。两旁屋柱上有一副抱对:"至乐无声唯孝悌,太羹有味是诗书。"匾额和抱对均出自清末书法家梁同书手笔。书屋内有八九张方桌、木椅。

鲁迅的座位在书房的东北角,桌面上有自刻的自勉字"早"。书房旁有一小花园,乃课间玩闹之所。

墓·碑

相传为远古帝王大禹的葬地——绍兴大禹陵

在绍兴市东南4公里的会稽山麓。相传为远古帝王大禹的葬地。《史记·夏本纪》载："禹会诸侯江南，计功而崩，因葬焉，命曰会稽。"《墨子》云："禹葬会稽，衣裘三领，桐棺三寸。"秦始皇和司马迁都曾上会稽，探禹穴。

陵背负会稽山，面对亭山，前临禹池，池岸建青石牌坊一座，有甬道入内，旧有陵殿，已废。今有1979年重建的大禹陵碑亭一座。此陵坐东朝西，前铺一条玉石铺成的通道，约百米处长。亭内竖一大碑。石碑高4.05米，宽1.90米，上刻"大禹陵"三字。亭周古槐蟠郁，松竹交翠，幽静清雅。亭南有禹穴辨亭和禹穴亭，系前人考辨夏禹墓穴所在而立。陵右侧建有禹庙。为省级文保单位。

"大禹陵"三字，每字一米见方，系明绍兴知府南大吉所书，笔锋圆润，方正端厚。

春秋末期著名的谋略家文种之墓

在绍兴市府山东北坡。年代不详。文种，字少禽，楚国郢人，为越国大夫，助勾践破吴复国。《史记》记载：越王称霸后，"范蠡遂去，自齐遗大夫种书曰：'蜚鸟尽，良弓藏；狡兔死，走狗烹。越王为人长颈鸟喙，可与共患难，不可与共乐。子何不去？'种见书，称病不朝。人或谗种且作乱，越王乃赐种剑曰：'子教寡人伐吴七术，寡人用其三而败吴，其四在子，子为我从先王试之。'种遂自杀。"文种自杀后，葬于府山。故府山又名种山。后人为了纪念文种，在山上筑文种墓。1981年，重修文种墓。今墓呈土堆式，圆形，墓封土周长约13米，高1米，石砌墓圈。墓前建一石亭，亭平面方形。亭内立一石碑，碑阳面上镌"越大夫文种墓"六字，阴面刻"重修文种墓碑记"。墓园绿树成荫，肃穆宁静。为市级文保单位。

创筑鉴湖的马臻之墓

在绍兴市西南约1.5公里的鉴湖东畔，即东跨湖桥下。马臻墓，历代多次修葺。现存的墓葬，坐南朝北，面山临田。墓前立清嘉庆年间所建的青石牌坊，上镌"利济王墓"四个大字。"利济王"系北宋仁宗所赐封号。在中柱正面，刻有行书一联："作牧会稽，八百里堰曲陂深，永固鉴湖保障；奠灵窀穸，十万家春祈秋报，长留汉代衣冠。"墓用石砌，其上堆土，高约1米。正中封土前，横置长墓碑一块，上刻："敕封利济王东汉会稽郡太守马公之墓。"此为清康熙年间知府俞卿修墓时所立。1982年，当地政府重修马臻墓。为省级文保单位。

马臻，东汉时人，字叔荐，东汉永和五年（140年）任会稽郡太守。他发动民众创筑鉴湖，使百姓大得其利。地方豪绅因庐墓田地受损，冒名诬告马臻。马臻蒙冤被刑于市。乡人为纪念他的治水功绩，特地将他的遗骨，安葬在鉴湖之畔，并建马太守庙，永久祭扫。

东汉唯物主义哲学家王充之墓

在上虞南约30公里的章镇乌石山上。清咸丰五年（1855年）曾重修，后平毁。今墓系1981年原址上重建。墓呈圆形，用乌石块砌成，顶覆草皮，通高1.20米，直径约5米。墓前立清咸丰五年所凿墓碑，高1.75米，宽0.63米，厚0.15米，上镌"汉王仲仁先生充之墓"。墓台宽10米，深11米，用乌石筑成。台前左侧立有《王充简介》说明碑。整座墓造型简洁朴素，四周茶树簇拥，两旁植柏，庄重肃穆。为省级文保单位。

王充（27年—约97年），字仲任，会稽上虞人，东汉著名的唯物主义哲学家，一生致力于反对宗教神秘主义，反对谶纬迷信，批判"天人感应"，提出了唯物主义认识论的观点，著有《论衡》八十五篇。

世称"书圣"的王羲之之墓

在嵊州东南约25公里的金庭乡华堂村瀑布山南麓。相传王羲之因与扬州刺史王述不洽，遂"称病去郡"，"尽山水游之娱，"于兰亭聚会后二年，即永和十一年（355年）自会稽"徙居剡县之金庭"，卒葬于金庭瀑布山。

墓屡经修葺。今墓坐北朝南，呈圆形，用石砌成。墓前有石碑亭，亭内立墓碑，高2米，宽0.71米，阳面刻"晋王右军墓"五个大字；阴面镌"大明弘治十五年三月十五日吉旦浙江等处承宣布政使司右参议吴重立"三十个字。墓前，原有明天启年间的墓道、牌坊。现墓道、牌坊系清道光二十九年（1849年）重建。入口处，立两柱单间冲天牌坊，宽2.57米，柱高3.35米。额坊正面刻"晋王右军墓道"，阴面落款"清道光二十九年己酉季冬浙江学政吴钟骏题"。为县级文保单位。

王羲之（303年—361年），字逸少，东晋书法家，世称"书圣"。千百年来，中国、日本、韩国等书画界、文化界人士纷至沓来，追寻书圣足迹，悼念书圣。

虽属攒殡性质规模却颇大的绍兴宋六陵

在绍兴市东南约18公里的宝山。宝山又名攒宫山。为南宋高宗、孝宗、光宗、宁宗、理宗和度宗之陵墓。高宗永思陵、孝宗永阜陵、宁宗永茂陵并列，其南为光宗永崇陵，其北为理宗永穆陵、度宗永绍陵。

据史书记载，宋六陵虽属攒殡性质，但其规模颇大。每座陵墓均有长达数十米的巨石铺设的墓室甬道和精致的墓阙。各陵挑土成阜，封土高大，上栽大批树木，呈"葱郁佳气"。至元十五年（1278年），墓曾被江南释教总统杨琏真伽盗掘。明朱元璋时下诏将宋六陵遗骸归葬，重新立碑植树，并派兵护陵。至清，官府亦派人守卫、致祭。后陵遭破坏。为省级文保单位。

现仅存部分墓下础石，封土上有松树242株，分六丛耸立于陵墓之上，高大挺拔，郁郁葱葱。相传每丛苍松下面，即为一座陵墓。

世称"阳明先生"的王守仁之墓

在绍兴市西南16公里的兰亭花街鲜虾山南坡。王守仁墓坐北朝南，圆形，石块砌筑，其上堆土，径10米，通高约3米。墓背负青山，左右两脉小山，前面一带平川。明末以后，墓时有被侵。清康熙、乾隆及民国年间多次修葺。1988年重修，日本友人亦集资赞助，先哲茔墓，重现旧观。墓道是用石砌成的石级，长 70 余米。每隔一二十级，设石板平台，或长方形，或半圆形。墓周古松如屏。为省级文保单位。

王守仁（1472 年—1529 年）字伯安，生于余姚（旧属绍兴府），后迁居绍兴。明代著名哲学家、教育家。进士出身，官至南京兵部尚书。因王曾在绍兴创办阳明书院，世称王守仁为"阳明先生"。

自称"书第一，诗二，文三，画四"的徐渭之墓

在绍兴市西南约 10 公里的娄宫里木栅南姜婆山北麓。墓于 1989 年重修，坐西朝东，条石砌边，面阔 2.60 米，高 1.30 米，土封顶。旁有清道光十六年（1836 年）所立墓碑一通，上书徐淮、徐潞、徐枚、徐杜之墓，当为徐渭兄及后裔的墓葬。为县级文保单位。

徐渭（1521 年—1593 年），初字文清，后改文长，号青藤道士、天池山人等，绍兴府山阴人，明代著名的文学家、书画家。徐渭认为自己的学才成就，"书第一，诗二，文三，画四"。但后人对他的书画评价最高。他是我国古代著名的十大画家之一。明嘉靖三十六年（1557 年），为浙闽总督胡宗宪幕客，协谋抗倭军事。胡宗宪下狱文长发狂，自杀未遂，误伤妻子致死，下狱七年。徐渭晚年生活穷困不堪，在绍兴靠卖画度日。

明末清初画家陈洪绶之墓

在绍兴市南约 11 公里的南池乡官山岙村横棚岭北麓。墓坐南朝北，用青石砌成，呈正方形。1989 年整修。台基高 1.95 米，宽 5.25 米，深 3.20 米，黄土封顶，上植青草。墓前有承托墓碑的立柱两根，高 0.79 米，用青色石块砌成。墓碑由一块长 1.95 米、宽 0.80 米、厚 0.15 米的石板凿成。墓碑碑文左上阴刻"乾隆六十年八月裔孙允绅立"，碑阳镌刻"明翰林陈章侯公暨德配来氏宜人韩氏宜人合墓"，右下阴刻"光绪辛丑花朝裔孙司事重修"。墓四周松柏苍翠，幽雅寂静。为省级文保单位。

陈洪绶（1598 年—1652 年），字章侯，号老莲，诸暨人，明末清初画家。

纪念明代抗倭英雄的姚长子纪念碑

在绍兴市西北约 13 公里的阮社乡寺基村。姚长子，山阴人，明代抗倭英雄。其名不祥，因个子高，人称"姚长子"。明嘉靖三十三年（1554 年）冬，倭寇窜绍，迫姚长子为向导。他将敌带入四面环水，前后只有两桥相通的"化人坛"，并于事前密约乡人拆毁桥梁，断其归路。倭寇中计，遂被明军和乡人歼灭，姚长子亦英勇牺牲。碑建于 1937 年。碑高 0.93 米，碑座呈正方形，边长 0.51 米。碑身正面上方镌"姚先烈绝倭纪念碑"八个隶书大字，下面刻姚长子像。碑阴为记述姚长子事迹的碑文。为县级文保单位。

为纪念姚长子的献身精神，后人将"化人坛"改名"绝倭涂"，并在此建祠纪念，后毁，甚为可惜！

以廉直著称的甄完之墓

在新昌县肇圃乡岩泉村苍骊山南坡。甄完（1392 年—1465 年），字克修，新昌岩泉人。进士出身，曾任刑部山东清吏司主事。由于审理高煦叛案，秉公拒贿，以廉直著称。他先后出任广西布政使司参议、河南布政使等职。虽曾从柳溥镇压过大藤峡少数民族起义，但抑制明宗室靖江王盘剥，有惠政于民。明景泰四年（1453 年），佐徐有贞治理黄河有功。墓南向，今仅存墓面石，上横镌"方伯甄公之墓"六字。为县级文保单位。甄完为官较清廉，当时明廷三年一次大计，甄完在免试之列。

辛亥革命时期杰出的女革命家秋瑾之纪念碑

在绍兴市解放北路轩亭口。轩亭口是秋瑾 1907 年 7 月 15 日晨英勇就义的地方。秋瑾（1875 年—1907 年），号璿卿，字竞雄，自号鉴湖女侠。她是辛亥革命时期的妇女革命家，中国妇女解放运动的先驱者，一生从事资产阶级民主革命运动。1907 年，秋瑾和徐锡麟分头准备举行浙皖两省起义。7 月，徐锡麟在安庆组织的起义失败。7 月 13 日，秋瑾亦被捕。7 月 15 日凌晨在轩亭口英勇就义。

1928 年王子余等，在秋瑾就义地倡建立碑筑亭纪念，1930 年落成。碑呈正方形，高1.45米，宽1.20米，四周设水泥栏杆。碑身正面镌张静江题写的"秋瑾烈士纪念碑"七个鎏金大字。碑座正面刻有蔡元培撰、于右任书《秋先烈纪念碑记》。"碑记"扼要记叙了建碑的缘起和经过。为市级文保单位。

轩亭口地处绍兴城中心，原有唐代所建的候轩亭，后废。

为纪念牺牲的解放军战士而建的绍兴市革命烈士墓

在绍兴市府山南麓。墓呈长方形，坐北朝南。1953年4月，为纪念1949年在解放浙江时英勇牺牲的60名解放军战士而建。上书徐生翁题写的"革命烈士之墓"六个大字。

1959年8月，绍兴市人民委员会又在墓前立竖碑。碑通高约7米，碑座共五层，呈正方形。下边周长4.5米，四周设石栏杆。台座上高大的碑身正面刻有"革命烈士永垂不朽"，右面为"浩气长存"，左面为"万古流芳"，碑阴刻记烈士们的英雄业绩："祖国的优秀儿女中国人民解放军在伟大的中国共产党英明领导下在解放战争中面对着万恶的敌人国民党反动派进行了英勇顽强的斗争烈士们曾先后打败了日本帝国主义赶走了外国侵略者打倒了国民党反动派其间出现了无数可歌可泣的英雄事迹一九四九年英勇的烈士们在解放我省的战斗中他们在没有现代交通工具的艰难条件下渡海作战深山剿匪发挥了无比的英雄气概和顽强精神前仆后继为了人类的解放事业而壮烈牺牲烈士们这种崇高的英雄品德将永远放射出灿烂的光芒千秋万垂永垂不朽"。墓地四周绿树成荫，庄严静谧。为市级文保单位。

每年清明，当地政府都在这里举行隆重的祭奠仪式，缅怀革命先烈的英雄业绩。

所书"誓复失地"革命标语的朱铁群烈士之墓

原在绍兴县樊江乡后堡村。朱铁群（1915年—1941年），安徽人，上海复旦大学学生，中国共产党党员。1940年1月到绍兴工作。曾任中共绍兴县工委领导的皋北抗日自卫队队长。1941年9月为掩护同志，在皋埠后堡战斗中英勇牺牲。为纪念烈士，樊江人民于同年同月在小南池黎园建墓。1988年迁入吼山烈士墓。墓圆形，块石砌成，水泥封顶，高 0.95 米，周 9.80 米。墓碑高 1.5 米、宽 0.60 米，楷书阴刻"绍兴皋北抗日自卫队朱铁群、叶向阳、胡子青、陈冬之墓"。为县重点文保单位。

"誓复失地""冲过钱江"的后堡桥革命标语，为朱铁群所书。

曾任中共浙江省委书记的张秋人烈士之墓

在诸暨牌头水霞张村南。墓于 1981 年重修。南向，圆形，周块石砌成。通高 3 米，径 4 米，前立石碑 3 方，上书"张秋人烈士之墓"七个大字。周砌平台，台周设望柱栏栅。墓围以墙，东门拱楣嵌"张秋人烈士之墓"额。为省级文保单位。

张秋人（1898 年—1928 年），诸暨人，中国共产党党员。大革命时期，分别参与帮助建立绍兴独立支部，帮助建立宁波地区和芜湖地区第一个共产党支部，并任第一届中共芜湖支部书记，后在广州运动讲习所讲授各国革命史，并任黄埔军校政治教官。1927 年担任中共浙江省委书记，9 月遭逮捕。1928 年 2 月被敌人杀害，壮烈牺牲。遗体由其亲属运回本村安葬。

在诸暨"墨城坞战斗"中壮烈牺牲的朱学勉烈士之墓

在诸暨市连湖乡尚武村苦竹尖山东麓。朱学勉（1912 年—1944 年），浙江宁海人。中国共产党党员。1938 年，受党组织派遣，从延安回浙江工作。曾任中共鄞县县委书记、余姚县委书记、诸暨县委书记、金萧支队第一队长等职。1944 年 5 月 27 日，在诸暨"墨城坞战斗"中壮烈牺牲。新中国成立后修造的墓地，是烈士当年牺牲的地方。1980 年重修。向西。在半圆形的基台上，建有圆形墓。墓与墓台用砖石砌成。墓前立一石碑，上书"朱学勉烈士之墓"七个大字。为县级文保单位。

墓地四周，苍松翠柏，庄严静谧。

革命思想的传播者汪子望烈士之墓

在上虞白马湖畔徐岙村岙底里山的山坡上。汪子望（1900 年—1928 年），浙江龙游人。中国共产党党员。1923年在宁波浙江第四中学任教。1924年，他在当时宁波中共地下党出版的秘密刊物《火曜》杂志任编辑，积极宣传革命思想。1925年赴武汉，在宁波旅汉公学任教，同时参加我党领导的工人运动和工会工作。1928年因叛徒出卖而被捕牺牲。1930年，生前好友将烈士灵柩运回上虞秘密埋葬。系圆形土墓。墓碑上镌刻经亨颐先生题写的"龙游汪君子望之墓"几个大字。为县级文保单位。

上虞第一个农民党员朱庆云烈士之墓

在上虞朱巷乡麻岙村。朱庆云（1888年—1949年），上虞朱巷人。中国共产党党员。1927年"四·一二"反革命政变后，他在上海、安徽等地做地下工作。1937年，回到家乡上虞参加抗日工作。1948年，奉党的指示，在四明山区进行秘密工作。他冒着生命危险，发动群众，同国民党政府展开了反清剿、反抽丁、反抢粮斗争。1949年8月，朱庆云被反革命分子谋害不幸牺牲。1957年上虞县人民委员会在朱巷建造烈士墓。墓向南，呈方形，砖石结构，沙漏封顶。墓中嵌墓碑，上刻"革命烈士朱庆云同志之墓"十一个大字，下镌烈士生平事迹。墓前植常青刺柏。为县级文保单位。

墓道外30米处立"烈士碑坊"，左右石碑上刻"一人立功、全家光荣"等字。

创办书店、发行进步书刊的张珂表烈士之墓

在嵊州蛟镇乡上高村独秀山北麓。张珂表（1908年—1938年），嵊州（原嵊县）人。中国共产党党员。1935年，在嵊县创办书店，发行进步书刊。1937年，配合从上海回嵊的中共党员王秀松，开展抗日救亡运动。他团结当地各界人士，积极开展抗日救亡运动。1938年10月，在宁波病逝，墓在"文革"中遭破坏。1980年重新修复。向北。圆形。砖石水泥浆砌成。高2.30米，周14.20米。墓碑高1.8米、宽0.60米，楷书阳刻"张珂表烈士墓"。为县级文保单位。

中共嵊县县委建立后，曾任县委副书记兼宣传部长。

曾担任浙江大学和北京大学校长的马寅初之墓

在嵊州北约 6 公里的仙岩下王舍村朱家坪山麓。墓系 1983 年修筑。墓前有一条 5 米余宽、300 多米长的水泥路直达墓地。墓坐西朝东。长方形，水泥砌筑，长 1.30 米，宽 1.10 米。墓后置青石碑，高 1.9 米，宽 1.02 米，上镌楷书"马公寅初之墓"六个大字。墓内存放着马老的部分骨灰，其余部分的骨灰则留在北京的八宝山公墓。墓南侧，与之并连的是马老母亲王太夫人之墓。由墓往东远眺，映入眼帘的是一片盆地，盆地正中，耸立着一座小山，人称"挂心山"。据传，此地从前外出谋生的人较多，为寄托对远方亲人的怀念之情，人们便将此山取名"挂心山"。为县级文保单位。

马寅初（1882 年—1982 年），嵊州（原嵊县）人，早年留学美国，获哥伦比亚大学经济学博士，新中国成立后曾任浙江大学、北京大学校长，是我国现代著名的经济学家、人口学家、教育家。

（以上"越地古景梳掠"文字均写于 1990 年暑假，后个别地方稍作调整修改）

附录：家人小诗、书法作品选

谒梁柏台烈士故居

笔落法成起默雷，
廉风洁雨净尘埃。
英雄自有栋梁志，
不上金台上柏台。

祭秋瑾烈士

江河山岳绍兴体，
胆剑诗书於越魂。
自古书生无可用，
何如秋侠傲同伦。

明前过富盛宋六陵茶园饮茶

长亭小坐品醇茗，
溪水鸣琴山复青。
陵阙犁平茶圃里，
帝王腐骨化流萤。

过安昌古镇

寺高钟磬远，
闸落江潮宁。
古镇虽千载，
犹能百业兴。

观三江闸（应宿闸）

禹圣疏潮无迹寻，
马公筑堰怎登临。
唯留汤守补天处，
怒海成驯夜夜吟。

游东浦黄酒小镇

春来桃李盛妆游，
春去荼靡已白头。
我欲买船随渌水，
酒旗遥望便停舟。

微雨游山

蒙蒙野湿处，
微雨尽随风。
山耸云难散，
不知几处峰。

雨荷

鼓瑟桐梢上，
鸣筝玉牖前。
晓看清浪里，
款款数枝莲。

小狸奴其一

锦绣斑斓掇战袍,
票姚矫捷胜猿猱。
潜行低伏倏然跃,
不逊山君有半毫。

小狸奴其二

寻虫扑蝶兴方浓,
闻语匿身入草丛。
万唤千召无计处,
回头已在小窠中。

秋夜品茗闻促织鸣

帘外秋虫泣,
寒露恐初生。
欲取金杯饮,
先将白水烹。

见橘狸卧墙头而作

浓蕉绿萝盖,
黛瓦素粉墙。
乳虎酣未醒,
共眠夏日长。

观家母作画

兔毫凝赭紫,
素手染丹青。
不许青山老,
移来入画屏。

赠家翁

曾斩奸邪砺剑锋,
来兮归去已成翁。
人生只合林泉老,
他日荷锄为乐农。

月夜读史有感

长安残月曲江头,
城上凤箫冷玉楼。
兴废繁芜今古事,
写成血泪书中流。

赠姑母园中莳花

曾是市坊忙碌客,
今为畦陇得闲人。
回头一望风霜尽,
一盏香茗不染尘。

贺家翁诞辰

风来东海波涛劲，
竹茂秋山霜色浓。
休道平生榆霞好，
再度关山一万重。

父亲节赠家翁

如竹之劲，
如兰之芳。
漱石枕流，
君子有光。

筑园圃

垒石东篱下，
采薇西溪边。
竹林春芳歇，
归隐可得闲。

春游野炊

翠山绿水清溪长，
红杏黄桃茄紫秧。
溪上谁家伐竹女，
持薪炊得稻羹香。

种向日葵

君来绝域渡重洋,
迎入春篱欲吐芳。
待到春归秋去日,
满园金盏皆朝阳。

春思

东风软软日迟迟,
柳絮飘摇蝶乱飞。
不用香肴共美酒,
只知春过玉兰枝。

夏日窥园

红榴藏千粒,
白石围几重。
初夏熏风暖,
竹园雅意浓。

见家翁园中勤垦

躬耕陇亩,
未忘家国。
低首凝眉,
汗滴如沃。

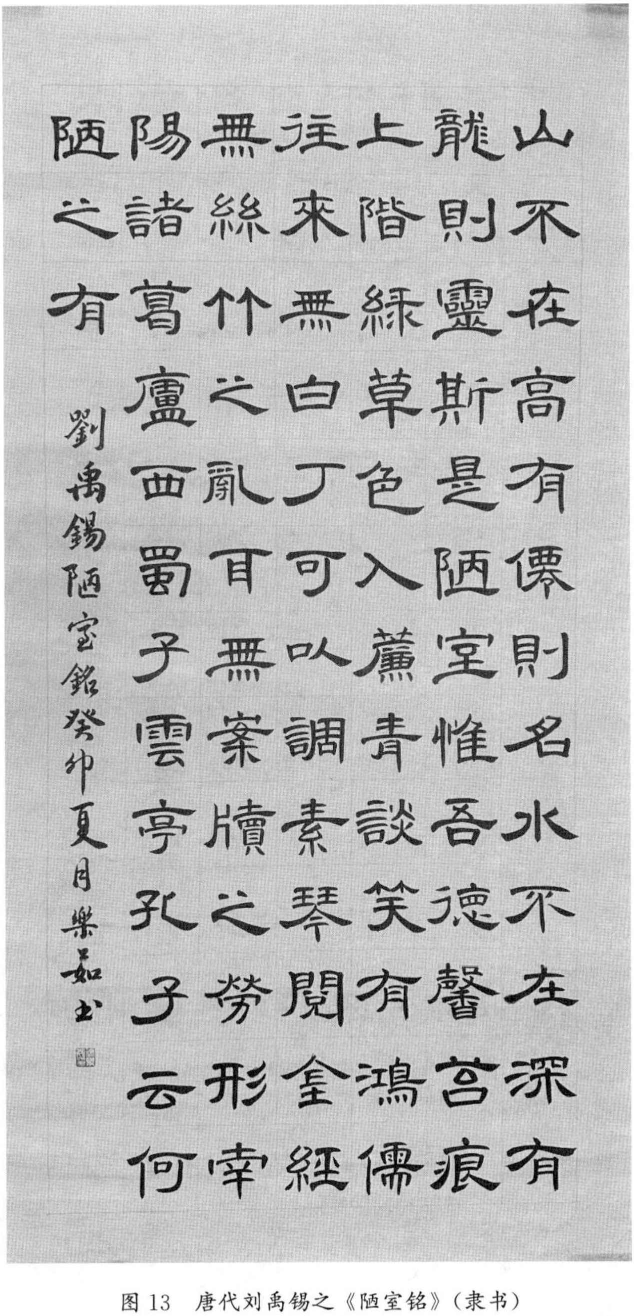

山不在高，有仙則名，水不在深，有龍則靈。斯是陋室，惟吾德馨。苔痕上階綠，草色入簾青。談笑有鴻儒，往來無白丁。可以調素琴，閱金經。無絲竹之亂耳，無案牘之勞形。南陽諸葛廬，西蜀子雲亭。孔子云：何陋之有。

劉禹錫陋室銘 癸卯夏月樂知書

图 13　唐代刘禹锡之《陋室铭》（隶书）

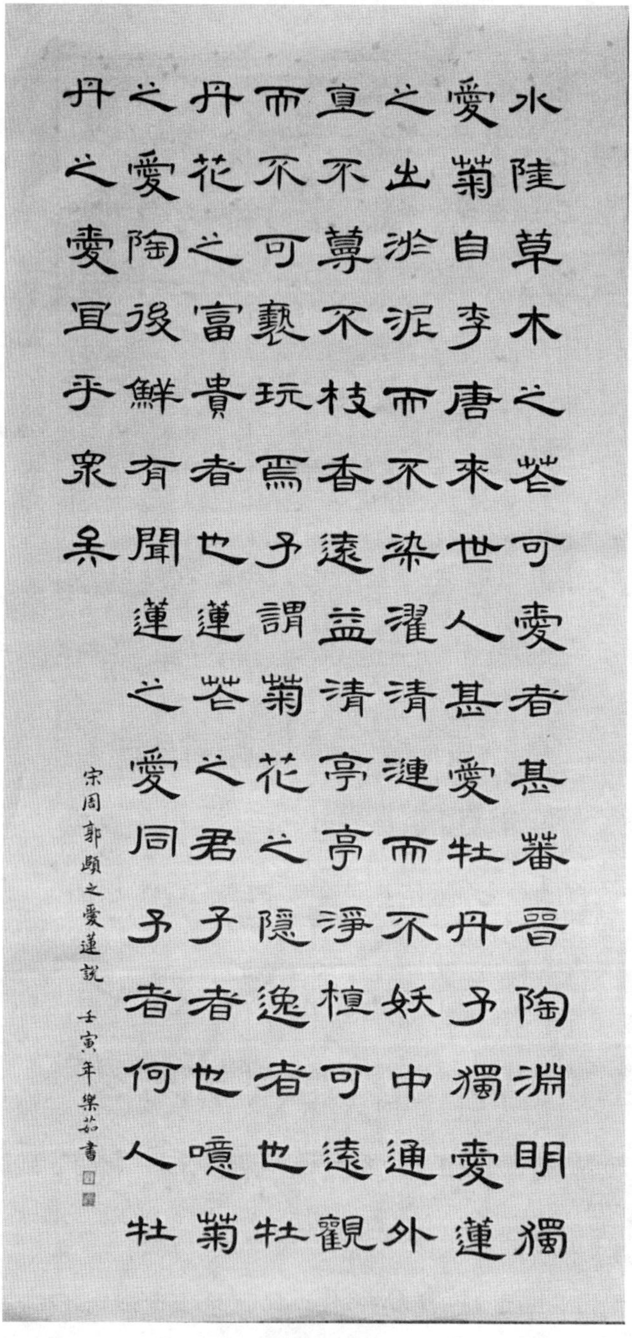

图 14　宋代周敦颐之《爱莲说》（隶书）

后　记

竺洪亮

　　日升月落，光阴荏苒。勤勉工作大半辈子，转眼到了退休的年龄，却"老夫聊发少年狂"，萌发了写书的念想。我并非作家，不会华美的文字，但也一直笔耕不辍，攒下了不少关于学习和生活的心得文章。以往成日忙于公务，从没想过整理一番，现在既然有了出书的念头，便趁着退居下来的空闲时间，好好作了一次梳理、归类与汇编，并按内容分为"所遇随录撷拾""学海书札辑录""昔日学术管见""越地古景梳掠"四部分。

　　把看似关联度不大的四部分放在一起作为一本文集，会不会"散"？这是我动手梳理时一直自问的一个问题。书中有没有一个共同的底色，能将书稿的主旨和作者的内心世界突现出来？有没有一条主线，能将这几部分串起来，让它们气韵贯通，形散神聚，给读者一个完整的展现？我思考良久，觉得答案是肯定的。

　　于"底色"而言，这数十年来，我工作、生活有喜有悲，但无论顺境还是逆境，始终能保持向上、向善的心态，赞美生活、认真做事，这是我的本色，也应是本书的底色。近四十载职业生涯所形成的不同文字，都是工作之余的点滴体会或心得，自己随手翻看，仿佛又回到过往，看到青少年时的意气风发，看到对子女的舐犊情深，看到学术探究有所得时的激动快慰，看到在山阴道上游目骋怀时的潇洒豪迈。真方可善，善方可美，我以对真善美的追求，为书稿着墨染色。

　　于"主线"而言，简言之，就是一个"情"字。我是改革开放后享用人民助学金完成学业的大学生，毕业后多年从事教育工作，后来在组织的培养下，走上了基层领导岗位，由一名讲师成长为正处级的市管干部，岗位、地位变了，但始终不变的是对待工作、对待知识、对待同志、对待家人、对待亲友的那份炽热情怀。无论是学术文章，还是生活随笔，无论是家书飞鸿，抑或缅怀亲友，我都是认认真真用心在做，将激情、热情、亲情、友情融化在墨水之中，倾注在尺牍之上。因此，文集四个部分文体虽异，内容虽别，但皆是我的真情之作，我愿以我粗陋的文字向读者展现我的心路历程。

"所遇随录撷拾"共25篇。这些长短不一的随笔，基本是以回忆怀旧的方式，对亲情、友情等人世间美好感情点赞。我出身农家，得遇时代的契机，考入大学，走上教坛，步入仕途。在成长的历程中，父母的慈爱给了我起步的助推，领导的呵护给了我干事的豪情，家人的关心给了我情感上的慰藉，亲友的鼓舞给了我奋发的动力，我的每一点成就，都离不开他们的支持，所以记之于书，铭之于心。此外，在学习中，我对自己的一些思考感想随手写下来，也积累了一些资料，如对纪法条文的条款项学习，以称颂、点赞的情怀，从语法学的角度作了赏析尝试，发现了他人可能尚未注意的一个领域，也算是我的一点点小创意，权当为自己今后的研学开启了一扇天窗。

"学海书札辑录"共9篇，都是与家里孩子的书信往来。孩子跨入中学校门后，我特意以最传统，但也是最体现亲情的书信与孩子沟通交流。除了生活上的关心外，更多的是对学业上的关注与探讨。对孩子来信询问大考前怎么安排自我复习，进入大学后学习热情下降怎么办，怎样快速看懂学术论文，各类考证如何把握，以及参加演讲或竞争类的答辩时该如何进行语言表达等诸多疑问，我以自己的经验，再加上我的阅历和思考，都给了力能所及的答复。我曾三次写长信与孩子探讨大学期间怎样研读学术论文，在我看来，掌握研究的方法，是学习和工作通向成功最重要的一把钥匙。这些年孩子也确实不负我的期望，在各类考试、考证中频奏凯歌，不仅获得研究生学历学位，也有了律师职业证书等多种专业证书，说明孩子确实掌握了学习的方法。

"昔日学术管见"和"越地古景梳掠"这两部分内容，是我昔年在学校任教时，结合个人兴趣撰写完成的。1995年前，我在师专当助教、讲师，从事"世界上古史""史学概论"等课程的教学工作。出于对本科所学历史专业的喜爱，工作之余我花了较多时间，做了两件事。一是结合专业，陆续撰写了多篇学术论文。其中有两篇分别在1992年的师专学报上刊出，一篇收录在1985年家乡举办的辛亥革命学术讨论会文史资料专辑中。当时写作这些论文时，文献资料研究得还不够深入，只是作了碎片化的局部研究，有些看法也比较肤浅，但大体反映我那个时段的认识水平，以及写作论文时所做的思考、综合、分析、判断。惜乎后来工作方向转型，渐渐远离了专业教学和科研工作，每每回忆，多少有些战马离开战场的遗憾。

另一件事是对本地的名胜古迹做了实地探访。大多是利用带学生实习或短途出差的间隙，对绍兴范围内的古迹和山水风光进行亲身踏勘。正如蔡元培先生所说："故乡尽有好湖山。"越中大地深厚的文化底蕴和秀美的自然风光让我大开眼界。观赏之余，我在1990年的暑假，集中精力撰写了3万余字的选介。但限于主客观因素，有些条目选介不够精准、全面。比如，秋瑾纪念碑，只介绍了碑座与碑身，没有涉及后来增设的秋瑾塑像、壁影以及古轩亭口的牌坊。又比如，长诏水库当时是市内最大水库，后来的汤浦、钦寸等水库的库容（万立方米）和集雨面积（平方千米），明显大于长诏水库。考虑到今后可以作些今昔对比，所以也未根据成文后景点的变化情况，及时作补充说明，仍然保留原有的选介文字，试图为爱好者起到一个索引作用，也算是送给家乡的一份菲薄礼物。

在梳理往日这些文稿中，爱人和小孩也积极参与打印、校对，还配合创作了一些书画、古诗等小作，我一并作为附件收录以存念。

上述内容集结成稿后，究竟取什么样的书名为好呢？想来想去，我才疏学浅，这些粗浅的文字未经雕琢，不像精美的器物，倒像是农家的柴禾。好在"众人拾柴火焰高"，我以真情为柴，燃起一簇火苗，于世上人间也可多一分温暖与光明，于是不揣粗陋，定下以《拾柴集》为名。

承蒙法学家孟勤国教授和书法家赵雁君先生的抬举，慨允为拙著作序鼓励，使之大为增色，在此谨向他们表示由衷的感谢！挚友同仁马立远耐心细致审读全书，并为之作序，擅长书画的同事叶青为书名题签赠送墨宝，在此谨表谢忱！拙著在撰写、整理过程中，侄女丁熠燚提出了许多中肯又专业的建议，同时，还先后得到了徐忠良、梁国灿、刘成伦、朱立元、孟勤标、徐志良等诸位诤友的热心指导，在出版中得到孙阳先生的大力帮助，在此一并致谢。

由于著者成文时间不一和能力水平受限，书中欠妥、不当之处在所难免，敬请读者批评指正，以便今后求教、改进。

（2023年9月10日于绍兴）

家人画作选

童年（素描）

家人画作选

冬天的莲蓬（素描）

家人画作选

竹椅上的皮衣（素描）

家人画作选

新年兔（素描）

家人画作选

神气猫（素描）

家人画作选

金龙鱼（素描）

家人画作选

火烈鸟（素描）

家人画作选

小卫石膏像（素描）

家人画作选

少女（素描）

家人画作选

1962年24岁时的母亲（素描）

家人画作选

柿柿如意（工笔画）

家人画作选

螳螂斗天牛（工笔画）

家人画作选

芙蓉花下情（工笔画）

家人画作选

螳螂捕蝉,黄雀在后(工笔画)

家人画作选

引吭高歌（工笔画）

家人画作选

映日荷花别样红（工笔画）

家人画作选

荷池迎翠影（工笔画）

家人画作选

临宋花鸟竹雀图（工笔画）

家人画作选

临宋花鸟梅竹双雀图（工笔画）

家人画作选

临宋花鸟枇杷绣眼图（工笔画）

家人画作选

临宋花鸟果熟来禽图（工笔画）

家人画作选

临宋花鸟竹鸠图（工笔画）

家人画作选

临宋花鸟杨柳乳雀图（工笔画）

家人画作选

临宋花鸟白头丛竹图（工笔画）